Pierre Emme

PASTETEN-
LUST

Pierre Emme

PASTETEN-LUST

Palinskis erster Fall

KRIMI IM GMEINER-VERLAG

Wir machen's spannend

Bibliografische Information
der Deutschen Bibliothek
Die Deutsche Bibliothek verzeichnet diese
Publikation in der Deutschen Nationalbibliografie;
detaillierte bibliografische Daten sind im Internet
über http://dnb.ddb.de abrufbar.

Besuchen Sie uns im Internet:
www.gmeiner-verlag.de

Im Ehnried 5, 88605 Meßkirch
Telefon 07575/2095-0
info@gmeiner-verlag.de

3. Auflage 2008

Lektorat: Claudia Senghaas, Kirchardt
Umschlaggestaltung: U.O.R.G. Lutz Eberle, Stuttgart
Foto: Constanze Millwisch
Gesetzt aus der 9,7/13 Punkt Stempel Garamond
Druck: Fuldaer Verlagsanstalt, Fulda
Printed in Germany
ISBN 978-3-89977-640-9

Handlung und Personen sind frei erfunden.
Sollte es trotzdem Übereinstimmungen geben,
so würden diese auf jenen Zufällen beruhen,
die das Leben schreibt.

1

Es war Dienstag und Palinski hatte fast bis 4 Uhr morgens gearbeitet. Draußen war es bereits hell geworden, als er sich endlich zu Bett begeben hatte. Jetzt war es kurz vor 7 Uhr und er war schon wieder wach. Zwangsläufig, denn das gleichermaßen muntere wie auch enervierende Gezwitscher einer Amsel hatte ihn schon bald nach Beendigung der ersten Tiefschlafphase geweckt und der Lärm des einsetzenden Frühverkehrs ein neuerliches Einschlafen verhindert.

Palinski setzte die Kaffeemaschine in Gang, schob die Vorhänge zur Seite und riskierte einen ersten Blick in den neuen Tag. Der Ausblick vom Fenster der ehemaligen Hausmeisterwohnung, in der sich sein Wohnbüro befand, war nicht gerade überwältigend, aber beruhigend vertraut. Der zur Straße hin offene Innenhof war begrünt und das war gut für seine müden Augen. Eine alte, vom früheren Mieter des Geschäftslokals an der Ecke gestiftete Parkbank bildete den Mittelpunkt der kleinen Oase und ermöglichte Palinski die Vorstellung eines eigenen Gartens. ›Seines Gartens‹, in dem er häufig saß und mitten in der Großstadt seine Seele baumeln lassen konnte. Leicht irritiert stellte er fest, dass ›seine Bank‹ trotz der frühen Stunde bereits besetzt war. Etwas, was grundsätzlich nur selten vorkam, für diese Tageszeit aber ein absolutes Novum bedeutete.

Das Objekt seiner Aufmerksamkeit, ein Mann, lag auf der linken Seite in Fötushaltung und schien zu schlafen. Palinski war ziemlich sicher, dass es sich bei dem Schläfer um denselben Mann handelte, den er bereits in der Nacht gesehen hatte. Allerdings sitzend und in inniger Umarmung mit einer Blondine. Palinski hatte sich noch gewundert, dass das gutgekleidete Paar um 3 Uhr morgens keinen geeigneteren Platz für den Austausch von Zärtlichkeiten gefunden hatte. Aber bitte, ›Chacun a son gout‹. Heute war Dienstag, ein Dienstag im Frühling, auch wenn der noch auf sich warten ließ, dachte sich Palinski. Das bedeutete unter anderem, dass die fleißigen Männer der städtischen Müllabfuhr schon bald ihres Amtes walten würden. Vor allem aber würde Frau Pitzal, die rührige Hausmeisterin in Kürze auftreten. Um die Leerung der dunkelgrauen, mit den täglichen Resten der menschlichen Zivilisation randvoll gefüllten Behältnisse kritisch zu überwachen. Wie ehedem der Generaltruppeninspektor den Aufmarsch seiner Truppen im Manöver. Palinski konnte sich nicht erinnern, dass die gute Frau auch nur einen einzigen Auftritt der Müll-Truppe in den letzten fünfzehn Jahren versäumt hätte. Der unbekannte Schläfer hatte also keinerlei Chance, seinen Schlaf noch länger als höchstens zehn Minuten fortzusetzen. Dann erwarteten ihn unweigerlich das Rumpeln schwerer, über mehrere Stufen bewegter Mistkübel sowie eine hochnotpeinliche Befragung durch Frau Pitzal.

Männliche Solidarität und ein Anflug von Mitleid mit dem offenbar erschöpften Liebenden auf der Bank vor seinem Fenster veranlassten Palinski zu einem recht unorthodoxen Schritt. Rasch goss er frischen Kaffee in zwei

Häferln, stopfte sich den Zuckerstreuer, eine Tube Kondensmilch und zwei Kaffeelöffel in die Taschen seines Bademantels und verließ seine ebenerdig gelegene Wohnhöhle. Nicht ohne noch schnell die Schlüssel einzustecken.

Wenige Sekunden später stand er vor dem still daliegenden Unbekannten. »Guten Morgen, ich denke, Sie sollten jetzt langsam aufstehen«, versuchte er, den Mann mit halblauter Stimme zu wecken. Nach mehreren, trotz gesteigerter Lautstärke erfolglosen Versuchen stellte Palinski die beiden Behältnisse mit dem nachtschwarzen Lebenselixier am Boden ab und begann, den Mann an den Schultern zu rütteln. Zunächst ganz vorsichtig, dann immer stärker, doch vergeblich.

Irgendetwas stimmte da nicht, das spürte Palinski, und zwar absolut nicht. Er legte dem Mann die Hand auf die Stirne. Eiskalt. Dann versuchte er, so etwas wie einen Puls und damit Anzeichen noch vorhandenen Lebens zu finden. Seine Bemühungen an Hals und Handgelenk blieben aber erfolglos. Langsam verdichtete sich der Verdacht zur erschreckenden Gewissheit. Der Mann auf der Bank war tot, mausetot und das wahrscheinlich schon einige Zeit. Palinski stand zum ersten Mal in seinem Leben vor einer echten Leiche und das gefiel ihm ganz und gar nicht.

»Gutn Morgn, Herr Palinski«, unbemerkt hatte sich Frau Pitzal von hinten angeschlichen. »Wos mocht denn da Herr do?«

»Der Herr da macht gar nichts mehr, der Herr ist tot«, Palinskis Antwort fiel unfreundlicher aus als beabsichtigt.

»Na, Sie wern eam do net umbrocht hobn«, meinte die Gute resolut und der Angesprochene war sich nicht ganz sicher, ob die scherzhaft anmutende Frage nicht doch auch eine Spur ernst gemeint war.

»Mit so etwas macht man keine Witze«, er liebte schwarzen Humor, fand den Zeitpunkt aber ziemlich unpassend. »Passen Sie hier auf, ich gehe die Polizei anrufen«, wies er die Pitzal an.

»Is in Urdnung«, die Frau akzeptierte seine Anweisung ohne Widerspruch. »Haums wos dagegn, wenn i ma an Kaffee nimm?«, rief sie Palinski nach. Der machte eine unbestimmte Handbewegung, die Elfriede Pitzal selbstsicher als Zustimmung deutete.

»Und wans ma no a Müch und an Zucka mitbringatn, wär I Ihna ewig donkboar.«

Palinski, der mit plötzlich stark einsetzender Speichelproduktion zu kämpfen und alle Mühe hatte, seine auf Umkehrschub gehende Peristaltik unter Kontrolle zu bekommen, bewunderte die Kaltblütigkeit der Frau. Vielleicht war es ja auch bloß Gefühllosigkeit, eine über die Jahre beim Stiegenwaschen gewachsene Apathie, wer konnte das schon wissen.

* * * * *

Mein Name ist Mario Palinski, ich bin 44 Jahre alt und so was ähnliches wie verheiratet. Mit meiner Jugendliebe Wilma verbinden mich neben unseren beiden Kindern eine, wie ich es nennen möchte, streitbare Leidenschaft. Anfangs überwog die Leidenschaft, später der Streit. Das aktuelle Verhältnis lässt sich am besten mit ›ich kann nicht mit ihr, aber auch nicht ohne sie leben‹ beschreiben.

Seit ich vor mehr als drei Jahren die gemeinsame Woh-

nung verlassen und mich in der auf der gegenüberliegenden Seite des Innenhofes gelegenen Hausmeisterwohnung eingenistet habe, vertragen wir uns erstaunlicherweise wieder recht gut. Die nach wie vor unvermeidlichen Streits finden jetzt nur mehr über E-Mails statt und die sind weniger verletzend. Im Gegenteil, meistens ist es richtig amüsant, nachzulesen, über welchen Blödsinn man sich eigentlich aufregt.

Dass ich Wilma nie gefragt habe, ob sie meine Frau werden will, muss irgendwie damit zu tun haben, dass ich unter Prüfungsangst leide. Die Matura ist mir im zweiten Anlauf und in völliger Teilnahmslosigkeit passiert. Bei der schriftlichen Deutschprüfung bin ich fast eingeschlafen, worauf ich die nächste Dosis Sedativa deutlich reduziert habe. Beim daraufhin begonnenen Studium der Rechte hat das aber nicht mehr funktioniert. Entweder war die Dosis zu hoch und ich habe den Prüfungstermin verschlafen oder sie war zu gering und ich bin nicht hingegangen. Nach fünf Jahren und acht nicht stattgefundenen ›Ersten Staatsprüfungen‹ habe ich mich von den Medikamenten und der Zwangsvorstellung meiner Umwelt verabschiedet, unbedingt einen akademischen Grad erwerben zu müssen.

Das Absurde an der ganzen Situation war, dass ich allgemein von relativ rascher Auffassungsgabe bin und den Prüfungsstoff hervorragend beherrscht habe, ja noch immer beherrsche. Nach dem zweiten verpassten Termin hatte ich begonnen, einige Kommilitonen für ihre Prüfungen zu ›coachen‹, und das mit nachweisbar gutem Erfolg. Bis zu meinem fünften Nichtantreten hatte ich mir den Stoff des zweiten Studienabschnittes angeeignet und mich dann dem letzten Drittel zugewendet. Im totalen Kontrast zu den meisten frischgebackenen Doktores und Magistri juris habe ich die Rechtswissenschaften im kleinen Finger. Aber eben keinen anerkannten Nachweis dafür.

Für Wilma, die ihr Romanistikstudium mit ›summa cum laude‹ in der kürzest möglichen Zeit beendet hat, war das nur schwer zu verstehen. Immerhin bemühte sie sich aber redlich. Für ihre Eltern dagegen, den honorigen Herrn Universitätsprofessor und die Frau Primaria war das schlicht inakzeptabel. Da nützte es auch nichts, dass ich mir neben meinem Job in einer Versicherung noch acht Semester lang Medizinvorlesungen angehört und damit auch ein solides Wissen in dieser Fachrichtung angeeignet habe. Im Gegenteil, nach meinem zweiten Prüfungsversagen sahen es Wilmas Eltern für die nächsten Jahre als Herausforderung an, uns beide auseinander zu bringen. Der erste vehemente Versuch in diese Richtung erwies sich aber als völlig kontraproduktiv und führte nach Ablauf von neun Monaten zur Geburt unseres ersten Kindes. Eines Mädchens mit dem Namen Justina, das wir frei mit ›Jetzt erst recht‹ übersetzt haben.

Um meine de facto – Schwiegermutter zu ärgern, habe ich sogar ›The Lancet‹ abonniert, um sie bei den gelegentlichen Pflichtterminen bei der Großmutter meiner Kinder in Verlegenheit bringen zu können. Nach einigen eindrucksvollen Demonstrationen ihrer mangelnden Bereitschaft, sich laufend weiterzubilden konvertierte sie schließlich zu einer eifrigen Leserin der Fachzeitschrift. Das bescherte uns einige engagierte Diskussionen und brachte mir spät, aber doch ein wenig Anerkennung auch von dieser Seite. Doch was war dieser ganze theoretische Scheiß schon im Vergleich mit dem Anblick einer echten Leiche, und das schon vor dem Frühstück.

* * * * *

Nachdem Palinski der Polizei die männliche Leiche vor seinem Fenster gemeldet hatte, fuhr er rasch in eine bequeme Hose und streifte einen Pullover über.

Um die Bank mit dem leblosen, von Frau Pitzal streng bewachten Körper hatte sich in wenigen Minuten ein mittlerer Menschenauflauf gebildet. Neben einigen Kindern, die das Geschehen im Hof aufregender fanden als die erste Schulstunde hatten sich auch mehrere Erwachsene eingefunden. Darunter die komplette Mannschaft des Müllfahrzeuges, das mit laufendem Motor, aber ohne Fahrer die Straße blockierte. Auf der begann sich bereits ein veritabler Stau hinter einer am Weiterfahren gehinderten Straßenbahn zu bilden.

Frau Pitzal, die den Kaffee in der Not offenbar auch ohne Milch und Zucker trank, schien in ihrem Element zu sein. Die immer wieder an sie gerichtete Frage nach der Todesart beantwortete sie geschickt mit dem Hinweis darauf, dass »das Herz halt nicht mehr mitgemacht hat.«

Inzwischen hatte sich die Nachricht vom toten Mann über den Innenhof hinaus auf die Straße verbreitet. Was zur Folge hatte, dass die Passagiere der nach wie vor an ihrer Weiterfahrt gehinderten Straßenbahn fast vollständig das öffentliche Verkehrsmittel verließen und in den Hof strömten.

Während sich Palinski mühsam einen Weg durch die schaulustige Menge zurück ins Zentrum des Geschehens bahnte und dabei einige unfreundliche »Net vurdrengan« zu hören bekam, war in der Ferne bereits der durchdringende Ton eines Martinshorns zu vernehmen.

»Kaumma den Mau net aufsetzn?«, wollte Frau Pitzal wissen, »damit i mi hinsetzn kau. Heut spia i die Hex wida gonz bsondas.«

»Solange die Polizei nicht festgestellt hat, was hier passiert ist, darf die Leiche nicht bewegt werden«, ermahnte Palinski den geplagten Hausgeist. »Tut mir leid. Sie können sich aber in mein Büro setzen, wenn Sie wollen.«

Während die Pitzal noch überlegte, was schlimmer war, der Verlust eines Platzes ›Fußfrei am Orchestergraben‹ oder die Schmerzen des lästigen Hexenschusses, hatte der 12-Jährige Karli Berger aus dem 3. Stock die ökonomischen Chancen der Situation erkannt.

»Soll ich Ihnen einen Sessel holen, Frau Pitzal?«, machte er ein Angebot. »Das kostet Sie nur 1,50 Euro.«

Dankbar nickte die Befragte und Berger junior machte sich auf den Weg. »Waunst scho gehst, bring ma a wos zum Sitzn mit. Mei Kreiz bringt mi no um«, rief ihm ein älterer Herr nach. »Mia a«, tönte es noch von zwei weiteren Seiten.

Mit seinem reflexartigen »Für Hausfremde kostet das aber 2,50« bewies der zukünftige Kommerzialrat ein für sein Alter erstaunliches Verständnis für das Prinzip von Angebot und Nachfrage.

»In Urdnung«, die Kunden akzeptierten den Preis. Einer meinte sogar anerkennend, dass es »der Bua no weit bringan wiad.«

Palinski kam es vor, als ob der Ton des Martinshorns immer vorwurfsvoller, fordernder klang, ohne dabei wirklich näher zu kommen. Offenbar war der Verkehr auf der Hauptstraße jetzt schon völlig zum Stillstand gekommen.

Rund zehn Minuten später, Karli Berger hatte inzwischen weitere sechs Küchenhocker, Campingsessel und andere Sitzgelegenheiten vermietet, tauchten endlich zwei keuchende und erhitzt wirkende Streifenpolizisten auf. Mit barschen Aufforderungen wie »Aus'm Weg, Sie behindan die Oabeit dea Polizei« kämpften sie sich durch die inzwischen auf mehr als einhundert Menschen angewachsene Menge.

»Wos is do los?«, bedrohlich baute sich der größere der beiden Beamten vor Frau Pitzal auf, die auf dem Berger'schen Badezimmerhocker saß und noch immer an ihrem inzwischen kalt gewordenen Kaffee nuckelte.

Gelassen deutete die Hausmeisterin auf Palinski. »Der Herr hier hat die Leiche gefunden«, stellte sie klar.

Während sich der größere der beiden Polizeibeamten zu Palinski drehte, funkte der zweite nach Verstärkung. Vor allem, um das auf der Straße herrschende Chaos in den Griff zu bekommen. Dann griff er sich den Lenker des Müllfahrzeugs und drohte ihm mit sofortiger Verhaftung, falls er die orangefarbene ›Tschesn‹ nicht sofort fortbewege. Der war sauer, da noch nichts geschehen war, was geeignet gewesen wäre, seine krankhafte Neugier auch nur ansatzweise zu befriedigen.

»I muaß wortn, bis die Kollegn die Kibln ausglad hom«, trotzig versuchte er, noch einige Minuten zu schinden. Doch vergebens, der angedeutete Griff des Ordnungshüters zu den Handschellen genügte, den Mann der Abfallwirtschaft wieder an seinen Arbeitsplatz zu bewegen.

Der Fahrer der inzwischen völlig leeren Straßenbahngarnitur hatte die Zeichen der Zeit rascher erkannt und bimmelte bereits heftig, um die Fahrgäste wieder an Bord zu locken.

Allen jenen, die sich dem langsam einsetzenden Trend zum Verlassen des Innenhofes weiterhin widersetzten, machte der erstaunlich effiziente Ordnungshüter mit einem barschen, mehrmals wiederholten »Gehn Sie weita. ›Die nicht angemeldete Versammlung‹ ist hiermit aufgelöst« Beine. So lange, bis sogar die glücklichen Besitzer der wenigen Sitzgelegenheiten murrend ihre guten Plätze räumten. Der vife Karli Berger hatte die nun einsetzenden Forderungen nach Rückerstattung der Sesselmieten vorhergesehen und sich rechtzeitig in Richtung Schule abgesetzt.

Während sich der Innenhof langsam leerte und der Verkehr auf der Straße wieder in Bewegung kam, war der andere Polizist einige Male wortlos um die Bank und die daraufliegende Leiche herumgeschlichen. Da er abgesehen davon noch nichts unternommen hatte, war ihm auch noch kein Fehler unterlaufen. Jetzt wandte er sich Palinski zu. »Und wear san Se?«, wollte er auf die spröd charmante Art wissen, mit der unerfahrene Machthaber häufig ihre Unsicherheit zu kaschieren versuchten.

Palinski stellte sich vor und der Polizist ließ sich den Namen zweimal buchstabieren, ohne ihn zu notieren.

»Und wos mochn Sie do?«, stieg jetzt auch der zweite, offenbar routiniertere Beamte in die Amtshandlung ein. »Wieso gehns net weiter?«

»Ich habe die Leiche gefunden und nehme an, dass Sie mich einiges fragen werden. Und ich wohne hier«, er deutete zu seinem Fenster. »Also was wollen Sie von mir wissen?«

»Kennans den Mau?«, wollte sich der größere Polizist wieder ins Spiel bringen.

»Ich glaube, ich habe ihn heute Nacht bereits hier sitzen gesehen. In Begleitung einer blonden Frau. Die beiden haben sich geküsst. Nachdem ich aber sein Gesicht noch nicht gesehen habe, weder in der Nacht noch jetzt, kann ich Ihre Frage nicht beantworten«, entgegnete der Befragte.

»No, daun dra man jetzt hoit amoi um und schaun eam ins Andlitz«, die Art, wie der Polizist das ›l‹ aussprach, ließ Palinski auf einen gebürtigen Meidlinger schließen.

»Aber das können Sie doch nicht machen«, protestierte er, »Sie dürfen doch keine möglicherweise vorhandenen Spuren vernichten.«

»Wos i kau oder net kau, geht Sie goar nix au, Herr Lapinski«, grollte der sich derarts gemaßregelt und daher in seiner Ehre verletzt fühlende Beamte. »Mischen Sie sich net in die Aumtshaundlung ein, sunst muaß ich Sie festnehma«, mahnte er den Besserwisser in ansatzweisem Hochdeutsch ab.

»Wia haast der Hea?«, wollte jetzt der kleinere, durch sein bisheriges Auftreten kompetenter wirkende Kollege wissen.

Palinski kam der neuerlichen Verfremdung seines ehrlichen Namens zuvor, indem er die Frage selbst beantwortete.

Die Information bewirkte ein kurzes Zusammenzucken beim Empfänger. Dann zog er seinen Kollegen zur Seite und flüsterte ihm etwas ins Ohr.

Dessen Reaktion auf das Gesagte, nämlich »Wos, von unsam Wallna, vom Kommissariat?« sowie das bestätigende Kopfnicken ließen Palinski vermuten, wie die geflüsterte Botschaft gelautet haben dürfte.

Der kleinere der beiden Beamten übernahm jetzt die Initiative. »Sie müssen entschuldigen, Herr Palinski, oba der Kollege is no neich und kennt sie no net so aus«, er lächelte verständnisheischend. »Sie san doch a Fochmann«, versuchte er, dem guten Freund Inspektor Wallners vom Kommissariat auf der Hohen Warte Honig ums Maul zu schmieren, »wos tätn denn Sie jetzt mochn?«

Palinski musste über die unerwartete Wendung des Gespräches lächeln. »Also ich würde zunächst den Fundort der Leiche sichern und dann schnell den diensthabenden Kriminalbeamten informieren. Immerhin besteht ja die Möglichkeit, dass der Mann hier nicht an Altersschwäche gestorben ist.«

»Genau des woit i a grod vurschlogn«, versuchte der größere der beiden Polizisten verzweifelt, wieder etwas Boden gut zu machen. Was ihm aber lediglich ein leises, aber unüberhörbares »Hoit endli die Goschn, du Suam«, vom Kollegen einbrachte.

* * * * *

Inspektor Helmut Wallner, den ranghöchsten Kriminalbeamten in unserem Bezirkskommissariat habe ich durch meinen Freund Miki kennengelernt. Dr. Michael Schneckenburger ist einer der acht Juristen, die ich vor ihren entscheidenden Prüfungen auf dem Weg zum Doktor gecoacht habe. Er ist quasi der Akademiker, der ich hätte werden können oder sollen, zumindest nach den Vorstellungen gewisser Leute.

Miki ist ein mittelhohes Tier im Bundeskriminalamt, wofür genau er zuständig ist, weiß ich eigentlich gar nicht. Als ich nach mehr als zehnjähriger Tätigkeit in einer großen Versicherung meinen Job losgeworden bin, hat er mir über die erste Zeit geholfen. Dank seiner freundlichen Vermittlung konnte ich Paukerkurse für Aspiranten für den höheren Verwaltungsdienst anbieten und mir etwas zu den nicht allzu reichlichen monatlichen Zahlungen der Arbeitslosenversicherung dazu verdienen.

Außer mir schienen alle Beteiligten mit der neuen Situation gut leben zu können. Die euphemistisch als ›Strukturbereinigung‹ bezeichnete Kündigungswelle bei meinem ehemaligen Arbeitgeber hatte die Aktien der Gesellschaft um mehr als sechs Punkte in die Höhe schießen und die Shareholder jubeln lassen. Und mein früherer Chef wurde nicht mehr täglich an seine juristische Inkompetenz erinnert, da ich eben nicht mehr zu Verfügung stand. Was sich mit der Zeit aber als kurzsichtig erwies, da er schon bald von seinen Chefs auf seine fachlichen Schwächen angesprochen und schließlich zur Hausverwaltung versetzt wurde.

Wilma, deren Einkommen als Französischprofessorin an einem Gymnasium und als Übersetzerin locker ausreichten, die laufenden Kosten der Lebenhaltung zu decken, genoss es zunächst sichtlich, mich an der finanziellen Kandare zu haben. Sie redete mir zu, zunächst gut und geduldig, später wie einem kranken Ross.

»Nütze die Chance, die in dieser Situation liegt«, ermunterte sie mich unermüdlich mit ihren aus Seminaren

über ›Positives Denken‹ erworbenen Stehsätzen, »und gestalte dein Leben neu.«

Nach einigen Monaten, von zahlreichen amüsanten bis skurrilen, insgesamt aber erfolglosen Bemühungen geprägter Arbeitssuche habe ich mich endgültig von der Vorstellung unselbständiger Erwerbstätigkeit verabschiedet. Abgesehen von den wenigen konkreten und absolut unattraktiven Angeboten, die sich mir eröffnet hatten, war mir der Gedanke, mich von einem um zehn Jahre jüngeren Schnösel herumkommandieren zu lassen, unerträglich geworden. Ich stufte mich selbst als ›nicht vermittlungsfähig‹ ein und damit basta. Für Wilma war das angeblich ein Schock, obwohl gerade sie es eigentlich schon längst hätte wissen müssen. In jedem Fall nahmen ihre bisher freundlichen Aufmunterungen zunehmend ultimativen Charakter an. Die leidenschaftliche Phase ging ihrem Ende entgegen. Das war die Zeit, als ich begann, Kriminalromane zu schreiben.

* * * * *

Knapp zwanzig Minuten später traf Inspektor Wallner mit seinem Team ein. Der knapp 35 Jahre alte Kriminalist, dem nach Miki Schneckenburgers Aussage eine glänzende Karriere bevorstand, begrüßte Palinski herzlich.

»Na, nach der grauen Theorie holt dich jetzt offenbar auch die Praxis ein«, flachste er. Wallner war seit mehr als zwei Jahren so etwas wie Palinskis Berater, sein Experte für kriminaltechnische Fragen. Denn diese mussten in seinen Romanen authentisch beantwortet werden, etwas anderes kam für den ambitionierten Autor nicht in Frage.

»Dabei habe ich noch nicht einmal gefrühstückt«, flachste Palinski zurück, doch Wallner hatte sich bereits dem Opfer zugewendet. Ein Polizeifotograf machte jede Menge Aufnahmen aus allen erdenklichen Perspektiven, dann machte sich die Tatortgruppe an die Arbeit. Inzwischen war auch der Arzt eingetroffen und bestätigte nach einer ersten Untersuchung, was Palinski schon wusste. »Der Mann ist tot. Keine äußeren Spuren von Gewaltanwendung«, lautete sein knapper Kommentar. »Den Rest muss die Obduktion feststellen.«

»Können Sie schon eine Aussage zum Zeitpunkt des Todes machen?«, wollte Wallner von dem etwas schusselig wirkenden Aeskulapjünger wissen.

»Schwer zu sagen«, der Arzt kratzte sich am Kopf, »unter Berücksichtigung der Nachttemperatur würde ich auf 6 bis 8 Stunden tippen.«

Das würde zwischen halb zwölf und halb zwei Uhr morgens bedeuten, überlegte Palinski. Wie spät war es bloß gewesen, als er die Blondine mit dem Mann schmusen gesehen hatte? Wilma war mit ihrer Klasse auf einer Studienreise in Paris. Er hatte die Gelegenheit wahrgenommen und mit den Kindern die Übertragung der Viktor-Verleihung im Fernsehen verfolgt. Die war kurz nach 23 Uhr zu Ende gewesen. Während des nachfolgenden Krimis war er eingeschlafen und erst einige Zeit später wieder aufgewacht. Die Kinder waren inzwischen zu Bett gegangen und er saß alleine vor dem noch immer laufenden TV-Gerät. Welche Sendung war bei seinem Aufwachen bloß gelaufen? Irgendeine Wiederholung aus dem Tagesprogramm mit drei alten Frauen, die sich gegenseitig auf die Nerven gingen. Wenn es ihm gelänge, festzustellen, um welche Sendung es sich gehandelt hatte, ließ sich der nachfolgende zeitliche Ablauf zumindest annäherungsweise rekonstruieren.

»Vielleicht kann ich einen Beitrag bei der Ermittlung des Todeszeitpunktes leisten«, meinte er zu Wallner und berichtete ihm von seinen nächtlichen Beobachtungen. Der hörte sehr aufmerksam zu und bat Palinski dann, das Fernsehprogramm zu Rate zu ziehen.

Inzwischen war die Tatortgruppe soweit, dass der Leichnam bewegt werden durfte. Auf ein Kommando Wallners hin hoben die beiden Streifenpolizisten den Toten an und versuchten, ihn in eine sitzende Position zu bringen. Umständlich rückten sie den mindestens 80 Kilogramm schweren Körper an die Lehne der Bank und brachten den nach vorne gesunkenen Kopf in eine Lage, die es erlaubte, das Gesicht des Toten zu sehen.

Als Palinski bemerkte, wie die volle Haarpracht des Mannes dabei ins Rutschen kam und dann zu Boden fiel, fühlte er sich wie in einem jener Filme, die man sich besser nicht vor dem Schlafengehen ansieht. Wallner war schneller und hatte die Perücke bereits in der Hand, bevor sie den Boden erreichte. Das nunmehr nur durch einen modischen Kurzhaarschnitt der mittelbraunen Haare begrenzte Gesicht kam Palinski bekannt vor, nur woher? »Nimm einmal die Brille ab«, forderte er seinen Freund auf. »Ich bin sicher, dass es sich dabei um normales Fensterglas handelt.« Wallner, normalerweise nicht daran gewöhnt, von Zivilisten Anweisungen entgegenzunehmen, folgte der Aufforderung widerspruchslos. Ein Blick durch die Gläser bestätigte Palinskis Vermutung.

»Wieso hast du das gewusst?«, wollte der Kriminalist, der nicht an Hellseherei glaubte, wissen.

»Ich weiß noch mehr«, nachdem die Brille als letztes störendes Beiwerk beseitigt war, hatte Palinski den Toten sofort erkannt. Die wenigen Sekunden, die er aus seinem angeborenen Hang für Dramatik verstreichen lassen wollte, brachten ihn aber um die Sensationsmeldung des Tages.

Denn mit »Jessas na, des is jo da Lettenberg«, war es Palinskis neuer Liebling, der größere der beiden Streifenpolizisten, der die Bombe platzen ließ.

»Ja, das ist Jürgen Lettenberg«, nicht ganz frei von Neid klopfte Palinski dem Mann auf die Schulter. Der vergaß vor lauter Stolz ganz auf den antrainierten Reflex, die körperliche Berührung als ›Angriff auf die Staatsgewalt‹ anzusehen.

Mit der Frage »Wer ist Jürgen Lettenberg?« stellte Wallner seinen Ruf als chronischer Fernsehmuffel nachdrücklich unter Beweis. Kein Wunder, der überzeugte Single hatte in seiner kargen Freizeit anderes und besseres zu tun als sich schwachsinnige Sendungen und deren wiederholte Wiederholung anzusehen. Er bevorzugte es, das Leben zu leben, nicht es zu beobachten.

»Lettenberg ist ein sehr beliebter deutscher Schauspieler und hat gestern im Rahmen einer Fernsehgala den Goldenen Viktor als bester was immer auch erhalten«, die Sparte, für die der Tote ausgezeichnet worden war, wollte Palinski partout nicht einfallen.

»Na sicher nicht als beste Hauptdarstellerin«, kicherte einer von Wallners Mitarbeitern, was ihm ein strenges »Lass den Blödsinn, Fritz« eintrug.

Inzwischen hatte der Inspektor die Taschen von Lettenbergs Anzug durchsucht, außer dem Reisepass des Toten aber nichts gefunden.

»Lettenberg, Jürgen Werner, geboren am 14.4.1963 in Reschitz«, las Wallner vor. »Na. um den Preis für den besten Nachwuchs-Schauspieler scheint es sich aber auch nicht gehandelt zu haben.«

»Wenn ich das sag, dann haut er mich zamm«, maulte ›Fritz‹ im Hintergrund. »Aber selbst derf er die blöden Schmäh machen.« Wallner überging den, wie Palinski fand, nicht wirklich unberechtigten Einwurf und konzentrierte sich auf die Leiche. Der Fotograf nahm seine Tätigkeit wieder auf und verknipste einen weiteren Film mit dem sitzenden Körper. Auf Anregung Palinskis und im Auftrag Wallners schoss er auch noch einige Bilder mit Perücke und Brille.

In der Zwischenzeit hingen bereits an mehreren der in den Innenhof gehenden Fenster Menschen, die sich die unerwartete Abwechslung direkt vor ihren Augen nicht entgehen lassen wollten. Palinski konnte auch zwei, drei Ferngläser erkennen und überlegte, wie lange es wohl noch dauern würde, bis die Medien von dieser für Auflage und Quote zweifellos guten Nachricht Wind bekommen würden. Dann konzentrierte er sich wieder auf den Leichnam und machte eine interessante Feststellung und zwei ebensolche Beobachtungen.

»Ich glaube, ich habe den Mann schon gestern Abend gesehen«, war sich Palinski nach einigen Minuten Überlegens sicher. »Allerdings in der ursprünglichen Verkleidung und in einem anderen Anzug.«

»Eines nach dem anderen. Klären wir jetzt einmal, um

welche Uhrzeit du Lettenberg heute Nacht gesehen hast«, erinnerte Wallner. »Ehe wir das vergessen. Den Rest erzählst du mir nachher.«

* * * * *

Als Krimischreiber habe ich mir angewöhnt, alle Menschen und Situationen auf ihre ›dramatische Tauglichkeit‹ hin zu prüfen. Das bedeutet beispielsweise, dass ich angesichts einer interessant wirkenden Person überlege, welche dunklen Geheimnisse sie umgeben. Der Mann ist mir sofort aufgefallen, als ich gestern Abend das Ristorante ›Mama Maria‹ betrat, den besten Italiener weit und breit. Das Lokal liegt exakt gegenüber dem Haus, in dem sowohl meine Familie als auch ich wohnen, wenn auch nicht zusammen. Seit meiner halbherzigen Trennung von Tisch und Bett hatte Maria Bertollini, eine typische italienische Mama einen erheblichen Teil der Verantwortung für meine alimentäre Versorgung übernommen.

Verwöhnung wäre der treffendere Ausdruck für die angenehme Situation, die mich allerdings rund zehn Kilogramm mehr am Skelett in den vergangenen drei Jahren gekostet hat.

Lettenberg saß an einem Tisch mit direktem Blick auf unser Haus, ich am Nebentisch. Soweit ich das beurteilen kann, hat der Mann die ganze Stunde, die ich für meine Lasagne und einen wunderbaren Branzzino, sowie einen halben Liter weißen vino di tavola benötigte, den Hauseingang nicht aus den Augen gelassen. Ein gefundenes Fressen für meine Phantasie, die aus ihm zunächst einen Geheimagenten vor dem Einsatz und dann einen betro-

genen Ehemann auf den Spuren seiner ungetreuen Frau machte.

Als ich kurz nach 20 Uhr Mama Maria wieder verließ und in den dritten Stock zu meinen Kindern stieg, saß Lettenberg noch immer da. Aus heutiger Sicht erstaunt mich das ein wenig, sollte er doch bereits zwei Stunden später am anderen Ende der Stadt seinen ›Viktor‹ entgegen nehmen.

Wo ist denn bloß diese verdammte Programmzeitung? Endlich finde ich sie unter der gestrigen Tageszeitung, die inzwischen schon am Altpapierstapel gelandet ist.

Das war es, die ›Golden Ladies‹. Die Sendung lief zwischen 1.45 und 2.15 Uhr. Da ich mich noch dunkel an den Abspann erinnere, wird es wohl ein Viertel nach zwei Uhr gewesen sein, als ich den Hof überquert habe. Zu dem Zeitpunkt muss Lettenberg also noch gelebt haben. Ich rufe mir das Bild nochmals vor Augen und sehe die Blondine deutlich vor mir, wie sie sich förmlich an seinen Lippen festgesaugt zu haben schien. Komisch, in meiner Erinnerung ist da noch ein dunkler Fleck, ganz rechts am Rand des Blickfelds. Zunächst unbeweglich, schien er sich plötzlich wegzubewegen. Da spielt mir die Phantasie offenbar wieder einen Streich.

* * * * *

Wallner hatte inzwischen zwei seiner Mitarbeiter zur Befragung der Hausparteien losgeschickt. Eine in Anbetracht der auf vier Stiegen verteilten 45 Wohnungen eine recht zeitaufwendige Aufgabe, vor allem auch, da die meisten Bewohner bereits das Haus verlassen hatten und erst abends wieder angetroffen werden konnten. Ein dritter Beamter durchsuchte vorsorglich das runde Dutzend dunkelgrauer Mistkübel, die von den städtischen Müllspezialisten heute mit einiger Verspätung an den Straßenrand gebracht worden waren. Wonach er eigentlich suchte, wusste bei diesem Stand der Ermittlungen niemand, aber Wallner verließ sich auf den Instinkt des erfahrenen Mitarbeiters. »Sobald er etwas sieht, wird er wissen, ob es für unseren Fall relevant ist oder zumindest sein könnte«, machte der Inspektor in Optimismus. Vor einer prophylaktischen Beschlagnahmung des wöchentlichen Mülls von mehr als zweihundert Menschen schreckte der Inspektor aber doch zurück.

Inzwischen war es fast 9 Uhr morgens geworden und Palinski hatte noch immer nicht gefrühstückt. Ihm hing der Magen langsam bis zu den Knien. Die Auswirkungen einer kurzen Nacht ließen sich mit zwei Schalen kräftigen Kaffees, einem großen Teller Ham and Eggs und zwei Buttersemmerln sehr gut kompensieren. Aber nur zwei Stunden Schlaf ohne nachfolgend ausreichende Energiezufuhr, er fühlte sich langsam richtig schlaff. Jetzt fielen auch schon die ersten Medienvertreter ein wie die Fliegen in den Kuhstall. Palinski war sicher, dass der junge Mayerhofer aus dem ersten Stock dafür gesorgt hatte. Der Publizistikstudent im dritten Semester war hinter einem Job beim Fernsehen oder eine der führenden Tageszeitungen her wie der Teufel hinter einer armen Seele. Und das hier war sicher keine schlechte Gelegenheit, da und dort einen Fuß in die Türe zu bekommen.

Ein kurzer Blick zu den Fenstern der Mayerhofer'schen Wohnung bestätigte Palinskis Vermutung. Zwei Fotoreporter mit imponierenden Objektiven vor ihren Kameras hingen über den Fensterbrettern. Horst Mayerhofer versuchte sein Glück dagegen mit der Videokamera seines Vaters zu zwingen.

Zwei Zeitungsjournalisten und ein Team des Fernsehens hatten sich jetzt bis zu Wallner durchgekämpft und bestürmten den Inspektor mit ihren Fragen. Der fasste in einem kurzen Statement zusammen, was ohnehin schon bekannt war und kein Wort mehr. Im Übrigen verwies er auf die offizielle Stellungnahme der Pressestelle der Polizei, die er für nachmittags in Aussicht stellte.

Nachdem die Vertreter der vierten Macht erkannt hatten, dass von offizieller Seite nichts mehr zu erwarten war, versuchten sie von den umstehenden Zuschauern etwas zu erfahren. Palinski wehrte die hartnäckigen Versuche, ihm etwas aus der Nase zu ziehen freundlich, aber bestimmt ab. Frau Pitzal dagegen genoss das Interesse an ihrer Person ungemein und reicherte ihr zwangsläufig karges Faktenwissen durch gelungene Ausschmückungen und originelle Schlussfolgerungen an. Was dazu führen sollte, dass die erste Abendausgabe der größten Tageszeitung noch mit dem spekulativen Aufmacher ›Fernsehliebling und Gewinner des Viktors tot – Selbstmord aus verschmähter Liebe?‹ erschien.

Wallner sah auf die Uhr, blickte sich um und meint:»Bis auf die Befragung der Anwohner sind wir hier soweit fertig. Jetzt werden wir einmal schauen, was uns die Leute aus dem Showbiz zu erzählen haben.« Er drückte Palinski die Hand. »Und du mach, dass du endlich etwas in den Magen bekommst, bevor du noch aus den Latschen kippst. Ruf mich am Nachmittag an, möglich, dass ich noch etwas von dir brauche.«

Während Frau Pitzal weiter nach Journalisten suchte, die sie interviewen wollten, die gute Frau hatte wahrhaft Freude daran gefunden, ging Palinski zurück in seine Wohnung.

Hier brachte er noch rasch einige Gedanken zu Papier, dann machte er sich stadtfein und auf den Weg in sein geliebtes Café ›Kaiser‹. Wo ihn, das Wasser ran ihm bei dem Gedanken im Mund zusammen, ein hervorragendes Frühstück erwartete. Ganz so, wie er es liebte.

2

Während die sterblichen Überreste Lettenbergs ins gerichtsmedizinische Institut überführt wurden, studierte Palinski bereits die aktuellen Tageszeitungen. Die belebende Wirkung des mit der ersten Schale Kaffee zugeführten Koffeins machte sich bereits bemerkbar, den Rest an Wohlbehagen steuerte das resche Handsemmerl bei, mit der er das klebrige Gelb der Dotter von dem vor ihm stehenden Teller tunkte.

Neben den Problemen mit der Gesundheitspolitik, dem jüngsten Korruptionsskandal in Brüssel und der fristlosen Entlassung des Bundestrainers nach der 0:3 Niederlage gegen Andorra am vergangenen Wochenende beherrschte die erst anfangs letzter Woche bekannt gewordene Erpressung einer großen Lebensmittelhandelskette die Schlagzeilen der Tagespresse. Wie der riesige Konzern jetzt zugeben musste, war die erste Forderung nach 10 Millionen Euro bereits vor drei Wochen eingetroffen, aber zunächst nicht weiter ernst genommen worden.

»Wir erhalten mehrmals pro Jahr derartige Schreiben von irgendwelchen Spinnern«, soll der Vorstandsprecher die späte Einschaltung der Polizei gerechtfertigt haben.

Fünf Kunden mit mittelschweren Vergiftungen, die sich nachweislich nach dem Verzehr von in ›BIGENI‹- Märkten erstandenen Krapfen eingestellt hatten, führten zu einem leichten Meinungsumschwung bei der Konzernleitung. Als

Reaktion auf ein neuerliches Schreiben, in dem man eine Erhöhung der Dosis ankündigte und den Betrag auf 20 Millionen hinaufsetzte, wurde eine private Security-Agentur beigezogen. Als besonders provokant sollen die Bosse den quer über die Botschaft geschriebenen Slogan des Unternehmens ›Billiger gehts nicht‹ empfunden haben. Noch dazu in blaugelb, den Farben des Konzerns.

Die im Zuge einer fingierten Geldübergabe gestellte Falle erwies sich als völliges Desaster und führte dazu, dass sich bereits drei Tage später zwölf gesundheitsbewusste Wiener nach dem Konsum von strychningetränkten Müsli der Handelsmarke ›Cheapy‹ mit schweren Vergiftungserscheinungen in Spitalsbehandlung begeben mussten.

Nun war der Deckel nicht mehr länger auf demTopf zu halten. Die Polizei machte den Verantwortlichen heftige Vorwürfe. Wie Palinski von Miki Schneckenburger wusste, sollte die Staatsanwaltschaft gegen einige der Chefs sogar die Möglichkeiten einer Anklage wegen fahrlässiger Körperverletzung prüfen. Was prompt zu einem Aufschrei der Wirtschaft führte, die damit eine Gefährdung des Wirtschaftsstandortes befürchtete. Da sich gleichzeitig auch in drei anderen Ländern der EU Vorfälle nach dem im wesentlichen gleichen Muster ereigneten, wurden Stimmen laut, die dahinter eine konzertierte Aktion der internationalen Terrorszene vermuteten. Die erpressten Gelder könnten der dezentralen Finanzierung regionaler Aktionen dienen, lautete schon bald die gängige, wenn auch nicht ganz unwidersprochene Expertenmeinung.

Die Folge dieser Entwicklung war die vor wenigen Tagen erfolgte Einrichtung einer Sonderkommission im

Innenministerium, der auch Dr. Michael Schneckenburger angehörte.

Die nächste Meldung war für Palinski völlig neu. Angeblich hatte jetzt auch der zweite große Filialist, die ›MEFIG‹, was so viel wie ›Mehr für Ihr Geld‹ bedeuten sollte, eine enorme Forderung erhalten. Mit den Worten: ›Wenns für einen zuviel ist, wollen wir eben 30 Millionen von zweien‹ wurde der Druck neuerlich erhöht. Die Reaktion der Bevölkerung war durchaus ambivalent. Einerseits schreckten viele vor dem Kauf von Krapfen, Müsli und anderen von Experten als gefährdet angesehenen Produkten zurück. Andererseits gab es gar nicht wenige, die sich heimlich die Hände rieben und den ›Großkopferten da oben‹ die Bredouille durchaus gönnten, in der sie sich befanden.

Ein älterer Mann war an Palinskis Tisch getreten. Es war Kurt Brinek, genannt ›der Oberlehrer‹, weil er immer alles besser wusste. Er zählte ebenso wie der Pepi, der Kaserer, die alte Frau Nessel und einige andere, deren Namen Palinski nicht ganz geläufig waren, zu den Stammkunden, nein, eigentlich zum Inventar des alten Wiener Kaffeehauses. Sie kamen nicht hin und wieder hierher, sondern sie wohnten hier und gingen hin und wieder nach Hause oder auch woanders hin.

»Hallo Hocknstada«, der Spitzname stammte aus der ersten Zeit seiner Arbeitslosigkeit, die Palinski häufig hier mit dem Studium der Stellenanzeigen in den Tageszeitungen verbracht hatte. »Laung net gsegn«, der Oberlehrer hatte ungefragt Platz genommen. Das war unter den Ureinwohnern hier so üblich und Palinski war irgendwie stolz darauf, dazu gezählt zu werden.

»Zvü Oabeit« rechtfertigte sich Palinski, »und ka Göd.« Er lachte in Erinnerung an sein erstes Gespräch mit Brinek vor einigen Jahren. Damals hatte ihn der Oberlehrer als ›a so a Großkopfata‹ abgestempelt, weil er Hochdeutsch mit wienerischem Akzent gesprochen hatte. Diesen Vorwurf wollte Palinski kein zweites Mal riskieren.

»Nau, fia an Gspritztn wiads do no reichn«, der Oberlehrer verdrehte mit gespielter Verzweiflung die Augen, »bevur i vaduast.«

Wieder musste Palinski lachen. Dann gab er Sonja, der in traditionellem Schwarz-Weiß der Serviererinnenzunft gekleideten Seele des Hauses ein Zeichen. Der war das Ritual geläufig, das auf ein Viertel aufgespritzte Achtel Weißwein schon vorbereitet und rasch serviert. »Warums den Obalehra nennan und net Schnorraking, is ma a Rätsel«, murrte sie im Vorbeigehen.

»Wast, wos i ma denk«, Brinek lud sich nie einfach nur auf ein Getränk ein, sondern lieferte im Gegenzug immer auch erfrischende Einblicke in sein Seelenleben und geizte nicht mit guten Ratschlägen. Schließlich wollte er sich ja nichts schenken lassen.

»I deng ma, doss do a Menge Leid bei der Apressung mitschneidn wean woin.« Nachdenklich schüttelte er den Kopf. »Und waun i an um d' Eckn bringan woit, tät eam mit vagiftete Schwedenbombm vom ›Bigeni‹ fittan. Kaufn, vagift und daun fittan, in der Reinfoige.«

»Do kaunst recht ham.« Die These des Oberlehrers hatte tatsächlich etwas für sich. Das war wirklich eine ideale Gelegenheit für Trittbrettfahrer und Leute, die eine gute Gelegenheit suchten, um alte Rechnungen diskret zu begleichen, dachte Palinski.

»Jetzt muaß i da wos erzön.« Und er berichtete Brinek und einer wachsenden Zahl an neugierigen Ohren von der Leiche vor dem Frühstück. Nicht, weil er ein Schwätzer mit Geltungsdrang war, sondern aus Erfahrung wusste, dass ihm aus Volkesmunde schon häufig originelle, manchmal sogar zielführende Anregungen für die Lösung seiner erfundenen Kriminalfälle zugeflogen waren. Warum nicht auch bei diesem, seinem ersten echten Fall? Immerhin basierten ja eine Menge Verbrechen auf literarischen Vorbildern und umgekehrt. Zumindest vermutete Palinski das und hoffte, diese These mit Hilfe seiner Datenbank ›Crimes – facts and ideas‹ eines Tages auch beweisen zu können.

Die Nachricht von Jürgen Lettenbergs Tod und dem Fundort der Leiche knapp 200 Meter vom Kaffeehaus entfernt, schlug erwartungsgemäß ein wie ein, na ja, zumindest wie ein Blitz in den Heustadl. Palinski wurde wirklich nicht enttäuscht. Er nahm sein ständig präsentes Notizbuch aus der Tasche und verbrachte die nächste Stunde damit, die originellsten Äußerungen der anwesenden Experten für die Nachwelt zu erhalten.

* * * * *

Kriminalgeschichten haben mich schon immer fasziniert. Bereits im zarten Alter von fünf Jahren fesselte mich meine Großmutter mit Erzählungen über Einbrüche, Mord und Totschlag. Angeblich alles Fälle, mit denen ihr zweiter Mann beruflich zu tun gehabt haben soll. Später habe ich erfahren, dass der vermeintliche Superdedektiv tatsächlich als Portier im Polizeipräsidium beschäftigt gewesen war. Das hat mich aber nicht wirklich enttäuscht, sondern lediglich meine Hochachtung vor Omis Phantasie in Bewunderung umschlagen lassen. Wahrscheinlich ist es ihrem Anteil an meiner genetischen Ausstattung zu verdanken, dass ich heute genau das tue, was ich tue.

Schon in der Mittelschule habe ich begonnen, fast alle Klassiker wie Agatha Christie, Edgar Wallace, Dashiell Hammett und Raymond Chandler zu lesen, den begnadeten Verschwörungstheoretiker Robert Ludlum sowie den exzellenten Romancier Grisham verschlungen und kaum eine Verfilmung dieser Vorlagen versäumt. Und heute noch warte ich auf die Neuerscheinungen von Donna Leon und Henning Mankell wie die Kids auf den neuen Harry Potter.

Schon früh hat es mich dazu gedrängt, diese Vielfalt an Motiven, Mordwaffen, -plänen und -abläufen, die unmittelbar und mittelbar betroffenen Personen, sowie die für die Lösung wesentlichen Hinweise und alle sonstigen Zutaten zu einem logisch, funktionell und milieuspezifisch überzeugenden Verbrechen zu analysieren. Mit den alten Karteikarten war das ein zwar mühsames, aber durchaus vergnügliches Hobby. Mit dem PC, den ich mir nach meinem zwangsweisen Abschied aus der Welt der Unselbständigen zugelegt habe, ein Kinderspiel mit hohem Spaßfaktor. Von dem ich seit mehr als zwei Jahren auch recht gut leben kann. Und ein finanzieller Quantensprung steht unmittelbar bevor. In zwei Tagen habe ich in Frankfurt ein Gespräch mit einer Produktionsfirma, die auf Krimis und Serien spezialisiert ist und mit allen namhaften, deutschsprachigen Sendern zusammenarbeiten. Mit dem in Aussicht stehenden Beratervertrag könnte ich mich endlich meinem Lebenstraum widmen. Dem großen Kriminalroman, der mich in eine Reihe mit den Unsterblichen dieses Genres katapultieren würde.

* * * * *

Die Befragung der Bewohner des Hauses, vor dem Lettenbergs Leiche gefunden worden war, hatte bisher nicht allzu viel gebracht. Lediglich die Aussage einer älteren Dame, die aus der üblicherweise ruhigen, weil nur zeitweise bewohnten Wohnung über ihr in der letzten Nacht ungewöhnliche, wenn auch nicht näher definierbare Geräusche gehört haben wollte, schien möglicherweise von einiger Relevanz zu sein. Besagtes Appartement im erst kürzlich ausgebauten Dachboden des Hauses gehörte einer Frau Mayer-Braunsberg, die ihren ordentlichen Wohnsitz in Windischgarsten hatte und derzeit auf Kur in Montecatini war.

Angeblich benützte sie die Wohnung nur zwei, drei Mal im Jahr für wenige Tage. Die restliche Zeit über wurde die Immobilie dem Vernehmen nach über das Internet an gutbetuchte Wien-Besucher vermietet. Im Moment war ein Mitarbeiter Wallners damit befasst, den Makler zu ermitteln.

Einige Anrufe beim TV-Sender und dem Veranstalter der Viktor-Verleihung, einem großen Zeitschriftenverlag, hatten dem Inspektor jene Informationen geliefert, die er für seine nächsten Schritte benötigte.

Wallner und einer seiner Mitarbeiter saßen in der Halle des Grandhotels und warteten auf Marion Waldmeister, die Managerin von Deutschlands jüngst verblichener

Schauspielgröße Jürgen Lettenberg. Nach Aussage der Rezeption war sie außer Haus gegangen, sollte aber bald wieder zurück sein. Für 13 Uhr war ein Interviewtermin mit dem Viktor-Gewinner vereinbart, wusste der gut informierte Concierge, bei dem sie natürlich nicht fehlen durfte. Obwohl die erste Nachricht über Lettenbergs Hinscheiden bereits um 10 Uhr gebracht und sogar als Sondermeldung im Fernsehen ausgestrahlt worden war, schien Frau Waldmeister noch keine Ahnung vom Schicksal ihres Arbeitsgebers zu haben. Falls sie nicht selbst mit der Sache zu tun hatte.

Wallner hasste den Teil seiner Arbeit, der ihm nun bevorstand. Das Überbringen von Todesnachrichten war etwas, woran er sich auch nach mehr als zwölf Jahren in diesem Beruf noch nicht gewöhnt hatte und wahrscheinlich auch nie würde. Mit den Unschuldigen hatte er immer Mitleid und wollte sie lieber trösten als verdächtigen. Das heuchlerische Getue der Schuldigen stieß ihn dagegen ab. Das Schlimme daran war aber, dass er zu diesem Zeitpunkt meistens noch nicht wusste, ob schuldig oder unschuldig.

Damit war er aber auch einem, von Sympathie oder Antipathie gesteuerten Wechselbad von Mitgefühl und Abscheu ausgesetzt. Wie auch immer, er hasste es, aber es gehörte nun einmal zu seinem Job.

Wallner beobachtete, wie eine attraktive Blondine am Empfang zunächst auf ihn aufmerksam gemacht und dann von einem Pagen zu ihm geführt wurde. Die verzweifelt-komischen Bemühungen des Concierge, Wallner auf sich bzw. die Frau aufmerksam zu machen, wirkten wie ein groteskes Vorspiel zu dem bevorstehenden Drama.

Der Inspektor stand auf und holte seine Marke aus der Tasche.

Inzwischen war Marion Waldmeister stehen geblieben und blickte ihn fragend an. Wallner stellte sich mit Namen und Funktion vor und lud die Frau ein, Platz zu nehmen.

»Ich habe nur sehr wenig Zeit und möchte lieber stehen bleiben«, mit hörbar unterkühlter Stimme brachte Marion Waldmeister unmissverständlich zum Ausdruck, was sie von dieser ihr aufgezwungenen Störung ihres Tagesablaufes hielt.

»Ich fürchte, Sie werden sich mehr Zeit nehmen müssen, als Ihnen lieb sein wird. Wollen Sie sich nicht doch lieber setzen?« Wallner schätzte sein Gegenüber zwar als starke Frau ein, hatte aber schon mehr unbesiegbar wirkende Menschen nach einer unvermittelt überbrachten Todesnachricht umkippen sehen als ihm lieb war.

Die Beharrlichkeit des Inspektors hatte ihre Wirkung auf die Managerin nicht verfehlt. Sie murmelte zwar trotzig etwas für Wallner vermutlich wenig Freundliches vor sich hin, nahm aber dann nach einigem Zögern Platz.

»Also, was ist so wichtig, dass Sie mich in meinem Hotel überfallen«, herrschte sie den Beamten an. Ehe Wallner antworten konnte, gewann der Verstand der Frau wieder Oberhand über den bis dahin dominierenden Trotz.

»Ist etwas mit Lettenberg? Hat er wieder etwas angestellt?«, sprudelte es plötzlich aus ihr heraus.

Wallner nickte traurig mit dem Kopf. »Es tut mir leid, Ihnen das sagen zu müssen. Aber Jürgen Lettenberg ist tot.«

Die Waldmeister blickte ihn einige Sekunden lang fassungslos an. Dann fing sie nervös zu lachen an. »Aber das gibt es nicht, das kann nicht stimmen. Ich habe ihn doch noch gestern um 11 Uhr nachts gesehen, mit ihm gesprochen.«

Dass die Menschen immer meinen, der Tod eines anderen Menschen müsste zwangsläufig etwas sein, das sich vorher ankündigt und in jedem Falle ein mehr oder weniger langes, für die unmittelbare Umgebung erkennbares Sterben bedingt.

»Das geht manchmal sehr rasch, Gnädige Frau«, Wallners Stimme hatte einen tröstlichen, verständnisvollen Klang angenommen. Damit eine Vertrauensbasis zu möglichen Verdächtigen aufzubauen war eine der unbestrittenen Stärken des jungen Inspektors. »Es tut mir sehr leid, aber soweit wir feststellen konnten, handelt es sich bei der heute Morgen aufgefundenen Leiche um die sterblichen Überreste von Jürgen Werner Lettenberg. Geboren am 14. April 1963 in Reschitz.« Wallner merkte, dass die Frau langsam begann, das Unfassbare zu begreifen. »Leider müssen wir Sie später noch bitten, die Leiche zu identifizieren.«

Frau Waldmeister, deren Augen sich mit Tränen gefüllt hatten, nickte gerade stumm, als ein jüngerer Mann an den Tisch trat.

»Guten Morgen Marion, ich kann Jürgen nicht finden. Er hat mir den Termin fix zugesagt.« Ehe die Frau noch reagieren konnte, war Wallner schon aufgestanden, führte den Journalisten zur Seite und klärte ihn über die Gründe des geplatzten Interviewtermins auf. »Wegen weiterer Details setzen Sie sich am besten mit unserer Pressestelle in Verbindung.« Entweder waren die Nachrichtenagenturen langsamer als der Rundfunk oder die Kommunikation zwischen der Redaktion dieses Journalisten mit ihren Mitarbeitern war auch im Zeitalter des Handys miserabel. Auf jeden Fall hatte der zugegebenermaßen nur für den Gesellschaftsteil zuständige Kollege noch keine Ahnung von den aktuellen Entwicklungen.

Eingedenk der alten journalistischen Regel, dass ›bad news good news‹ sind, stürmte der Mann ohne weitere Worte los. Sicher auch, um sich als Überbringer dieser Toppmeldung das gesteigerte Wohlwollen seines Chefredakteurs zu sichern.

Sic transit gloria mundi, dachte sich Wallner, der zumindest ein Wort des Bedauerns gegenüber Marion Waldmeister erwartet hätte.

Die hatte sich zwischenzeitlich wieder soweit gefasst, dass der Inspektor mit seinen Fragen beginnen konnte.

»Sie haben vorhin gefragt, ob Herr Lettenberg möglicherweise etwas angestellt hat. Wieder einmal, wenn ich das richtig verstanden habe.« Wallner bemühte sich sichtlich, die Frau so schonend wie möglich zu behandeln. Er fand sie sympathisch und ihre bisherigen Reaktionen hatten seinen routinemäßigen Verdacht gegen sie bisher nicht verstärkt. Auch wenn sie mit ihrer unübersehbaren Haarpracht ein wesentliches Merkmal mit der geheimnisvollen Blondine gemein hatte, die Palinski in einer Umarmung mit Lettenberg gesehen hatte.

»Nun«, Marion Waldmeister zögerte. Weniger, um Wallner etwas zu verheimlichen, eher, um ihren toten Schützling möglichst schonend zu behandeln. »Besondere Menschen haben häufig auch besondere Vorlieben«, umschrieb sie vorsichtig. »Und besondere Schwächen«, setzte sie fort. »Als ich Jürgen vor mehr als zwölf Jahren kennengelernt und etwas später sein Management in die Hand genommen habe, war er das, was man als ›Wilder Hund‹ bezeichnen könnte. Sex, Alkohol, eine Zeit lang auch verbotene Drogen, es gab kaum etwas, was er nicht ausprobiert hätte.«

Sie griff in ihre Tasche und holte ein kleines Fotoalbum heraus, dem sie nach einigem Suchen zwei Bilder entnahm.

»Hier, so hat er ausgesehen, wie ich ihn kennengelernt habe«, sie reichte Wallner das Bild. Es zeigte einen jungen schlaksigen Burschen mit Christusfrisur, ungezähmtem Vollbart und lachenden, etwas stechend blickenden Augen. »Und so hat er sich drei Jahre später präsentiert, nach seinem großen Durchbruch mit der Serie ›Wir alle wollen leben.‹ Erinnern Sie sich daran.«

Wallner erinnerte sich nicht, nickte aber zustimmend, um das positive Gesprächsklima nicht zu gefährden. Das Foto zeigte einen gestandenen Mann im Designeranzug, mit modischem Kurzhaarschnitt und siegessicherem Lächeln im Gesicht, der lässig an einem rassigen Sportwagen lehnte. Wallner kannte sich bei Autos nicht so aus, aber dass dieses Geschoss weit mehr gekostet hatte als seinem Jahresgehalt entsprach, war für ihn mit freiem Auge zu erkennen. Der auffallendste Unterschied bestand für den exzellenten Beobachter Wallner aber im Ausdruck von Lettenbergs Augen. Das lebendige Feuer, der irgendwie hypnotisch wirkende Blick des jungen Mannes war einer gleichgültigen, seelenlosen Reflexion abgestumpfter Selbstzufriedenheit gewichen.

»Auf diesem Bild wirkt Herr Lettenberg so gezähmt,

angepasst, irgendwie geläutert«, umschrieb Wallner vorsichtig seine Beobachtungen.

»Gezähmt ist nicht der richtige Ausdruck«, korrigierte die Waldmeister, »kontrolliert trifft es eher. Natürlich hat er sich auch anpassen und damit seine exzessiven Neigungen eindämmen müssen. Aber sie sind immer noch da gewesen, waren bloß unter Kontrolle. Zumindest meistens.«

»Entschuldigen Sie die intime Frage, aber hatten sie zu dieser oder zu einer anderen Zeit mehr als nur eine berufliche Beziehung zu Lettenberg?«

»Nachdem ich ihn kennengelernt habe, sind wir etwa zwei Jahre zusammen gewesen«, bekannte die Frau ohne Umschweife. »Mit seinem beruflichen Erfolg ist dann auch eine gewisse Entfremdung eingetreten. Wir haben rasch die Konsequenzen gezogen. So war es uns möglich, Freunde zu bleiben und weiter zusammenzuarbeiten.«

Wallner legte die Fotos zur Seite und brachte das Gespräch in die Gegenwart zurück. »Was meinen Sie, in welcher Beziehung könnte Lettenberg letzte Nacht, sagen wir einmal, rückfällig geworden sein?«

Marion Waldmeister überlegte lange. »Ich würde auf Glücksspiel tippen, möglicherweise auch auf exzentrischen Sex.« Wallner notierte sich eben ›Casinos fragen‹, als die Frau fortfuhr. »Dabei ist er in allen Casinos in Deutschland und Österreich gesperrt, auch in einigen anderen Ländern.« Der Inspektor strich seine letzte Aufzeichnung und ersetzte sie durch ›Private Spielclubs?‹

»Bevorzugte Lettenberg spezielle sexuelle Praktiken?«, als ehemaliger Klosterschüler hatte Wallner bei Fragen dieser Art gelegentlich noch widersprüchliche Gefühle.

Etwa so, wie ein Diabetiker, der versehentlich in einer Konditorei eingesperrt wird.

»Er hat sicher alles probiert, was sich ergeben hat. Und einiges mehr dazu erfunden.« Sie lächelte wehmütig. »In diesen Dingen war er außerordentlich kreativ. Falls ich mich auf seine zuletzt bevorzugte Praxis festlegen müsste, würde ich auf SM tippen.«

Jetzt lief der Diabetiker Gefahr, ganz in den Honigtopf zu plumpsen. Wallner hoffte nur, jetzt nicht rot zu werden. Zwar bestätigte ihm seine Freundin immer wieder, wie anziehend sie seine Schüchternheit in manchen Situationen fand. Tatsächlich hatte sie sogar sexy gesagt. Im Augenblick wäre ihm ein roter Schädel aber echt unangenehm gewesen.

»War Lettenberg der gebende oder der nehmende Teil?«, zwang sich Wallner zu einer für die weiteren Ermittlungen unabdingbaren Frage.

»Dabei geben und nehmen beide, jeder auf seine Art«, klärte ihn die Waldmeister auf. »Wenn Sie aber mit Geben quälen und mit nehmen leiden meinen, dann hat Lettenberg ausschließlich genommen.« Sie blickte sich um, dann fragte sie Wallner, ob er ihr eine Tasse Kaffee bestellen könne. Dieser konnte und sie fuhr fort: »Wenn ich mich entscheiden müsste, würde ich auf das Spielen tippen. Dem war er rettungslos verfallen. Sexuell hat er sich, soviel ich weiß, etwas beruhigt, seit er vor knapp zwei Jahren geheiratet hat.«

Sophie Lettenberg, gebürtige Birkweiler, war 15 Jahre jünger als ihr Mann. Die gebürtige Salzburgerin hatte ihren Jürgen bei Dreharbeiten am Reiterhof ihrer Großeltern in der Nähe von Eugendorf kennengelernt. In kürzester Zeit waren sich beide gegenseitig verfallen, so Marion Waldmeisters melodramatischer Befund. Sophie hatte ihren kurz zuvor begonnenen Turnus am Salzburger Landeskrankenhaus von heute auf morgen aufgegeben und mehrere wilde Monate mit Lettenberg verbracht. Dann wurde plötzlich und für alle überraschend geheiratet. »Alle anderen Frauen hat Jürgen nach spätestens sechs Monaten in die Wüste geschickt, Sophie hat er geheiratet. Es muss also etwas besonders an ihr sein«, stellte Frau Waldmeister fest. »Ich bin bloß noch nicht darauf gekommen, was«, fügte sie spitz dazu.

»Wohnt Sophie Lettenberg auch in diesem Hotel?«, Wallner wollte so rasch wie möglich mit der Frau des Toten sprechen.

»Sie ist nicht einmal in Wien. Sophie hatte vor zwei Wochen einen Nervenzusammenbruch. Soviel ich weiß, befindet sie sich derzeit in einem Privatsanatorium in der Nähe von Thalgau.« Sie zuckte mit den Achseln. »Die Ehe klappte wohl auch nicht mehr so ganz, seit sie den Reiterhof übernommen hat.«

»Wo wohnte Lettenberg eigentlich?«

»Er besitzt, vielmehr besaß ein Haus in der Nähe von München und ein Penthouse in Berlin. Ich bin aber sicher, dass es noch einige Absteigen gibt, von denen selbst ich nichts weiß.« Marion Waldmeister lachte bitter. »Er hat niemandem voll vertraut oder alles erzählt. Nach der Eheschließung haben die beiden meistens in München oder auf Sophies Reiterhof verbracht.«

»Wie sieht es mit Verwandten aus?«

»Seine Eltern leben in Wiesbaden. Jürgen hatte aber in den letzten Jahren wenig Kontakt zu ihnen. Zuletzt haben sie sich bei der Hochzeit gesehen.« Sie schüttelte den Kopf. »Das muss man sich einmal vorstellen. Hat Eltern und sieht sie zwei Jahre lang so gut wie nie.« Wallner spürte Kummer hinter ihrer Äußerung. Er wollte das Gespräch aber nicht in diese Richtung lenken, hatte so schon genug Probleme am Hals.

»Dann gibt es noch eine Großmutter in einer Seniorenresidenz in Eschborn. An ihr muss Jürgen ziemlich gehangen haben. Er hat sie immer besucht, wenn sich die Gelegenheit dazu geboten hat.«

Wallner merkte, dass Marion Waldmeister wieder zu weinen begonnen hatte. »Sie werden ihn wohl sehr vermissen«, meinte er verständnisvoll und hielt ihr ein sauberes Taschentuch hin.

Sie nickte nur, dann wischte sie sich die Augen trocken und schnäuzte sich. »Ich sende es Ihnen gewaschen und gebügelt wieder zurück«, sie lächelte wieder und steckte das zerknüllte Tuch ein.

»Ich denke, fürs Erste sollte das jetzt reichen.« Wallner schaltete das kleine Aufnahmegerät aus, mit dem er das Gespräch mitgeschnitten hatte, natürlich mit Zustimmung der Frau. »Wollen Sie sich jetzt etwas ausruhen oder können wir gleich zur Identifizierung in die Gerichtsmedizin fahren?«

»Mir wäre es lieb, wenn ich das gleich hinter mich bringen könnte«, meinte Marion Waldmeister und wollte schon aufstehen, doch Wallner hielt sie zurück. »Eine letzte Frage noch. Wer könnte einen Vorteil aus Lettenbergs Ableben ziehen?«

»Da fällt mir spontan Hans ›Jack‹ Ehrlinger ein, der jetzt wohl die Rolle des Staatsanwaltes in der neuen Serie ›Im Auftrag desGesetzes‹ bekommen wird«, kam ihre spontane Antwort.

»Den können wir sicher auch nicht ganz außer acht lassen«, Wallner schmunzelte. »Ich denke aber eher an Erbschaften, Lebensversicherungen, die jetzt fällig werden oder Ähnliches.«

»Ich nehme an, dass alles oder das meiste an Sophie gehen wird. Die Erbin wird aber auch enorme Schulden übernehmen müssen. Soviel ich weiß, steht er alleine bei der Bank mit mehr als einer Million Euro in der Kreide.«

»Und wie steht es mit Lebensversicherungen«, bohrte Wallner weiter, »ich kann mir nicht vorstellen, dass so ein Mensch unversichert durch das Leben gegangen ist.« Er registrierte, dass das Thema seiner Gesprächspartnerin nicht angenehm war.

Sie druckste ein wenig herum, schien endlich zu einer Entscheidung gekommen zu sein und eröffnete ihm schließlich, dass die einzige Polizze* dieser Art, die ihr definitiv bekannt war, sie als Begünstigte vorsah. »Bin ich jetzt verdächtig?«, wollte Marion Waldmeister abschließend besorgt wissen.

»Das ist grundsätzlich einmal jeder aus dem Umfeld des Opfers, der ein Motiv und die Möglichkeit zur Tat hat. Aber wir wissen ja noch gar nicht, ob Lettenberg nicht ohnehin eines natürlichen Todes gestorben ist«, beruhigte er die aufgeregte Frau. »Ich kann auch Ihr Zögern verstehen und schätze Ihre Offenheit. Sie können sicher sein, dass wir früher oder später ohnehin von der Existenz dieser Versicherung erfahren hätten.«

»Sie müssen verstehen, dabei ging es um eine Art Abfin-

*in Österr. für »Police«

dung für mich. Die hätte ich entweder mit seinem 50. Geburtstag oder mit seinem Ableben erhalten sollen. Das war Bestandteil unseres Vertrages.«

»Um welchen Betrag handelt es sich dabei«, Wallner hatte keine Vorstellung, welche Abfindungen in diesen Kreisen üblich waren.

»Die Polizze wurde vor acht Jahren auf 1 Million DM abgeschlossen. Es geht also um eine runde halbe Million.«

Nun, das war selbst in diesen Kreisen ein handfestes Motiv, musste Wallner zugeben. Er fühlte sich gar nicht wohl bei dem Gedanken, war aber selbst schuld an dieser Ambivalenz. Immerhin war er selbst wieder einmal freudig in die weit offene Sympathiefalle gegangen.

»Ich muss Sie das jetzt fragen«, baute Wallner vor. »Wo sind Sie vergangene Nacht zwischen«, er zögerte ein wenig, »sagen wir zwischen 23 und 4 Uhr gewesen?«

Marion überlegte kurz. »Nach Beendigung der Viktor-Verleihung haben Jürgen und ich mit einigen Leuten von der Veranstaltung noch eine Kleinigkeit gegessen. In einer Kneipe in der Nähe des Studios. Dann wollte Jürgen noch in eine Bar gehen und die anderen haben sich angeschlossen. Ich habe keine Lust mehr dazu gehabt und bin losgefahren. Habe versucht, zum Hotel zu finden, aber ich kenne mich in Wien nicht aus. Mein Orientierungssinn hat mich dann völlig im Stich gelassen. Offenbar bin ich aus der Stadt hinaus statt hinein gefahren, denn plötzlich war ich mitten im Wald. Ich bin dann auf einem Parkplatz mit herrlichem Blick über die Stadt gelandet und muss eingeschlafen sein. Ins Hotel bin ich erst kurz nach 5 Uhr zurückgekommen.« Zweifelnd blickte sie den Inspektor an. »Sieht nicht gerade gut aus für mich, oder?«

»Das bedeutet noch gar nichts«, beruhigte Wallner die Frau, »aber es macht die Sache auch nicht leichter. Ein hieb- und stichfestes Alibi wäre mir für Sie lieber gewesen. Darf ich Sie bitten, die nächsten Tage Wien nicht zu verlassen.«

Marion Waldmeister nickte resigniert bis gottergeben. »Kann ich mich in Wien frei bewegen?«

»Natürlich, solange Sie im Hotel Nachricht lassen, wo wir Sie erreichen können.«

»Soll ich mir vorsorglich schon einen Anwalt besorgen?«, trotz ihres Schocks hatte die Frau den Überblick nicht verloren. Diese Erkenntnis freute Wallner irgendwie.

»Beim derzeitigen Stand noch nicht. Falls sich aber herausstellt, dass Lettenberg eines unnatürlichen Todes gestorben ist, dann müssen wir Sie zwangsläufig als verdächtig einstufen. Also schaden würde es nicht, zumindest einmal vorzufühlen.«

Wallner legte das Geld für den Kaffee auf den Tisch.

»Bringen Sie Frau Waldmeister schon einmal zum Auto, ich komme sofort nach«, wies er seinen Mitarbeiter an. Dann entfernte er sich in die Richtung, wo er die Toiletten vermutete. Sobald Marion Waldmeister und der Kollege die voluminöse Drehtüre passiert und die Straße betreten hatten, machte Wallner wieder kehrt und steuerte die Rezeption an.

»Liegt Frau Waldmeisters Pass noch hier«, wollte er vom freundlichen Concierge wissen. Der nickte nur kurz und händigte dem Inspektor das Dokument widerspruchslos aus. Die Einbehaltung des Passes war heutzutage natürlich auch keine Garantie mehr dafür, dass sich eine verdächtige Person nicht absetzte. Die Bedeutung des Vorganges lag mehr in ihrer symbolischen Bedeutung, der psychologischen Wirkung. Wallner war einerseits froh, der Vorschrift relativ elegant und ohne direkte Konfrontation entsprochen zu haben. Andererseits genierte er sich aber auch seiner Feigheit.

* * * * *

Palinski schlief. Tief und fest, wie das angeblich nur Gerechte tun. Oder Menschen, die vergangene Nacht nur zwei Stunden Ruhe und noch vor dem Frühstück einen berühmten Filmstar, Gewinner eines begehrten Publikumspreises tot vor ihrem Fenster gefunden haben.

Der Hof mit eben jener Bank lag inzwischen völlig im Schatten. Kein Wunder, ging es doch bereits auf vier Uhr nachmittags zu. Eine auffallend hübsche, junge Frau, vom Typ her eine Mischung aus Jennifer Aniston und Jane Fonda mit einem kräftigen Schuss Wilma Bachler blieb vor dem mit Stiege 4 gekennzeichneten Haustor stehen und drückte eine Klingel.

Da die vereinbarte Klingelfolge Kurz-Lang-Kurz keine Folgen zeigte, wiederholte sie den Vorgang noch einmal. Dann ging sie zwei Meter nach links, baute sich vor dem halb geöffneten Fenster im Erdgeschoss auf und brüllte los:

»Papa, Papa, bist du da.«

Diese unmittelbare, lautstarke Intervention war nicht mehr zu ignorieren. Völlig verschlafen taumelte Palinski aus dem Bett hoch, schob seinen Kopf durch die beiden

Hälften des dichtgeschlossenen Vorhangs und warf einen Blick aus dem Fenster.

»Tina, warum brüllst du immer so?« Palinski liebte seine Tochter, auch wenn sie so laut war. Noch mehr liebte er sie aber, wenn sie sich ihm in gemäßigterer Lautstärke näherte. »Hast du wieder deinen Schlüssel vergessen?«

»Tut mir leid, Papa, aber wer kann denn auch wissen, dass du um diese Zeit schläfst.« Justina Bachler lächelte hilflos verschmitzt zu ihrem Erzeuger hoch und der ahnte, dass da noch was nachkam.

»Willst du hereinkommen? Wir können uns einen Cappuccino machen, mit der neuen Maschine« lockte er sie. Tina nickte mit dem Kopf und Palinski machte sich auf den Weg, ihr die Türen zu öffnen.

Etwas später saßen die beiden in seiner guten Stube, wie er den zweiten Raum seiner kleinen Behausung nannte. Hier empfing er seine seltenen Besucher und räumte nur ausnahmsweise auf. Im anderen Zimmer lebte, arbeitete und schlief er und räumte so gut wie nie auf. Ihm ging es um Funktion und nicht um Ordnung, Um die kümmerte er sich erst dann, wenn es gar nicht mehr anders ging. Also erst, sobald die Unordnung die Abläufe einzuschränken begann. Was für einen Menschen mit Palinskis Flexibilität nur einige Male im Jahr der Fall war.

Der Cappuccino aus der neuen Maschine war wirklich sensationell, das fand auch Tina, kam dann aber rasch auf den Punkt.

»Ich fahre morgen mit einigen Kollegen von der Uni auf Exkursion nach Zürich, in die Redaktion der ›NZZ‹. Das ist Teil unseres Seminars ›Qualitätsjournalismus im deutschsprachigen Raum‹. Da sich auf meinem Konto nur mehr 80 Euro befinden, wäre es lieb von dir, mir ein bisschen was zu pumpen.« ›Pumpen‹ war ein beiderseits anerkanntes Synonym für Schenken und das war in Ordnung so. Palinski überlegte kurz. Zürich war ein teures Pflaster und seiner Tochter sollte es an nichts mangeln. Der nächste Verlagsscheck war Ende der Woche fällig und notfalls konnte er ja auch noch seine Kreditkarte ausreizen.

»An welchen Betrag hast du denn in etwa gedacht?«, lotete er vorsichtig aus.

»Nun ja, vielleicht hundert«, Tinas Reaktion auf das gespielte Zusammenzucken ihres Vaters war prompt, »aber fünfzig Euro würden auch helfen.« Palinski musste lächeln, der alte Trick funktionierte immer noch.

»Tut mir leid, aber mehr kann ich im Moment nicht entbehren«, entschuldigte er sich, fuhr in die linke oberste Lade seines Schreibtisches und entnahm die beiden grünen Scheine, die hier für Notfälle deponiert waren.

Der Lohn für die scheinbar großzügige Geste war ein angedeutetes Bussi seiner Tochter. Tatsächlich bedeutete es Palinski unwahrscheinlich viel, seine Familienangehörigen nach den Geldprobleme der Vergangenheit wieder einigermaßen angemessen unterstützen zu können. »Ich wünsche dir eine wunderschöne Zeit in der Schweiz«, er lächelte sie an, »und komm gut wieder.«

»Was ich dich schon immer fragen wollte«, Tina hatte offenbar Zeit an diesem Nachmittag und das freute ihn, genoss er doch die seltenen Gespräche mit der 23-Jährigen sehr. »Was arbeitest du eigentlich, womit verdienst du Geld?«

Gute Frage, dachte sich Palinski, der einer Antwort

darauf bisher immer mehr oder weniger ausgewichen war. Dass er sein Haupteinkommen in den vergangenen Jahren aus dem Schreiben von Groschenromanen, auch ›Schundheftln‹ genannt, bezogen hatte, war Fakt, aber nichts, worüber er sprach. Die bereits mehr als vier Jahre andauernde Arbeit an seinem großen Kriminalroman legitimierte ihn seiner Meinung nach zwar durchaus dazu, sich auch als Schriftsteller zu bezeichnen. Manchmal kam er sich damit aber vor wie ein Taxichauffeur, der sich als Formel-1-Fahrer ausgab.

»Das ist nicht ganz einfach zu erklären, ich will es aber versuchen.« Er stand auf und deutete ihr, ihm ins Büro zu folgen. Hier setzte er sich an den PC und öffnete einen Ordner.

»Hier befinden sich die wesentlichen, handlungsrelevanten Daten von mehr als 800 Kriminalromanen und etwa 250 Filmen.« Palinski erläuterte Tina die Systematik der Datenbank, die einzelnen Parameter und so weiter und so fort.

»Papa, bitte keine Vorlesung«, Tina bremste seinen Eifer nur ungern, hatte aber an diesem Tag noch etwas anderes vor. »Was für einen praktischen Nutzen hat das Ganze?«

»Ich verfüge damit über ein riesiges Detailwissen zum Thema Morde, echte und literarische«, stolz blickte er seine Tochter an.

»Und dafür zahlt jemand etwas, außer vielleicht bei einer Quizsendung?« wunderte sich seine Tochter.

»Tja, anfänglich war das nur ein Hobby. Seit sich aber die Polizei von Zeit zu Zeit für meine Daten interessiert, melden sich auch zahlende Interessenten.«

Miki Schneckenburger hatte eines Tages begonnen, schwierige Fälle, bei denen er einen toten Punkt erreicht hatte, mit Palinski zu besprechen. Helmut Wallner, Schneckenburgers Nachfolger im Kommissariat Hohe Warte hatte diese Usance gerne übernommen.

»Eines Tages lag plötzlich die Anfrage eines deutschen TV-Senders vor, ob ich die kriminelle Logik eines Drehbuches überprüfen könnte. Ich konnte und sie haben freiwillig 2500 Euro dafür bezahlt. Obwohl sie es dann gar nicht verfilmt haben«, erinnerte sich Palinski. »Zumindest bis jetzt nicht. Von da an habe ich meine Leistungen über Internet angeboten. Erfreulicherweise gibt es immer mehr Interessenten für mein Know-how.«

»Das ist ja toll«, Tina hatte glänzende Augen bekommen«, macht das außer dir noch jemand?«

»In den USA, in der Nähe von Boston gibt es einen Will Scott, der beschäftigt sich auch damit. Wir tauschen Daten aus und diskutieren gelegentlich Fälle im Web. Darüber hinaus, keine Ahnung«, Palinski zuckte mit den Achseln«, ich weiß es nicht. Zumindest im deutschen Sprachraum dürfte ich der Einzige sein.«

»Und wie viel verdienst du damit im ...«, Tinas Frage blieb unvollendet, da plötzlich das Telefon klingelte. »Einen Moment bitte«, er deutete seiner Tochter zu warten, doch die war schon aufgestanden und auf dem Weg zur Türe.

»Ciao Papa, ich muss ohnehin schon gehen. Und danke nochmals«, sie schickte ihm ein bezauberndes Lächeln und verschwand.

»Palinski«, meldete er sich. Es war Wallner, der sich mit ihm bei ›Mama Maria‹ verabreden wollte. Für 18 Uhr, also in etwas mehr als einer Stunde. »Wir können jetzt in die Wohnung, in der sich Lettenberg möglicherweise zuletzt befunden hat, gestorben ist. Willst du mitkommen?«

Und ob Palinski wollte. »Sind die Ergebnisse der Obduktion schon bekannt«, er konnte seine Neugierde kaum verbergen.

»Nein, aber ich erwarte sie in Kürze. Also bis gleich.«

»Ja und wie …«, wollte Palinski noch nachhaken, aber der Inspektor hatte bereits aufgelegt.

* * * * *

Etwas an Wallners Verhalten irritiert mich, ich weiß aber nicht, was es ist. Soviel mir bekannt ist, bewegten sich schon die bisherigen ›Konsultationen‹ Wallners mit mir hart jenseits der Grenzen der Dienstvorschriften. Immerhin bin ich bloß eine Privatperson, die trotz ihres speziellen Wissens bei der Arbeit der Kriminalpolizei nichts verloren hat. Aber die vertraulichen Gespräche, bei denen es in der Regel um abstrakte Sachverhalte ging, konnte man mit einigem guten Willen noch als Gutachtertätigkeit durchgehen lassen. Dass mich Wallner plötzlich unmittelbar zu diesem ganz konkreten Fall beizieht, muss einen ganz bestimmten Grund haben. Sicher, als unmittelbarer Zeuge einer möglichen Straftat ist meine aktuelle Position eine andere als alle bisherigen. Aber was weiß ich schon, was Wallner nicht auch schon wüsste?

Es sei denn, ja, das musste es sein. Wallner vermutete, dass sich noch etwas in meinem Kopf befand, das mir selbst nicht bewusst war.

Was erwartet er also von mir? Na ja, zuviel Nachdenken macht nur Falten. In einer Stunde werde ich mehr wissen.

3

Das Restaurant war zu dieser Zeit nur schwach besucht. An einem der Tische saßen einige junge Leute, wahrscheinlich Studenten der nahegelegenen Wirtschaftsuniversität und teilten sich zwei Pizzen. Ein zweiter Tisch war mit einem älteren Paar besetzt, das herzerfrischend miteinander turtelte und ein dritter mit einer attraktiven Blondine.

Mama Maria begrüßte Palinski wie einen verlorenen Sohn, sie hatte den italophilen Eigenbrödler aus dem Haus vis-a-vis in ihr Herz geschlossen. Nach einigen herzhaften Umarmungen und einem Begrüßungscampari entließ ihn die Padrona und er konnte an seinem Lieblingstisch Platz nehmen. Es war bereits zehn nach sechs und von dem sonst so pünktlichen Wallner noch immer nichts zu sehen.

»Wahrscheinlich werde ich schon paranoid«, dachte sich Palinski, aber das musste etwas zu bedeuten haben. Was wollte der vife Inspektor damit erreichen, dass er ihn alleine hier sitzen ließ? Wahrscheinlich sollte er etwas beobachten oder bemerken, ohne dabei abgelenkt oder beeinflusst zu werden. Unauffällig blickte er sich um, musterte die anwesenden Personen. Außer der blonden Frau, die der nächtlichen Begleiterin Lettenbergs vom Typ her ähnelte, fiel Palinski allerdings nichts auf.

Vielleicht geschah auf der Straße etwas, was seine Aufmerksamkeit verdiente. Jetzt hatte sich Giorgo, einer von

Mama Marias Söhnen neben ihm aufgebaut und erkundigte sich nach seinen Wünschen. Palinski entschied sich für Pfirsichsaft und Aqua Minerale und gegen das Glas Chianti, nachdem ihm eigentlich zu Mute war. Denn der Abend konnte noch lange werden.

Bereits zwanzig nach sechs und von Wallner war immer noch nichts zu sehen. Während sich Palinski eines seiner geliebten Zigarillos anzündete, stand die Blondine auf, zahlte und verließ das Lokal. Langsam fand er das Verhalten des Inspektors gelinde gesagt eigenartig. Zwar war eine Verspätung, ja sogar eine Absage eines Termins in Wallners Beruf durchaus nichts Außergewöhnliches. Im Zeitalter des Handys gab es aber kaum eine plausible Begründung dafür, nicht zumindest anzurufen. Immerhin sollten die meisten dieser technischen Wunderdinger ja außer Fotografieren, Spielen, Parkgebühren zahlen und anderen Finessen auch noch dazu taugen. Da musste etwas anders dahinter stecken, wahrscheinlich eines von Wallners taktischen Manövern.

»Guten Abend, Herr Palinski«, in Gedanken versunken hatte er gar nicht bemerkt, dass Martin Sandegger, einer von Wallners Mitarbeitern an den Tisch gekommen war.

»Guten Abend, Herr Sandegger, wo bleibt denn bloß Ihr Chef?« Einladend deutete er auf einen freien Stuhl, doch der Kriminalbeamte blieb stehen.

»Inspektor Wallner ist aufgehalten worden. Er bittet Sie aber, um halb sieben zum Eingang Stiege 3 zu kommen«, er deutete zur anderen Straßenseite.

Palinski blickte auf die Uhr, noch fünf Minuten Zeit. Er genoss noch zwei, drei Züge von der würzigen Sumatra, dann legte er einige Münzen auf den Tisch, winkte Mama Maria zu und verließ seine Lieblingskantine.

Beim Betreten des Innenhofs erwartete ihn so etwas wie ein Déjà-vu Erlebnis. Obwohl es im Gegensatz zur vergangenen Nacht hell war, rief ihm das sich bietende Bild unweigerlich die Situation beim nächtlichen Überqueren des Hofes in Erinnerung. Da saß eine blonde Frau in dunkler Bekleidung in Umarmung mit einem Mann. Das war es also, was Wallner mit ihm vorgehabt hatte. Eine doppelt gemoppelte Identifikation. Zunächst bei ›Mama Maria‹ und jetzt am Fundort der Leiche.

Palinski näherte sich dem Paar. Einen Moment lang hatte er den Eindruck, als ob sich die beiden tatsächlich küssten. Das musste aber eine Täuschung gewesen sein. Auf so etwas würde sich zwar der lebenslustige Wallner, nie aber der pflichtbewusste Kriminalinspekor einlassen.

Er bückte sich zu dem Paar hinunter. »Ihr könnt jetzt aufhören, ich habe genug gesehen.« Langsam nahm die Frau ihre Wange von der Wallners und richtete sich auf.

»Marion Waldmeister«, stellte sie sich vor. »Leider ist Ihr Freund schwer davon zu überzeugen, dass ich mit dem Tod von Jürgen nichts zu tun habe. Ich hoffe, Sie können seine Zweifel jetzt zerstreuen.«

»Ich bin Palinski«, er deutete eine Verbeugung an, »und ich fürchte, dafür wird es nicht ganz reichen. Ich glaube zwar nicht, dass Sie die Frau von heute Nacht sind. Gefühlsmäßig würde ich sagen, sie war etwas größer, grobknochiger. Aber das ist zu vage, um Sie als Verdächtige ganz auszuschließen. Ich war reichlich verschlafen und habe nur einen kurzen Blick auf das Paar getan.« Er hob bedauernd die Schultern. »Tut mir leid.«

Wallner erhob sich. »Nun, einen Versuch war es wert.« Er zog ein Paar Schlüssel aus der Hosentasche und hielt sie in die Höhe.

»Dann auf zu neuen Ufern«, tönte er melodramatisch, »schaun wir uns das Appartement im 4. Stock an.«

* * * * *

Ministerialrat Dr. Michael Schneckenburger, der Stellvertreter der Vertreterin des Ministers in der Sonderkommission ›Giftiges Müsli‹, Gott und sein Chef alleine wussten, warum Sokos immer so idiotische Namen bekamen, starrte erschüttert auf die eben eingetroffene Meldung.

Die Erpressung der BIGENI-Handelskette hatte mit zwei Toten eine neue Dimension erreicht. Nach den vorliegenden Ergebnissen der gerichtsmedizinischen und kriminaltechnischen Untersuchungen in Salzburg waren die beiden bedauernswerten Opfer, eine 72-Jährige Pensionistin und eine 29-Jährige Betriebswirtin nach dem Genuss von mit Digitalis versetztem Krokantgebäck verstorben. Beide Packungen dieses beliebten Snacks waren nachweisbar in einem BIGENI-Markt in Mondsee gekauft worden.

Dass es sich bei der jüngeren der beiden Frauen um eine bekannte Sportlerin handelte, würde der traurigen Angelegenheit zusätzliche Brisanz in den Medien verschaffen.

Schneckenburger blickte auf die riesige an der Wand hängende Generalkarte, die mit bunten Fähnchen übersät war. In der Mehrzahl rote für Märkte, die das Unternehmen direkt betrieb und blaue für die Franchisenehmer. Also jene, die zwar von BIGENI beliefert, aber von selbständigen Kaufleuten geführt wurden. Die Märkte, in denen bisher vergiftete Produkte festgestellt worden waren, waren zusätzlich mit einem grünen Punkt versehen. Bisher mussten diese grünen Markierungen ausschließlich bei Märkten mit roten Fähnchen angebracht werden, jetzt erstmals auch bei einem mit einem blauen. Schneckenburger wusste nicht, ob und was das zu bedeuten hatte. Er wusste aber aus Erfahrung, dass hinter jeder Abweichung vom Muster ein Meilenstein auf dem Weg zur Lösung des Falles stecken konnte. Aber noch war es nicht so weit.

* * * * *

Die Luft in der Wohnung roch abgestanden, rauchig und säuerlich nach einer Mischung aus altem Schweiß und Alkohol. Erstaunlicherweise waren sämtliche Aschenbecher leer und bis auf einen Einzigen auch erkennbar unbenutzt. Aschenreste im WC deuteten darauf hin, dass die Spuren des unzweifelhaft stattgefundenen Zigarettenkonsums hinunter gespült worden waren.

Die Küche war erstaunlich sauber, wirkte unbenützt. Der riesige Kühlschrank war bis auf eine halbvolle Flasche ›Evian‹ und einen kleinen Behälter mit Eiswürfeln leer. Lediglich eine Zeitung vom Vortag sowie das darauf liegende, sauber zusammengefaltete Plastik-Einkaufssackerl eines namhaften Feinkostfachgeschäftes deuteten darauf hin, dass sich gestern jemand in diesem Raum befunden haben musste.

Im großzügig dimensionierten Wohnzimmer mit dem riesigen in das Dach eingelassene Fenster, Räume dieser Art wurden früher Atelier und heute auch Studio genannt, erinnerte sich Palinski, gammelten Essensreste neben zwei halbleeren Proseccogläsern vor sich hin. Ein wunderbarer Blick über die langsam von der abendlichen Dämmerung erfassten Dächer Wiens entschädigte einigermaßen für den leicht fauligen Geruch.

Im Gegensatz dazu erwies sich das Schlafzimmer als absolut minimalistisch. Das riesige Bett, Palinski schätzte seine Ausmaße mindestens auf 2,20 x 2,50 Meter, nahm fast die Hälfte des eher als Kämmerchen zu bezeichnenden Raumes ein. Immerhin aber ein strenges Kämmerchen, fand Palinski, denn die Utensilien auf dem kleinen Tisch in der Ecke sowie die vier noch immer mit den Bettpfosten verbundenen Seidenschals ließen auf eine mächtige Domina schließen. Die Flecken auf dem zerknüllten Leintuch ließen keinen Zweifel offen, dass Lettenberg, so er der leidenswillige Part gewesen sein sollte, voll auf seine Kosten gekommen war.

»Ich denke, hier sind wir richtig«, stellte Wallner fest, worauf sowohl Marion Waldmeister als auch Palinski trotz der widrigen Umstände kichern mussten. Nur Sandegger blieb ernst, aber der ging vermutlich zum Lachen immer in den Keller.

»Sie wissen schon, wie ich das meine«, mit dem Inspektor geschah genau das, was er in dem Moment befürchtete. Das Blut schoss ihm in den Kopf, der sich sofort knallrot färbte. Dank der zunehmenden Dämmerung, unter angenehmeren Umständen hätte man jetzt von heure bleu gesprochen, fiel das aber nicht weiter auf.

Die drei gingen zurück ins Wohnzimmer und nahmen Platz. Wallner holte sein Handy aus der Tasche und bestellte die Spurensicherung.

»Kollege Sandegger wird Sie jetzt in Ihr Hotel bringen, Frau Waldmeister«, wollte er die Frau verabschieden. Doch die dachte nicht daran, so ohne Weiteres zu gehen.

»Stehe ich jetzt noch immer unter Verdacht?«, wollte sie wissen und Palinski hatte Verständnis für die Frage, auch wenn er Wallners Antwort darauf zu kennen glaubte.

»Freundlich ausgedrückt würde ich sagen, dass sich Ihre Situation durch die letzten Entwicklungen zumindest nicht verbessert hat.« Wallners Antwort fiel schroffer aus als beabsichtigt, er musste endlich aus der selbstgelegten Sympathiefalle herauskommen, die Marion vorhin durch einen zarten Kuss auf seine Nasenspitze noch weiter geöffnet hatte.

»Eigentlich müsste ich Sie vorläufig festnehmen. Wenn Sie mir aber versprechen, dass Sie im Hotel bleiben, würde ich vorläufig noch darauf verzichten.«

»Aber Herr Palinski hat mich doch entlastet?«, protestierte die sichtlich schockierte Frau.

»Er hat Sie nicht belastet, aber auch nicht entlastet.« Wallner wandte sich ab, drehte sich dann nochmals um und streichelte ihr kurz über das Haar. »Gehen Sie jetzt bitte und verlassen Sie bloß nicht das Hotel.«

»Einen Augenblick noch, bitte.« Palinski holte sein Notizbuch aus der linken Gesäßtasche, schrieb etwas auf und riss die Seite heraus.

»Falls Sie noch keinen Anwalt haben, rufen Sie Dr. Bader an. Er ist ein guter Bekannter von mir, vor allem aber ein exquisiter Strafverteidiger. Wenn Sie sich auf mich berufen, wird er noch heute Abend mit Ihnen sprechen.« Marion Waldmeister nickte dankbar, nahm den Zettel an sich und verließ wortlos die Wohnung.

»Seit wann hegst du Sympathien für Verdächtige?«, Wallner unterbrach als Erster das etwa eine halbe Minute dauernde Schweigen.

»Als Anhänger der Unschuldsvermutung meistens«, antwortete Palinski, »und im Gegensatz zu dir kann ich mir das sogar erlauben.«

»Du hast es bemerkt?« Wallner schüttelte den Kopf, »Sowas ist mir auch noch nie passiert.«

»Na, das war ja auch kaum zu übersehen. Ich mag sie auch und ich glaube nicht, dass sie mit der Sache etwas zu tun hat.« Palinski blickte den Inspektor fragend an. »Steht jetzt eigentlich schon fest, wie Lettenberg gestorben ist?«

»Es spricht alles dafür, dass er erstickt ist. Am Hals sind leichte Male zu erkennen, die darauf schließen lassen, dass er gewürgt worden ist. Wahrscheinlich mit so einem Schal, wie wir sie im Schlafzimmer gesehen haben. Unklar ist noch, ob es sich dabei um einen Unfall beim Sexspiel gehandelt hat oder um Absicht. Ersteres wäre Körperverletzung mit Todesfolge, zweiteres Mord.«

»Ach, du meinst, er könnte sich absichtlich würgen haben lassen, um den Höhepunkt zu verstärken?« Palinski hatte schon von derlei luststeigernden Praktiken gehört, aber noch keinen Fall dieser Art in seiner Datenbank.

Wallner nickte nachdenklich. »Hier geht es ausschließlich ums Motiv. Welcher Vorsatz war ausschlaggebend, Luststeigerung oder Tod? Es gibt im Augenblick keine Indizien, die in die eine oder andere Richtung weisen würden.«

»Falls es aber bloß ein Unfall beim Schnacksln war, warum wurde nicht die Polizei gerufen?« Palinski fand seine Frage schon selbst blöde, bevor sie noch ganz ausgesprochen war.

Wallners mitleidiger Blick verriet ihm, dass der Freund ebenso dachte. »Würdest du die Polizei rufen, nachdem du gerade versehentlich deinen Sexualpartner erwürgt hast?«

»Da bin ich gar nicht sicher«, gab Palinski zu. »Aber wieso wurde die Leiche nicht einfach in der Wohnung liegen gelassen, sondern vor meinem Fenster abgeladen?«

»Darauf habe ich keine Antwort«, Wallner zuckte mit den Achseln. »Vielleicht wollte man die Leiche verschwinden lassen und wurde von dir dabei gestört. Dass die vermeintliche Umarmung auf der Bank nur ein Täuschungsmanöver war, liegt ja jetzt auf der Hand.«

Inzwischen hatte der Inspektor ein Plastiksäckchen aus seiner Tasche geholt und hielt es hoch. »Das haben wir am Vormittag in einem der Altpapierbehälter neben dem Hofeingang gefunden. Einen so genannten ›Lady Shaver‹, einen Einwegrasierer, mit dem sich viele Frauen die Beine oder sonst was rasieren. Dazu noch eine kleine Dose Rasierschaum. Und jetzt kommt das Beste. Lettenberg wurde nach seinem Tod noch rasiert. Zwei kleine Schnitte am Hals, die nicht mehr geblutet haben, beweisen das eindeutig. Frag mich jetzt nur nicht, was das zu bedeuten hat.« Er steckte das Beweismittel wieder weg. »Ich wette aber mit dir, dass die Haarreste im ›Lady Shaver‹ von Lettenberg stammen.«

Inzwischen waren die Beamten der Tatortgruppe eingetroffen und machten sich an die Arbeit. Fotos, Fingerabdrücke, Beweise sichern, die ganze Palette eben.

Die Worte ›Haarreste‹ und ›Barthaar‹ schienen in Palinskis Unterbewusstsein etwas ausgelöst zu haben. Irgendetwas war da, begann zu arbeiten und versuchte, an die Oberfläche zu gelangen.

Wahrscheinlich würde es ihm nur mit Hilfe der Datenbank gelingen, sich das unbewusste Wissen bewusst zu machen.

»Ich werde mich jetzt verabschieden«, meinte er zu Wallner«, falls du mich nicht mehr brauchst. Ich möchte die Kinder besuchen, ausnutzen, dass Wilma nicht da ist.«

»Ich verstehe dich nicht. Wilma ist doch eine tolle Frau und ein wunderbarer Mensch«, Wallner schüttelte den Kopf.

»Da hast du völlig recht«, stimmte Palinski zu, »also muss ich der Scheißkerl sein.« Er wandte sich zum Gehen. »Ich melde mich, sobald mir etwas einfällt. Spätestens morgen.«

Palinski war schon am Gang, als ihn ein unbestimmtes Gefühl veranlasste, umzudrehen. Zögernd ging er in die Wohnung zurück, blickte in jeden Raum und betrat dann die Küche. Dort musterte er die wenigen herumliegenden Gegenstände sorgfältig. Schließlich nahm der das zusammengefaltete Einkaufssackerl aus Plastik, öffnete es vorsichtig und warf einen Blick hinein. Das war es, was ihm die vergangenen Minuten im Hinterkopf herumgespukt hatte.

Nicht frei von Stolz brachte er das Sackerl zu Wallner. »Wenn ich mich nicht sehr irre, war es Mord. Über Erwürgen im Liebestaumel habe ich nichts im Computer, über Ersticken mit einem Plastiksack über dem Kopf aber sehr wohl.«

Der Inspektor warf einen kurzen Blick in das potenzielle Beweismittel und erkannte sofort, was Palinski meinte. Ein weiteres Mal konnte er sich nur wundern über diese einmalige Mischung aus Inspiration und Wissen, die diesen eigenartigen Mann immer wieder und jetzt auch in der Praxis auszeichnete.

»Falls die Haare dem gehört haben, von dem ich vermute, dass du annimmst, dass sie ihm gehört haben«, Wallner drückte sich manchmal recht umständlich aus, fand Palinski, »dann bleibt mir gar nichts anderes über, als Marion Waldmeister zu verhaften.«

* * * * *

Warum wird eine Leiche rasiert? Und dann auf einer Bank in meinem Innenhof deponiert? Darauf werde ich im Computer keine Antworten finden. Ich muss also ganz alleine dahinter kommen. Wallner ist zwar ein guter Kriminalist, aber bar jeder Phantasie. Von ihm ist ohne weitere Fakten kein Initialfunke zu erwarten. Noch dazu ist der Mensch in die einzige Tatverdächtige verliebt, so wie ich damals in der Volksschule in die Inge Müller. Sie saß zwei Klassen lang direkt vor mir und war doch so weit entfernt. Obwohl ich damals das Gefühl hatte, dass mir die Liebe zu ihr nur so aus den Poren strömte, schien sie dafür absolut unempfänglich zu sein.

In dem Punkt hinkt das Beispiel allerdings, denn Marion Waldmeister mag Wallner. Sehr sogar, da bin ich mir ganz sicher. Zurück zur Fragestellung. Warum wird eine Leiche ihrer Barthaare beraubt und dann, fast wäre ich versucht zu sagen, provokativ im Innenhof aufgebahrt? Das war ja fast so, als ob man es darauf angelegt hätte, dass sie am nächsten Morgen gefunden wird. Frisch rasiert.

Warum Harry die Musik immer so laut spielen lässt, dass es im Stiegenhaus wie in einem Beatschuppen klingt, oder wie das heute genannt wird? Mich wundert nur, dass sich die Nachbarn nicht öfter aufregen.

An den drei Stockwerken ohne Aufzug merke ich auch jedes Jahr, dass ich älter werde. Wer weiß, ob sich die beiden überhaupt freuen, wenn ich jetzt so hereinplatze. Vielleicht hätte ich vorher anrufen sollen.

Wieso rasiert jemand eine Leiche und legt sie dann im Innenhof ab, verdammt noch einmal?

* * * * *

Gerade als Palinski die Wohnung seiner Familie betrat, läutete das Telefon. Tina brüllte »Mach die Musik leiser«, dann meldete sie sich. Ihren Reaktionen entnahm er, dass Wilma am anderen Ende der Leitung war.

Da Harry Tinas Aufforderung nicht gehört zu haben schien, was kein Wunder war, da die Musik alles übertönte, zog Palinski kurzerhand den Stecker aus der Dose. »Was soll das«, monierte der knapp 18-Jährige und 1,94 m große Harald Bachler, schien aber dennoch erfreut, seinen Vater zu sehen.

»Papa, Mama möchte mit dir sprechen«, Tina winkte ihn zum Telefon und er folgte dem Ruf. Wie auch nicht.

»Na so was, du vertreibst dir heute die Zeit mit deinen Kindern.« An die kleinen Spitzen der Mutter seiner Kinder hätte Palinski eigentlich schon gewöhnt sein müssen. Aber er ärgerte sich immer wieder darüber.

»Da ›Mama Maria‹ heute Ruhetag hat«, was gar nicht stimmte »und ich den Film im Fernsehen schon kenne«, tatsächlich wusste er gar nicht, was heute wiederholt wurde, »ist mir gar nichts anderes übrig geblieben.« Der Versuch, mit Ironie zu kontern, ging wie so oft wieder einmal daneben.

»Wenigstens bist du ehrlich«, missverstand Wilma anerkennend, um gleich zur Sache zu kommen. »Tina fährt morgen auf Exkursion und ich habe ganz vergessen, ihr das zugesagte Sondertaschengeld zu geben. Kannst du das übernehmen?«

»Aber gerne. An welchen Betrag hast du gedacht?«

»Na ja, fünfzig Euro müssten eigentlich reichen. Kann ich mich darauf verlassen?« Wilmas eigenartige Rhetorik ließ die beim Hören ihrer dunklen, sinnlichen Stimme immer noch zart aufkommenden Gefühle Palinskis wieder einmal im Keim ersticken.

Er beschloss, sich die Antwort auf die letzte Frage zu ersparen.

»Nun, wie ist es in Paris? Die Stadt muss ja herrlich sein zu dieser Jahreszeit. Blühende Kastanien an den Champs Elysées, Champagner in the air ....«, schwärmerisch legte er sich ins Zeug.

»Red doch nicht so einen Stuss, Mario. Die Mädchen sind nicht zu bändigen, die verstärkten Sicherheitsmaßnahmen stressen ohne Ende und die Luft stinkt nach Abgasen. Champagner in the air, dass ich nicht lache. Das war vielleicht einmal.« Jetzt konnte Palinski im Hintergrund eine Stimme hören, männlich, falls er sich nicht sehr irrte. »Ich muss jetzt Schluss machen, wir sind zum Abendessen verabredet.«

Palinski wollte ihr noch einen schönen Abend wünschen und ihr sagen, dass er sich auf ihre Rückkehr freute, aber die Leitung war schon tot.

Apropos tot, die zweiten Abendnachrichten sollten in Kürze beginnen und er wollte hören, was über den Fall Lettenberg berichtet wurde.

»Hat jemand etwas dagegen wenn wir uns die News ansehen«, er hatte keine Ahnung, ob die Kinder bereits über das Geschehen informiert waren.

Tina nickte zustimmend. Harry hatte sich mit Hilfe hochwertiger Kopfhörer mit seiner Musik eingeschlossen, seine Zustimmung war also nicht relevant.

Der Fall Lettenberg war die nationale Topmeldung des Abends. An ihrer Reaktion darauf merkte Palinski, dass Tina vorher noch nichts über den mysteriösen Tod des auch von ihr durchaus geschätzten Schauspielers gehört hatte. Plötzlich füllte der Innenhof den Bildschirm und erregte sogar die Aufmerksamkeit Harrys, der zufällig gerade in diese Richtung blickte.

»Das ist ja unser Haus«, brüllte er los und nahm die Kopfhörer ab. Aufgeregt deutete er auf den Bildschirm. »Da ist die Pitzal und der Mann da. Das bist ja du, Papa, cool.«

»Ja, ich habe die Leiche gefunden«, Palinski sonnte sich richtig in der ungewohnten Aufmerksamkeit seines Sohnes. Cool hatte der ihn bisher noch nie bezeichnet.

Aber auch die nächste Meldung hatte es in sich. Die ersten beiden Todesfälle in der Erpressungsgeschichte, an der Miki Schneckenburger arbeitete. Mit Digitalis versetztes Kronkantgebäck einer Marke, die auch Wilma und Tina schätzten. Eines der beiden Opfer war die 29-Jährige Martina Tessler-Brunhof aus Hof bei Salzburg. Eine bekannte Springreiterin, die nach Aussagen der Sprecherin gute Chancen auf einen Startplatz im Olympiateam gehabt hätte.

Das besonders Tragische dabei war, dass der Tod die junge Frau beim Autofahren ereilt hatte. Ihr schwerer Wagen war führerlos in eine Gruppe Volksschüler gerollt und hatte zwei 7-Jährige Mädchen unbestimmten Grades verletzt. Es bestand aber keine Lebensgefahr mehr.

Palinski hörte leises Schluchzen zu seiner Linken und blickte zu seiner Tochter. Tina hatte Tränen in den Augen.

»Ich habe diese Martina einmal bei einer Veranstaltung in der ›Hellertalmühle‹ kennengelernt«, murmelte sie. »Eine besonders nette, trotz ihrer Erfolge ganz bescheidene Frau. Es ist eine Schande.«

Für heute war die Luft draußen. Tina stand auf und entschuldigte sich mit ihrer morgigen Reise. »Ich gehe jetzt schlafen, muss morgen früh raus.« Harry wirkte äußerlich ungerührt, Palinski wusste aber, dass es in dem sensiblen Burschen in Wirklichkeit ganz anders aussah. Er hatte sich wieder in seine Musikwelt verkrochen und reagierte kaum auf die Gute-Nacht-Wünsche seiner Schwester.

Palinski sah sich die Nachrichten noch zu Ende an. Dann strich er seinem wie hypnotisiert dasitzenden Sohn liebevoll übers Haar und ging ebenfalls.

Er wollte noch ein wenig arbeiten. Oder besser noch, einmal etwas früher ins Bett gehen. Um die Leichen dieser Nacht würde sich jemand anderer kümmern müssen. Plötzlich fiel ihm etwas ein. Er ging nochmals zurück und klopfte seinem Sohn leicht auf die Schulter. Harry öffnete die entrückt geschlossenen Augen und nahm die Kopfhörer ab.

»Gibts noch was, Papa?«

»Hast du gestern zufälligerweise auch die Viktor-Verleihung aufgezeichnet?« Palinski wusste, dass der Bub prophylaktisch alles aufnahm, was ihm auch nur im Entferntesten interessant erschien. Oft nur, um es am nächsten Tag gleich wieder zu löschen.

»Ja, habe ich. Müsste das zweite Band von oben sein«, er deutete auf einen Stapel Kassetten, die neben dem Recorder lagen.

»Kann ich mir das Band ausborgen?«, Palinski war plötzlich von dem unbändigen Willen erfüllt, ›seine Leiche‹ nochmals als lebendigen Menschen zu sehen. Der Schauspieler war ihm natürlich bekannt, aber das Bild, das er von ihm hatte, war blass, zu wenig konturiert.

Harry nickte nur zustimmend und verschanzte sich wieder hinter seinen Kopfhörern.

Palinski nahm das Band an sich und verließ die Wohnung. Von wegen früher schlafen. Vor dem Schlafengehen würde es noch ausgiebig Fernschauen geben und vielleicht noch einige Anregungen zu seinem ersten richtigen Fall.

Als er den Hof überquerte, sah er, dass in der Wohnung im vierten Stock noch Licht brannte. Wallner war also auch noch am roboten. Warum sollte es dem auch besser gehen.

4

Das Wetter hatte über Nacht total umgeschlagen. Auf Sonne, wolkenlosen Himmel und Tageshöchsttemperaturen bis 21 Grad waren eine dichte Wolkendecke, Regenschauer und die Notwendigkeit, sich warm anzuziehen gefolgt. Bereits kurz nach sechs Uhr hatten zwei Beamte den 61-Jährigen Unterstandslosen Wilhelm Wondrazek aus seinem Verschlag in der Nähe des Heiligenstädter Wehrs abgeholt und zur Befragung gebracht. Willi Wanderer, wie der am ›Restless legs Syndrom‹ leidende Sandler genannt wurde, war ein für seine nächtlichen Streifzüge durch den 19. und die anliegenden Bezirke polizeibekannter Streuner. Ein herzensguter Mensch, der schon mehr in Probleme geratenen Nachtschwärmern geholfen hatte als umgekehrt. Ein kleiner Gauner ja, aber lediglich aus der Notwendigkeit des Überlebens heraus. Vor allem niemals gewalttätig. Dementsprechend freundlich gingen die Beamten mit Willi um und versorgten ihn zunächst mit Kaffee und einer Buttersemmel. Wondrazek wusste nicht, um was es heute ging, hatte allerdings einen vagen Verdacht. Im Augenblick zerbrach er sich aber nicht den Kopf darüber und ließ sich das Frühstück gut schmecken.

Kurz nach sieben traf Wallner ein und überflog vorerst die aktuellen Meldungen auf seinem Schreibtisch. Dabei schien ein Bericht sein besonderes Interesse zu finden. Er las ihn ein zweites Mal, schüttelte resigniert den Kopf und starrte einige Minuten lang ausdruckslos aus dem Fenster. Dann erst ließ er Willi Wanderer zu sich bringen.

Der Inspektor hatte schon einige Male mit dem Mann gesprochen und mehrere durchaus nützliche Hinweise von dem Original erhalten. Daher wollte er auch so sanft wie möglich mit dem alten Mann umgehen.

»Willi, wie geht es Ihnen.« Wondrazek empfand es als wohltuend, dass Wallner sich nicht des im Umgang mit seiner Person sonst üblichen, plump-vertraulich wirkenden, tatsächlich aber Geringschätzung signalisierenden ›Du‹ bediente.

»No, es ged so«, brummte er. »Oiso, wos kau i fia Si tuan, Herr Obainspekta?«

Der derarts Beförderte fischte ein Plastiksackerl mit zwei Tschiks aus der Schreibtischlade, die unverkennbar Reste selbstgedrehter Zigaretten waren. Das Zigarettendrehen war heute eine fast ausgestorbene Fertigkeit, die nur mehr wenige Personen so perfekt beherrschten wie eben Willi Wanderer. »Diese Stummeln haben wir unter einer Bank gefunden. Können Sie mir dazu mehr erzählen.«

Wondrazek dachte auch nicht eine Sekunde daran, dem Beamten etwas vorzumachen.

»No jo, des woar so. Wia i di Hauptstroßn aufigaungan bi, siach i den Mau do sitzn.« Unruhig rutsche er auf seinem Sessel hin und her. »Des wiad a längare Gschicht. Kau i vuahea no aufs Haisl gehn?« Wallner nickte und Willi machte sich auf den Weg zu dem ihm schon bekannten WC am Ende des Ganges. Der Polizist an der Türe wollte den alten Mann begleiten, doch Wallner winkte ab. »Keine Angst, der kommt schon wieder.«

Wenige Minuten später bestätigte Wondrazek das von Wallner in ihn gesetzte Vertrauen und nahm wieder Platz.

»Oiso, der Mau is do gsessn und hot si net griad. I hob ma docht, wos hoda denn? Oiso hob i mia zu eam gsetzt und mit eam gred.«

»Der Mann ist gesessen?«, wollte sich der Inspektor vergewissern. »Wie wir ihn gefunden haben, ist er nämlich auf der Bank gelegen. Eingerollt wie ein kleines Kind.«

»Jo, dea is gsessn. I hob mi a hingsetzt und a, zwa Zigaretterln graucht. Tserscht hob i auf eam eigred wia auf a kraunke Kua. Daun hob i bemeakt, dos ea nimma gotmed hod. Nau, den Schreckn kenans Ihna net vuastön.«

Willi schaute sich um, als ob er etwas suchen würde. Als er den Aschenbecher am Fensterbrett erblickte, entspannten sich seine Züge.

»Haums wos dagegn, waun i ma a Zigaretterl auzind? Nochm Friaschtig brauch i des«, fragte er Wallner. Der nickte zustimmend und beobachtete fasziniert, wie Wondrazek etwa eine Minute lang mit der rechten Hand in der Tasche seiner ausgebleichten Windjacke herum fummelte und dann eine perfekt gedrehte Zigarette hervorholte. Der Inspektor klatschte anerkennend in die Hände und reichte dem alten Mann eine Schachtel Streichhölzer. Während sich Willi die Selbstgerollte anzündete und einen ersten genussvollen Zug tat, läutete das Telefon.

Wallner meldete sich. »Morgen Palinski«, begrüßte er den Anrufer, »was gibt es?«

Palinski hatte sich die Aufzeichnung der Viktor-Gala

gestern Abend noch zweimal angesehen. Die knapp zehn Minuten, die der Filmstar ständig im Bild war, sogar fünfmal durchlaufen lassen. Dann war ihm endlich etwas aufgefallen.

»Lettenberg hat bei der Verleihung eine wertvolle Uhr am Handgelenk gehabt. Wenn ich das richtig erkannt habe, eine Rolex im Wert von mehreren Tausend Euro.« Palinski holte hörbar Luft, dann fuhr er fort. »Ich kann mich aber nicht erinnern, an der Leiche eine Uhr gesehen zu haben. Zweitens hat er, wenn überhaupt, nur einen 3 – Tagebart im Gesicht getragen. Ich dachte, dass dich das interessieren wird.«

Wallner fand das tatsächlich höchst interessant und das Timing bemerkenswert. »Danke, die Information passt mir sehr gut in das Gespräch, das ich im Augenblick führe. Können wir uns gegen Mittag treffen? Ich habe auch einige Neuigkeiten.« Die beiden Männer verabredeten sich für 13 Uhr im ›Salettl‹.

Wallner wandte sich wieder Wondrazek zu, der mit seinem Kraut inzwischen das ganze Büro eingenebelt hatte. Der Inspektor stand auf und öffnete eines der beiden Fenster. Dann trat er zu Willi, nahm ihm den Stummel von den Lippen und drückte ihn aus.

»Wenn Sie auch in Zukunft an guten Beziehungen zur Polizei interessiert sind, sagen Sie mir sofort, wo die Uhr ist?«, herrschte er den Mann an.

»Wöche Ua, i was net, von waus Sie sprechn, Hea Inspekta«, Willi versuchte sich dumm zu stellen, was ihm aber nicht ganz gelang.

»Sie wissen ganz genau, wovon ich spreche. Und Sie haben exakt zehn Sekunden Zeit, das entwendete Stück wieder herauszurücken, wenn Sie weiter mit meiner Nachsicht rechnen wollen«, gab sich Wallner unerbittlich.

Willi wusste, wann es besser war, klein beizugeben. Jetzt war genau so ein Moment. Mit einem dummdreisten Blick langte er in die Innentasche seiner Jacke und legte eine Armbanduhr auf den Schreibtisch. »Nochdem i gmerkt hob, dos dea Mau scho den Leffl ogebn hot, hob i ma docht, der wü ä nimma wissn, wia späts is«, entschuldigte er sich.

Wallner war zwar kein Experte für Uhren, erkannte aber auf den ersten Blick, dass es sich bei dem Chronometer vor seinen Augen um keine Rolex handelte. Die billige Digitaluhr fernöstlicher Provenienz mit dem schäbigen Plastikband war höchsten fünfzig Euro wert. Wenn überhaupt.

»Sind Sie sicher, dass das die Uhr ist, die der Tote am Handgelenk hatte«, fuhr er Wondrazek an.

»I schweas Ihna, Hea Inspekta, bei di Augn von meina Oma.« Er sah den leicht spöttischen Blick des Beamten.

»Oisa guad, I schwea Ihna bei meine eiganen Augn, des is di Ua.« Komischerweise glaubte ihm Wallner das sogar. Wie gesagt, Willi Wanderer war zwar ein Gauner, aber ein ehrlicher.

»Ich hoffe in Ihrem Interesse, dass das die Wahrheit ist«, gab sich der Inspektor wieder etwas versöhnlicher. »Ist Ihnen sonst noch etwas aufgefallen?«

»No jo«, der Befragte kratzte sich am Kopf, »a Soch woa do no. Wissn Se, Hea Inspekta, ob a Leich no furzn kau?«

Wallner verbarg den aufsteigenden Lachkrampf hinter einem Aktendeckel, den er sich vors Gesicht hielt. »Ich bin nicht sicher«, versuchte er ernst zu bleiben, »ich werde aber den Gerichtsmediziner bei Gelegenheit darauf ansprechen.«

»Wäu, wia i gehn woit, is a so komisch am Sitz ghängt. Do hob i ma docht, legst erm hi auf die Baunk. Pletzlich losst a an foan, oba net schlaumpert.«

»Wars das«, Wallner hatte sich wieder gefasst. Wondrazek nickte bestätigend mit dem Kopf und der Polizist entließ den Quell unfreiwilligen Humors. Dann nahm er den Bericht der Tatortgruppe ein weiteres Mal zu Hand.

Hier stand es schwarz auf weiß. Die beiden Fingerabdrücke auf dem schwarzen Rauledereinband des Notizbuches, das unter dem Bett gefunden worden war, stammten eindeutig von Marion Waldmeister. Jetzt blieb ihm nichts anderes mehr übrig, als die Frau wegen Mordverdachtes festzunehmen. Schweren Herzens stand er auf, um die unangenehme Verpflichtung hinter sich zu bringen.

Willi Wanderer hatte das Kommissariat inzwischen bereits verlassen. An der nächsten Ecke blieb er stehen und klopfte zufrieden auf seine Brusttasche. In der befanden sich die drei Zehner und die beiden Zwanziger, die er in der linken Sakkotasche des Toten gefunden und nach denen der Inspektor nicht gefragt hatte. Das Leben konnte doch wirklich schön sein.

* * * * *

Im Verlauf des Vormittags trafen unabhängig voneinander sowohl Sophie Lettenberg-Birkweiler in Begleitung ihrer

Mutter als auch der pensionierte Schuldirektor Frank Lettenberg, der Vater des Mordopfers in Wien ein.

Während die junge, ganz in Schwarz gekleidete Witwe im Grandhotel abstieg, nahm sich Lettenbergs alter Herr ein Zimmer in der hübschen, aber ungleich preisgünstigeren Pension ›Weinberg‹«.

Wahrscheinlich war Sophies bevorstehende Ankunft ihn Wien schon im Voraus durchgesickert, denn im Hotel warteten bereits die Vertreter zahlreicher Medien. Trotz ihres deutlich zum Ausdruck gebrachten Abscheus vor dem Mangel dieser Leute an jeglicher Pietät stimmte sie schließlich einer improvisierten Pressekonferenz in der Halle zu. »Als Witwe eines Weltstars hat man eben Verpflichtungen«, meinte sie zu ihrer Mutter. Resignierend und mit Tränen in der Stimme.

Ohne eigentlich danach gefragt worden zu sein, erzählte sie den aufmerksam lauschenden Journalisten, dass sie gegen den Rat der Ärzte hier sei. Die hätten ihr empfohlen, ihren vor zwei Wochen begonnenen Aufenthalt in einer Privatklinik am Thalgauberg nicht zu unterbrechen. Noch dazu mit ihrer Kopfverletzung, die sie sich bei einem Sturz zugezogen hatte. Sie bewies ihren Sinn für dramatische Effekte durch die Abnahme ihres kunstvoll und modisch geknüpften Kopftuches, das sie fast wie eine gläubige Muslimin aussehen hatte lassen. Darunter kam ein weißer, ihr gesamtes Haar bedeckender Verband zum Vorschein. Ein Raunen ging durch die Schar der versammelten Pressevertreter und das eben erst abgeflaute Blitzlichtgewitter setzte neuerlich ein.

Dennoch wäre sie schon gestern angereist, aber kurz vor der Nachricht vom Tode ihres Mannes hätte sie erfahren, dass eine ihrer besten Freundinnen, die berühmte Turnierreiterin Martina Tessler einem Autounfall zum Opfer gefallen war. »Und das, nachdem sie mich noch eine halbe Stunde zuvor besucht hat.«

Jetzt konnte sich die zierliche Frau mit der milchweißen, wie durchsichtig wirkenden Haut des Mitgefühls selbst des hartgesottensten Medienvertreters sicher sein. Die Nachricht vom Tod zweier geliebter Menschen innerhalb zweier Stunden war einfach zu viel für sie gewesen. Voll gepumpt mit Beruhigungsmitteln hätte sie den Rest des Tages vor sich hin gedämmert und wäre zu nichts in der Lage gewesen.

»Aber jetzt bin ich hier«, verkündete sie mit großer Geste, »um die Polizei bei der Aufklärung dieses Verbrechens zu unterstützen.«

Wäre es nicht so unpassend gewesen, die Umsitzenden wären jetzt wohl in Applaus ausgebrochen. So aber klatschte nur eine Person, die Korrespondentin eines deutschen Massenblattes. Nicht hingerissen, begeistert von dem Gesagten, sondern langsam und provokativ.

Alle Anwesenden drehten sich zu Karin Bergmann um, die aufstand, um ihr demonstratives Verhalten zu rechtfertigen.

»Mein aufrichtiges Beileid zu Ihren Verlusten, Frau Lettenberg. Ich muss aber das Bild, das Sie hier in der Öffentlichkeit entwerfen, etwas hinterfragen. Nach unseren Informationen hat sich Ihr verstorbener Mann schon seit einiger Zeit mit dem Gedanken einer Scheidung getragen. Als Sie davon erfuhren, hatten Sie einen Nervenzusammenbruch und sich daraufhin in diese Privatklinik begeben.«

Den anwesenden Vertretern der weniger investigativen Blätter war das alles bisher unbekannt gewesen. Jetzt witterten sie allerdings eine Sensation. Die ursprünglich als langweiliger Pflichttermin angesehene Ankunft der prominenten Witwe schien doch noch interessant zu werden.

Das konnte Sophie Lettenberg natürlich nicht unwidersprochen lassen. »In jeder Ehe gib es Höhen und Tiefen. Von Scheidung war aber nie die Rede. Der Grund meiner gesundheitlichen Probleme hat nichts mit meinem Mann zu tun. Ich war einfach überarbeitet«, versuchte sie, das Bild wieder zurecht zu rücken.

»Sie wollen uns also ernsthaft einreden, dass Sie sich beim Ausreiten auf Ihrem Gehöft und beim Stallausmisten überarbeitet haben«, konterte die Journalistin scharfzüngig. Einige der Anwesenden meinten, das ginge doch etwas zu weit und begannen zu murren. Doch Karin Bergmann wollte keinen Beliebtheitspreis gewinnen, sondern etwas für die Auflage der Abendausgabe tun.

»Meine Arbeit auf unserem Reiterhof stellt hohe Ansprüche an meine Fähigkeiten als Managerin und Unternehmerin. Meine Großeltern haben in den letzten Jahren vieles schleifen lassen. Ich musste das alles in wenigen Monaten abstellen und neu organisieren. Das war Knochenarbeit«, versicherte Sophie mit einem harten Zug um den Mund.

Karin Bergmann machte nicht den Fehler, sich auf die Diskussion von Details einzulassen. Sie fand vielmehr, dass es an der Zeit war, die nächste Handgranate zu werfen.

»Dann stimmt es sicher auch nicht, dass Sie mit größeren, finanziellen Problemen zu kämpfen haben? Und, dass sich Ihr Mann geweigert hat, Ihnen einen größeren Betrag zur Verfügung zu stellen, um zumindest den drückendsten Verpflichtungen nachkommen zu können?«

Die junge Witwe wurde langsam wütend. Das Lid ihres linken Auges begann verdächtig zu zucken, was natürlich nur sie selbst bemerkte. Sie würde sich zwingen müssen, den sachlichen Ton beizubehalten. Denn jede Aussage, jedes Argument verliert mit steigender Lautstärke, wie sie ihrem Mann immer wieder gepredigt hatte, wenn er sie anbrüllte. Was zuletzt fast der übliche Konversationston gewesen war.

Dennoch, Jürgen war tot. Der Anflug an Autosuggestion wirkte. Einige Zehren verirrten sich in ihre Augen und sicherten ihr neuerlich die Sympathie und das Mitgefühl der Mehrzahl der Anwesenden. Dennoch, man wartete auf ihre Antwort auf die letzte Behauptung.

»Nein, das stimmt so nicht. Wir haben zwar mit gewissen finanziellen Problemen zu kämpfen, aber nichts, was wir nicht gemeinsam wieder ins Lot hätten bringen können. Alles andere ist üble Verleumdung. Sie sollten sich schämen.« Die lautstark vorgebrachte Aufforderung prallte an Karin Bergmann ab wie der Ball beim Squash.

Ungerührt setzte sie ihren Kreuzzug fort, den andere später als üble Hetzkampagne bezeichnen würden.

»Dann trifft es wohl auch nicht zu, dass jetzt eine Lebensversicherung über 1,5 Millionen Euro fällig wird? Die an Sie als Begünstigte zur Auszahlung gelangt und Ihre finanziellen Probleme mit einem Schlag löst.«

Entweder war Sophie eine exzellente Schauspielerin oder die Existenz der Lebensversicherung war ihr bisher tatsächlich nicht bekannt gewesen. »Davon höre ich jetzt zum ersten Mal, ich schwöre es bei allem, was mir heilig ist«, kam es aus der gebrochenen Frau heraus. Sie sank in sich zusammen und bedeckte ihr Gesicht mit beiden Händen.

Sophies Mutter sprang auf und erklärte die Pressekonferenz für beendet. »Ich danke Ihnen für Ihr Kommen, herzlichen Dank für Ihr Verständnis.« Der Blick, den sie Karin Bergmann dabei zuwarf, ließ vermuten, dass sie ihr die Pest an den Hals wünschte.

* * * * *

Palinski saß vor seinem Computer. Seit zwei Stunden ließ er die verschiedensten Stichworte durch das Suchprogramm seiner Datenbank ›Crimes-ideas&facts‹ laufen. Die zündenden Assoziationen waren aber bisher ausgeblieben. Langsam machte sich Enttäuschung bei dem sonst so geduldigen Rechercheur breit.

Zwischendurch hatte er sein jüngstes Oeuvre, das aktuelle, zur Erscheinung in der 23. Kalenderwoche bestimmte Abenteuer seines Privatdedektivs Mark Hellmann mit dem Titel ›Zorniges Bekenntnis‹ nochmals quergelesen. Doch auch dieses probate Mittel der Inspiration hatte heute versagt. Wieder einmal der übliche, inzwischen schon routiniert modifizierte Mist, den er unter dem Pseudonym Wolf Schermann zu Papier gebracht hatte. Bereits siebenundsiebzig Mal in knapp eineinhalb Jahren. Ein wahrscheinlich volltrunkener Redakteur des ›Essener Tagblattes‹ hatte zwar einmal geschrieben, dass die Machwerke Schermanns weniger unerträglich seien als das Gros des einschlägigen Angebotes. Ja, dass diese gelegentlich sogar ansatzweise über literarische Qualitäten verfügten. Literarischer Mist also, aber gar nicht schlecht bezahlt. Und die mehr als 250 000 jede Woche über den Ladentisch gehenden Exemplare des Schermann'schen Phantasieproduktes ließen auf zumindest ebenso viele zufriedene Leser schließen. Das waren im Jahr 13 Millionen und bedeutete, dass er zumindest bei der Zahl an Lesern in diesem Zeitraum mit Harry Potter mithalten konnte.

Das monotone Signal des Telefons holte Palinski aus seinen Gedanken. Er schloss die offene Datei, schob die Maus zur Seite und nahm den Hörer ab.

»Ja«, meldete er sich mit für ihn untypischer Knappheit, »wer da?«

Nach einigen Sekunden Stille vernahm er die leise, unsichere Stimme eines offenbar alten Mannes.

»Mein Name ist Lettenberg«, dieses Entrée sicherte dem Unbekannten schlagartig Palinskis völlige Aufmerksamkeit. »Kann ich bitte mit Herrn«, die Stimme zögerte kurz, ganz so, als ob der Gesprächspartner den Namen erst ablesen müsste, »Mario Palinski sprechen?«

»Ich bin Palinski. Sie müssen entschuldigen, dass ich meinen Namen nicht gleich genannt habe. Ich erwartete aber den Anruf eines Familienmitgliedes.« Besser ein höflicher Lügner, dachte er, als ein unhöflicher Wahrheitsfanatiker. »Was kann ich für Sie tun?«

»Ich bin der Vater von Jürgen Lettenberg und habe Ihren Namen aus den Nachrichten. Ihre Telefonnummer hat mir Herr Pleska gegeben, ein Freund von Dr. Tagenow.«

Tagenow war Anwalt in Mainz sowie der Trauzeuge von Palinskis Schwager gewesen, einem gebürtigen Dortmunder. Die Familie seiner Schwester lebte jetzt in der Nähe von Würzburg. Wer zum Teufel Herr Pleska war, wusste er nicht, war ihm aber auch völlig egal.

Palinski war fasziniert von den unvorhergesehen Fügungen des Schicksals, das ihm diese Begegnung zu ermöglichen schien und fast aufdrängte.

»Ich verstehe. Mein aufrichtiges Beileid, Herr Lettenberg.« Sein kriminalistisches Gespür sagte ihm, dass ihn ein Gespräch mit diesem Mann weiterbringen konnte.

»Was halten Sie davon, wenn wir uns treffen und miteinander sprechen würden?«

Palinski konnte hören, wie der alte Mann erleichtert aufatmete. »Das ist genau das, worum ich Sie bitten wollte.« Lettenberg schluchzte leise auf. »Ich weiß nicht, was ich hier eigentlich will. Ich weiß nur, dass ich unbedingt hierher kommen musste. Vielleicht können Sie mir helfen, das alles zu verstehen.«

Betreten schwieg Palinski einige Sekunden. »Ich werde mich auf jeden Fall bemühen.« Dann vereinbarten sie, dass Palinski ihn gegen 15 Uhr in der Pension ›Weinberg‹ aufsuchen würde.

* * * * *

Das ›Salettl‹ in der Hartäckerstraße verfügt über einen der schönsten Gastgärten Wiens. Palinski hatte hier einige seiner Paukerkurse abgehalten, das war aber schon lange her. In den letzten Jahren hatte es ihn aber nur mehr selten hierher verschlagen. Warum eigentlich, dachte er sich angesichts des wunderbaren Ausblicks auf die Stadt und des nahe gelegenenWienerwalds.

Leider erlaubte es das Wetter heute nur bekennenden Masochisten, im Freien zu sitzen. Es schüttete wie aus Schaffeln und ein kalter Wind drang Palinski wie ein Messer unter die ungenügend abschirmende Oberbekleidung.

Wallner wartete bereits in dem alten, wunderschön restaurierten Pavillon. Er hatte offenbar schlechte Laune, die zerknüllten und in kleine Futzeln zerrissenen Papierservietten vor ihm am Tisch waren ein deutliches Indiz dafür.

»Hallo Helmut«, Palinski setzte sich. Automatisch streckte er die linke Hand hoch und dann drei Finger. Vor Jahren war das unter Eingeweihten die nonverbale Bestellung eines Großen Braunen gewesen. Er war gespannt, ob sich diese Tradition erhalten hatte. »Irre ich mich oder ist dir was über die Leber gelaufen?«

»Scheiß Politik«, brummte der Inspektor. »Lettenbergs Produzent hat seinen Freund, den bayrischen Innenminister angerufen. Der hat dann unseren Innenminister angerufen. Wen der dann angerufen hat, weiß ich nicht im Detail. Auf jeden Fall ist das BKA jetzt in die Sache involviert.«

Jetzt wurde Palinskis Kaffee serviert. Er freute sich, dass sich über die Jahre hinweg doch nicht so viel verändert hatte wie befürchtet. »Und was bedeutet das, sind wir aus dem Fall raus?«, wandte sich Palinski wieder Wallner zu. Überrascht stellte er fest, dass auch er sich über die Anordnung des Ministers zu ärgern begann.

»Das nicht, zumindest noch nicht. Sie schicken uns aber ein Beiwagerl.« Wallner verdrehte die Augen. »So einen Besserwisser, der den Applaus kassiert, wenn wir erfolgreich sind. Aber für die Misserfolge sind weiter wir zuständig, Ich kenn das schon.«

»Aber dann ist doch noch nicht alles verloren«, Palinski schöpfte wieder Hoffnung. »Das kann aber doch nicht der einzige Grund für deine miese Laune sein«?

Wallner druckste noch etwas herum, dann berichtete er dem Freund von der Verhaftung Marion Waldmeisters. »Wie man sie abgeführt hat, hat sie mich so eigenartig angesehen. Nicht böse oder zornig, nein traurig, Ich habe noch nie im Leben so traurige Augen gesehen.« Trotzig und verbittert blickte er aus dem Fenster. »Aber was hätte ich denn machen sollen? Mit Ihren Fingerabdrücken am Tatort.«

»Was hat denn die Waldmeister dazu gesagt?«

»Sie hat ihre hervorragend erkennbaren Abdrücke auf dem Semischledereinband damit erklärt, dass sie Lettenberg das Notizbuch nachgetragen habe. Er hätte es bei ihr liegen gelassen.«

»Na, das klingt doch ganz plausibel«, Palinski versuchte, dem geknickten Freund etwas Hoffnung zu machen. Andererseits, die einzige Person, die diese Erklärung bestätigen hätte können, lag im gerichtsmedizinischen Institut auf Eis.

»Und wie schaut es mit anderen Fingerabdrücken aus, auf den Gläsern, am Aschenbecher und so weiter?« Palinski musste den Liebeskranken aus seiner Trübsal holen, ihn wieder an seine professionelle Pflicht erinnern.

»Nichts, alles sauber, abgewischt. Sehr überlegt«, entgegnete Wallner. »Das Notizbuch wurde aber übersehen, weil es unter das Bett gerutscht ist.« Palinski fiel auf, dass der Inspektor die neutrale Formulierung verwendet hatte.

Er selbst glaubte eigentlich auch nicht an die Schuld der durchaus sympathischen Marion. Sie war zwar nicht sein Typ, aber er konnte Wallner durchaus verstehen.

»Trotzdem sieht das Ganze ein wenig so aus, als ob man eine Schuldige präsentieren möchte. Das Beste wird sein, wir suchen einfach mit Nachdruck weiter, bis wir den wahren Täter haben. Oder alle anderen Möglichkeiten ausschließen müssen.«

»Du hast recht«, Wallner schien sich wieder etwas gefangen zu haben. »Wenn Marion unschuldig ist, werden wir das beweisen. Falls nicht«, fügte er zögernd hinzu,»dann habe ich später noch genug Zeit, mit meinem Frust fertig zu werden.«

Palinski lehnte sich zurück und schloss die Augen. Wallner beobachtete ihn einige Minuten, dann machte er sich bemerkbar. »Hallo Mario, jetzt ist keine Zeit für einen Schönheitsschlaf. Auf, auf, an die Ruder.«

Wenigstens versucht er schon wieder, lustig zu sein, freute sich Palinski und hielt das für ein gutes Zeichen. »Ich schlafe nicht, ich denke nach«, korrigierte er den falschen Eindruck.

»Seit gestern versuche ich immer wieder, mir die nächtliche Situation im Hof vor Augen zu rufen. Je öfter ich das tue, desto sicherer bin ich, dass da noch jemand war. Ein Mann oder auch eine zweite Frau. Lettenberg wog mindestens 80 Kilogramm. Marion Waldmeister scheint zwar durchaus eine kräftige Frau zu sein, aber die Leiche alleine aus dem 4. Stock in den Hof zu bringen, das schafft wahrscheinlich nicht einmal dein Kollege Fissner.« Der machte in Bodybuilding, war 1,93 groß und wog an die 120 Kilogramm.

»Und was ist mit dem Kerl, den ich am Abend vorher bei ›Mama Maria‹ gesehen habe. Von dem ich zunächst angenommen habe, dass er der Tote ist. Bevor ihm die Perücke heruntergerutscht ist.«

Wallner nickte »Der wird schon gesucht. Wir haben anhand des einen Fotos von der verkleideten Leiche ein Phantombild angefertigt. Falls er keine Wohnung in Wien hat, sollten wir ihn bald haben. Sechs Beamte sind unterwegs, um sämtliche Hotels, Pensionen und die Nachtlokale abzuklappern.«

»Das hat dir dein Chef genehmigt?«, wunderte sich Palinski, der immer wieder vom Personalmangel bei der Polizei hörte.

»Offiziell sind es nur zwei. Die anderen schulden mir einen Gefallen und machen das in ihrer Freizeit.«

Gott muss Liebe schön sein, dachte Palinski. Aber es ist schon aus viel schlechteren Motiven mehr gearbeitet worden. Viva l'amore.

Jetzt war es an der Zeit, mit seinen Neuigkeiten herauszurücken. Gerade wollte er vom Anruf des alten Lettenberg berichten, als ein mit dreiteiligem Nadelstreifenanzug, maßgeschneidertem Hemd mit Monogramm und Herméskrawatte teuer und überaus korrekt gekleideter Mann das Café betrat. Der total overdresste Typ schaute sich kurz um und trat dann an den Tisch.

»Das hätte ich mir denken können, Sherlock Holmes und Dr. Watson im trauten Gespräch. Hoffentlich machen wir Fortschritte«, spottete er.

»Ja, der Herr Dr. Schneckenburger« und »Hi, Miki«, waren die unterschiedlichen, die verschiedenen Bekanntschaftsintensitäten widerspiegelnden Begrüßungsfloskeln.

Dann fast unisono: »Was machen Sie bzw. was machst denn du hier?«

»Ich vertrete das Bundeskriminalamt und nehme die Interessen meines Ministers am Fall Lettenberg wahr«, bestätigte der Ministerialrat, was die beiden ohnehin schon vermutet hatten. Nur das mit den Interessen des Ministers klang etwas geheimnisvoll.

»Was soll der Zusatz mit deinem Minister«, wollte Palinski daher wissen. Dank seiner persönlichen Freundschaft mit Schneckenburger war es für ihn leichter als für Wallner, diese Frage zu stellen.

»Das muss man sich einmal vorstellen. Unser Chef hat mit seinem bayrischen Kollegen um eine Kiste ›Chateau Petrus‹ gewettet, dass wir den Fall bis spätestens Anfang nächster Woche gelöst haben.« Miki lachte bitter: »Und solche Leute sind für die Sicherheit von 18 Millionen deutschsprachiger Europäer verantwortlich.«

Humor ist, wenn man trotzdem lacht, dachte sich Palinski. »Na, ist das nicht unpatriotisch, wenn der Franzmann in jedem Fall das Geschäft macht? Was werden denn die Freunde von der Rechten dazu sagen«, scherzte er.

»Gar nichts, denn sie werden es nicht erfahren. Zumindest nicht von euch, weil ich euch sonst den Kopf abreißen werde.« Das Grinsen Schneckenburgers ließ den Schluss zu, dass er es nicht ganz so ernst meinte. »Im Übrigen sollen die beiden zunächst eine Kiste Weißbier bzw. einen Karton ›Wachauer Smaragd‹ als Einsatz vorgeschlagen haben, Sie konnten sich aber nicht einigen.«

Wenn schon Bundeskriminalamt, dann war Miki zweifellos das kleinste Übel, dachte Palinski und zwinkerte Wallner unauffällig zu. Der schien zu verstehen, zumindest ließ sein kaum erkennbares Nicken diesen Schluss zu.

»Spaß beiseite, ich habe mit der Aufpasserrolle ebenso wenig Freude wie Sie«, wandte sich Schneckenburger an Wallner. »Noch dazu, da es schon wieder zwei neue Vergiftungsfälle gibt, die wahrscheinlich dem BIGENI-Erpresser zuzuordnen sind. Übrigens, haben Sie schon von dem Auftritt der Lettenbergwitwe gehört?«

Die beiden hatten noch nicht und so fasste der Ministerialrat kurz die Höhepunkte des medialen Events im Grandhotel zusammen. Besonders interessant für Palinski war dabei die Schnittstelle zwischen dem Lettenbergfall und der Erpressung. Dass eines der beiden Vergiftungsopfer eine Freundin der Witwe Lettenbergs gewesen war und diese noch dazu kurz vorher besucht hatte, war schon eigenartig.

»Also 1,5 Millionen Euro sind schon ein Motiv«, sinnierte er. »Vor allem, wenn es mit der Liebe nicht mehr so weit her ist.«

»Das stimmt schon«, räumte Schneckenburger ein. »Soweit wir aber bisher wissen, ist das Alibi von Sophie Lettenberg absolut wasserdicht. Das muss natürlich noch überprüft werden.«

Dann ließ er sich von Wallner über den aktuellen Stand der Ermittlungen informieren und schien erleichtert, dass bereits eine Verhaftung erfolgt war. Aus verständlichen Gründen ging der Inspektor nicht näher auf dieses Thema ein.

Inzwischen war es bereits nach 14.15 Uhr und Palinski musste seinen nächsten Termin im Auge behalten. »Ich habe jetzt noch etwas Neues für euch«, eröffnete er und berichtete über den Anruf des alten Lettenberg. Seine beiden Gesprächspartner waren überrascht, wenn auch nicht zu sehr. Auch ihre Erwartungen in das bevorstehende Gespräch schienen nicht sonderlich hoch zu sein.

»Warten wir einmal ab, ob was dabei für uns abfällt«, gab sich Wallner nicht allzu optimistisch und Schneckenburger nickte zustimmend.

»Im Motivieren seid ihr wirklich einsame Spitze«, gab sich Palinski ärgerlich. Aber nicht wirklich, denn sein Gefühl sagte ihm, dass das Gespräch mit Lettenbergs altem Herrn mehr sein würde als nur ein Akt der Nächstenliebe.

* * * * *

Während Sophie Lettenberg im gerichtsmedizinischen Institut in der Hauptstadt unter Tränen einen ganz bestimmten Leichnam als den ihres Mannes identifizierte, saß Frank Lettenberg auf einer Bank im Garten seiner Pension und blickte auf die umliegenden Weinberge. Wie schön es hier war und wie friedlich. Das erste Mal seit gestern Nachmittag, als er vom Tod seines Sohnes über den Rundfunk erfahren hatte, fand seine von Kummer zerfressene Seele etwas Ruhe. Aber auch der alte Körper forderte nach mehr als dreißig rastlosen Stunden sein Recht. Frank Lettenberg nickte ein.

Als Palinski eine halbe Stunde später eintraf, fand er den alten Herrn tief und fest schlafend vor. Hat den Schlaf wohl bitter nötig, dachte er sich und setzte sich neben ihn auf die Bank. Er wollte ihm noch einige Minuten Ruhe gönnen.

Ob Wilma wohl auch die ganze Nacht durchfahren würde, wenn mein Leichnam eines Tages gefunden würde? Oder würde sie wieder einmal meinen, das wäre auch nur eine Ausrede, um mich vor irgendwelchen Verpflichtungen zu drücken?

Die Frage musste wohl lauten, hat sie bereits abgeschlossen mit mir, akzeptiert mich also nur noch als Vater unserer Kinder und meinetwegen auch als guten Bekannten oder war da noch mehr? Mit einem guten Bekannten streitet man doch nicht so viel, oder? Bedeutet das häufig gespannte Klima zwischen uns in Wahrheit Hoffnung? Also ich bin nicht frei von Gefühlen für sie, die deutlich jenseits von Kameradschaft sind.

Morgen muss ich nach Frankfurt. Falls der Vertrag mit der Produktionsgesellschaft klappen sollte, bin ich finanziell einigermaßen saniert. Ich kann Wolf Schermann und Frederick Franklin in den Ruhestand schicken. Dieser Mist geht mir ohnehin schon sehr auf den Wecker.

Mehr Zeit für die Familie und den großen Roman, das wäre schön. Wenn …

Palinski hatte vergangene Nacht zwar mehr geschlafen als die Nacht zuvor, aber noch immer nicht genug. Als er knapp zwei Stunden später von Frank Lettenberg geweckt wurde, fühlte er sich erheblich frischer.

»Sie müssen Palinski sein«, stellte der alte Herr freundlich fest. »Sie haben wohl auch zu wenig Schlaf in den letzten Tagen bekommen?«

»Tut mir leid, aber …«, Palinski wollte etwas erklären, aber Lettenberg klopfte ihm besänftigend auf den Arm.

»Das ist schon in Ordnung«, er lächelte, »immerhin habe ich damit angefangen.«

Wundersamer Weise stand plötzlich eine Thermoskanne mit Kaffee auf dem kleinen Gartentisch vor der Bank. Lettenberg schenkte zwei Tassen voll »Milch und Zucker müssen Sie sich selbst nehmen.«

Palinski fand den Mann ungemein sympathisch und sog den belebenden Duft des Genussmittels dankbar ein. »Jetzt geht es mir wieder gut.« In der speziellen Situation mochte das sonderbar in Lettenbergs Ohren klingen, darum ergänzte er rasch »zumindest den Umständen entsprechend.«

Ansatzlos begann der alte Herr zu sprechen. Er erzählte von seiner Frau, die seit mehr als einem Jahr in einem Pflegeheim war und sich nie von dem schweren Schlaganfall erholt hatte. »Ich schäme mich heute noch dafür, dass ich sie nicht zu Hause behalten habe«, gestand er, »aber ich habe es ganz einfach körperlich nicht mehr geschafft. Dort geht es ihr sehr gut und ich besuche sie mindestens dreimal in der Woche.«

»Wie hat Ihre Frau auf diese schlimme Nachricht reagiert?«, Palinski bemühte sich, möglichst einfühlsam zu formulieren.

»Ich habe noch nicht den Mut gehabt, es ihr zu sagen«, Lettenberg schüttelte den Kopf, »die Ärzte meinen, dass man jede Aufregung von ihr fernhalten muss.«

»Haben Sie noch andere Kinder?«

»Nein, Jürgen ist«, er schluckte und korrigierte sich, »war unser einziges Kind.«

»Wie sieht es mit sonstigen Verwandten aus?«

»Da ist nur noch Jürgens Großmutter. Sie lebt in einem Seniorenstift im Taunus und weiß auch noch nichts. Hoffe ich zumindest, denn ich möchte nicht, dass sie es aus den Medien erfährt.«

Palinski schätzte den alten Mann auf jenseits der 75. Falls seine Frau nicht deutlich jünger war, musste die Oma schon hoch in den Neunzigern sein.

»Handelt es sich dabei um Ihre Mutter oder um die Ihrer Frau?«, forschte Palinski.

»Weder noch«, Lettenberg amüsierte sich über Palinskis verdutztes Gesicht. »Wir haben Jürgen adoptiert, da wir keine eigenen Kinder bekommen konnten. Die Oma haben wir sozusagen gratis dazu bekommen.«

Jürgens leibliche Eltern waren Auslandsdeutsche aus dem rumänischen Banat. Sein leiblicher Vater musste ein temperamentvoller Freigeist gewesen sein, der ständig Probleme mit den Behörden gehabt hatte. Damit war er schließlich auch in die Schusslinie der Securitate, der gefürchteten Geheimpolizei Ciaucescos gelangt.

Als er eines Tages am Arbeitsplatz verhaftet worden war, flüchteten seine Frau, der kleine Bub und seine Schwiegermutter in den Westen. Das war schon lange vorher für diesen Fall vereinbart worden.

Die etwas schwächliche Frau hatte sich auf der Flucht eine schwere Lungenentzündung zugezogen und war kurz nach ihrem Eintreffen im Lager Friedland verstorben. Das Schicksal des Vaters war ungewiss, angeblich soll er hingerichtet worden sein.

»Josefa Willinger ist anfangs 1964 als Putzfrau an unsere Schule gekommen. Wir haben sie und den kleinen Buben dann auch in unser Haus aufgenommen.« Die Erinnerung schien Lettenberg zu beleben, plötzlich wirkte er um zwanzig Jahre jünger. »Ende 1965 war die Adoption durch und wir haben die ersten Weihnachten mit unserem Jürgen gefeiert.«

Das war eine Geschichte, wie sie nur das Leben schrieb, dachte Palinski. Einen Moment überlegt er ernsthaft, ob er seinen beiden Verlagen zur Abwechslung nicht auch einen Schicksalsroman anbieten sollte. ›Prüfungen des Lebens‹ oder so was in der Art. Klang doch gar nicht schlecht.

Lettenberg war jetzt voll in Fahrt und es tat ihm sichtlich gut, darüber zu sprechen.

Nach dem Italienurlaub 1979 sah sich Palinski gezwungen, die zweifellos interessanten, wenngleich zunehmend auch etwas weitschweifenden Ausführungen zu unterbrechen.

»Gestatten Sie mir eine kurze Frage dazwischen. Wie lange beabsichtigen Sie, in Wien zu bleiben?«, wollte er wissen.

»Ja, ich denke, ich werde morgen früh wieder heimfahren.«

»Ich muss Sie jetzt leider verlassen, ich habe noch einen ganz wichtigen Termin, den ich unmöglich verschieben kann.« Der alte Mann schien enttäuscht zu sein. »Natürlich, ich verstehe.«

»Aber ich muss morgen früh nach Frankfurt. Was halten Sie davon, wenn wir gemeinsam die Frühmaschine nehmen. Das gibt uns noch viel Zeit zum Sprechen.«

Der Gedanke schien Lettenberg zu gefallen, aber: »Ich fürchte, ich kann mir das Flugticket nicht leisten. Ich werde wohl meine Rückfahrkarte für die Eisenbahn benützen.«

Was Palinski zu dem veranlasste, was er jetzt tat, wird wohl nie restlos aufgeklärt werden. »Das macht nichts. Mein Assistent kann mich wegen einer plötzlichen Erkrankung nicht begleiten. Also, nehmen Sie ganz einfach sein Ticket. Das setzen wir sowieso von der Steuer ab.«

»Meinen Sie wirklich?«, der alte Mann strahlte über das ganze Gesicht. »Wissen Sie, ich bin noch nie in meinem Leben geflogen. Einmal möchte ich das schon erleben.«

Auch die Motive, die zu Palinskis nächster Ansage führten, waren rational nicht nachzuvollziehen.

»Ich habe um 11 Uhr einen Termin in Frankfurt. Nachmittags können wir gemeinsam Ihre Frau und Oma Josefa besuchen. Ich würde mich sehr freuen, die beiden Damen kennen zu lernen.«

Zum Abschied umarmte der alte Herr Palinski unter Tränen und murmelte etwas von »Sohn verloren, Sohn gewonnen.« Der wusste zwar nicht, was er davon halten sollte. Das Gefühl, das er dabei hatte, war aber gar nicht so schlecht.

* * * * *

In seinem Büro erwarteten Palinski einige Anrufe auf dem dafür vorgesehenen Beantworter, darunter auch einer von Tagenow. Der dürfte sich aber bereits erledigt haben.

Außerdem die Anfrage eines Verlages wegen einer Auskunft aus der Datenbank. Beachtlich, das war bereits die dritte Kontaktaufnahme dieser Art. Langsam sprach sich das Angebot herum, das Geschäft begann zu laufen.

Dazwischen drei der unvermeidlichen ›Tom Dooleys‹, so nannte Palinski die ›Aufgehängten‹, also jene Anrufer, die ihre Ungeduld oder Aversion gegen elektronische Telefonhilfen zum Ausdruck brachten, in dem sie den Anruf einfach abbrachen, ohne eine Nachricht zu hinterlassen.

Die letzte Message war von Wallner, der ihn dringend um Rückruf bat. Ehe Palinski dieser Bitte Folge leistete, trat er ans Fenster und blickte hoch zu der im gegenüberliegenden Teil des Hauses im dritten Stock befindlichen Wohnung seiner Familie. Sämtliche Fenster waren finster, kein Mensch zu Hause. Klar, Harry hatte irgendetwas von einer Fete gesprochen und Tina war in Zürich. Komisch, früher war so was Party genannt worden und noch früher Tanzabend. Dank des die TV-Unterhaltung dominierenden Zungenschlages gewann die deutsch-deutsche Sprache zwar zunehmend Anteile an der Jugendsprache. Doch, trotz des überbordenden ›Tschüss‹, das sich immer wie eine Nadelspitze in Palinskis Gemüt bohrte, beherrschten die Amerikanismen mit *events crossover, cool* und all den anderen Ausdrücken des *Newspeach* die Umgangssprache immer mehr. Von dem sogar vor älteren Semestern nicht Halt machenden und sich wie die Karnickel in Australien vermehrenden ›Cool‹ ganz zu schweigen. Leider alles zu Lasten des auch so schon im Schwinden begriffenen Charmes der österreichischen Variante der gemeinsamen Hochsprache.

Palinski rief sich zur Ordnung. Seine gedanklichen Exkursionen in für Außenstehende überwiegend kurios anmutende Regionen machten ihm Spaß, setzten aber ausreichend Zeit voraus. Die er jetzt nicht hatte.

Er setzte sich ans Telefon und wählte Wallners Büronummer. Unter der meldete sich nach längerer Wartezeit allerdings nur der Journaldienst. Der folgende Versuch am Handy war erfolgreicher. Er erreichte den Inspektor in seinem Wagen auf dem Weg ins Grandhotel. »Ich treffe mich da mit der Witwe. Willst du nicht dazukommen?«

Palinski blickte auf seine Uhr. Es war bereits kurz nach zwanzig Uhr und er hatte noch einiges für seine morgige Reise vorzubereiten. Was solls, dachte er sich, wenn er schon einmal an einem Fall von Anfang an dabei war, wollte er auch das gesamte Repertoire mitbekommen. »Gut, ich bin gegen 21 Uhr da.« Ausschlafen konnte er schließlich auch nächste Woche.

* * * * *

Trotz der fortgeschrittenen Stunde saß die 26-Jährige Kriminalbeamtin Franca Aigner noch in ihrem Büro in der Polizeidirektion in Salzburg und grübelte. Ihr Ehrgeiz war diametral zu ihrem schmalen Einkommen und da niemand auf sie wartete, arbeitete sie eben noch. Der Fall war interessant und sie sparte noch Geld dabei.

Wie ihre Recherchen während des Tages ergeben hatten, war der Tod der Pensionistin Leopoldine Mras einem besonders tragischem Zufall zu verdanken. Eine Mitarbeiterin des Supermarktes hatte beobachtet, dass die alte Dame die tödlichen Süßigkeiten gar nicht gekauft, sondern von einer jüngeren Frau geschenkt bekommen hatte. »Die schwarzhaarige Dame hat der alten Frau einfach eine Packung gegeben und gesagt: »Sie mögen doch sicher so etwas«, erinnerte sie sich.«Die hat sich sehr gefreut und etwas wie »Die heutige Jugend ist ja doch besser als ihr Ruf« gemurmelt. Sechzig Minuten später war sie mausetot.

War der Tod der alten Frau besonders tragisch, so war der des zweiten Todesopfers, das die BIGENI-Erpresser zu verantworten hatten, viel mysteriöser als es zunächst ausgesehen hatte.

Martina Tessler-Brunhof hatte gegen 7.45 Uhr den Markt verlassen und war nach Aussagen eines Zeugen, Richtung Autobahn gefahren. Gegen 9.20 Uhr war sie in der Paris-Lodron-Straße in Salzburg dem künstlich ausgelösten Herzanfall erlegen. Dabei war es zu einem spektakulären Autounfall mit zwei verletzten Kindern gekommen. Die beiden Mädchen befanden sich zwischenzeitlich erfreulicherweise schon wieder auf dem Weg der Besserung. Der Tachometer des schwer beschädigten Pkws wies zum Unfallzeitpunkt einen Stand von 32 816 Kilometern aus. Im Handschuhfach des Wagens hatte Aigner die Rechnung über ein am Vortag durchgeführten Service gefunden. Das er bei einem Kilometerstand von 32 133 durchgeführt worden war. Der Wagen war gegen 16 Uhr aus der Werkstatt abgeholt worden.

Aigner fragte sich nun, wo Frau Tessler in der letzten Nacht ihres Lebens denn gewesen sein mochte. Bis zu 340 Kilometer entfernt von der Stadt Salzburg. Sie hätte in Stuttgart sein können, ebenso in Prag, Bregenz oder Eisenstadt. Oder irgendwo in Norditalien. Weder die Familienangehörigen, noch der Freund der jungen Frau konnten bisher etwas zur Klärung dieser Frage beitragen.

Wahrscheinlich war das für die weiteren Ermittlungen ohnehin nicht relevant, aber Aigner hasste offene Fragen, auch wenn sie noch so unwichtig schienen.

Seufzend schlug sie den Aktendeckel zu, sicherte und schloss die Datei, dann drückte sie den Powerknopf am Monitor. Es war kurz vor neun und sie beschloss, ihr knappes Privatbudget doch etwas zu belasten und sich am Heimweg noch ein Glas Prosecco zu genehmigen. Vielleicht auch zwei.

* * * * *

Die zierliche, knapp 1,65 große Sophie Lettenberg hatte ein angeborenes Talent dafür, sich in der Öffentlichkeit so in Szene zu setzen, dass alle Personen in ihrem Umfeld klein aussahen. Selbst der unvermeidlich anwesende Aufpasser des Bundeskriminalamts. Palinskis Freund Schneckenburger, mit knapp 1,90 m und rund zwei Zentnern wahrlich ein gestandenes Mannsbild, verschwand neben ihr aus dem Blickwinkel der Betrachter.

Wäre die Witwe nicht in Trauerkleidung gewesen, kein außenstehender Beobachter der Szene hätte wohl vermutet, dass der Mann der attraktiven jungen Frau erst vor knapp zwei Tagen gestorben war. Lächelnd nippte sie an einem Glas Champagner und prostete den beiden Beamten zu, die sich – Dienst ist Dienst – mit Mineralwasser begnügten. Lediglich ihre Mutter, der der Schwiegersohn nicht sonderlich nahegestanden war, wahrte die Form und beschränkte sich auf die unbedingt notwendigen Äußerungen.

Den beiden Beamten schien die Situation mit der aufgekratzten Trauernden, die den Eindruck erweckte, als ob sie sich auf den Opernball einstimmen wollte, sichtlich nicht angenehm zu sein. Palinski, mit einer alten Jeanshose und einem weiten Pullover wieder einmal so was von unpassend bekleidet, baute sich neben Wallner auf und wartete darauf, vorgestellt zu werden.

»Ist betteln hier herinnen nicht untersagt?«, wunderte sich Sophie Lettenberg bei Dr. Schneckenburger, wobei sie die eigenartige Erscheinung neben dem Inspektor musterte. Eine Bemerkung, mit der sie Palinskis Herz im Sturm eroberte. Der konnte der Versuchung nicht widerstehen, der arroganten Person eine hineinzuwürgen. Pietät hin oder her. Er drehte sich zur Witwe und sagte mit leicht verfremdeter Stimme: »Tschuldigen Gnä' Frau, i kumm wegn dem Findalohn.«

Während Wallner und Schneckenburger versuchten, ihre aus den Gleisen zu laufen drohenden Gesichtszüge zu kontrollieren, blickte Sophie Lettenberg indigniert zu dem in unerhörter Weise in ihre Privatsphäre eindringenden Subjekt hoch.

»Weswegen kommen Sie hierher?«, sie hatte die Worte zwar verstanden, verständlicherweise aber nicht deren Bedeutung.

»No ja, i hob di Leich vom sölign Herrn Gemaul gfundn und ma docht, dafia gibts wos.« Palinski war sich der ungeheuren Geschmacklosigkeit durchaus bewusst, der er sich eben schuldig gemacht hatte. Der mit stupide noch freundlich umschriebene Blick der Witwe entschädigte ihn aber schon im Voraus für sämtliche zu erwartenden Konsequenzen dieses Eklats. Dass sich darüber hinaus der Anflug eines Schmunzelns über das Gesicht der Mutter zu stehlen schien, empfand er als zusätzlichen, völlig unerwarteten Bonus.

Das prompt einsetzende, markdurchdringende Schluchzen der Witwe, das sogar die Mitarbeiter an der weit entfernten Rezeption aufschrecken ließ, bewies die einmalige Wandlungsfähigkeit dieser Frau.

»Fort, fort, schaffen Sie mir dieses Ungeheuer aus den Augen«, plärrte sie so laut los, dass sich einer der in der Halle stationierten Sicherheitsbeamten erhob und zu dem Tisch geeilt kam. Schneckenburger rettete die Situation. Zunächst zog er seinen Ausweis und versicherte dem privaten Ordnungshüter, dass alles in Ordnung sei. Dann stellte er Palinski vor. Eingedenk der für diesen Fall obersten Direktive seines Ministers, nämlich, die Sache mit der Kiste ›Chateau Petrus‹ ja nicht zu vergeigen, bediente er sich allerdings einer kunstvollen, mit einigen dichterischen Freiheiten angereicherten Verdrehung der Tatsachen.

»Mario Palinski ist unser bester Undercover-Mann. Sein Einsatz erfolgt im Interesse unseres Herrn Minister, der an einer raschen Aufklärung der Angelegenheit größtes Interesse hat. Leider ist Herr Palinski ein schlecht erzogener Spinner. Aber seine kriminalistische Brillanz wird hoffentlich nicht nur Sie und den Chef überzeugen. Also seien Sie bitte nachsichtig mit unserem ungehobelten Genie. Meistens ist er ohnehin recht verträglich.«

Palinski war baff. Diese Mischung aus Charme und Kaltblütigkeit hätte er Schneckenburger gar nicht zugetraut. Jetzt war es an ihm, den ausgestreckten Arm, nein, den ausgerollten roten Teppich auch zu nützen.

»Entschuldigen Sie Madam«, er blickte der Witwe tief in die unbestreitbar wunderschönen Augen. »Bei Ihrem Anblick ist mir das Herz übergegangen. Was ich in diesem Moment sagen wollte, verboten mir Schüchternheit und Anstand. Da ist mir halt dieser kindische Blödsinn über die Lippen gekommen.« Er lächelte sie an, nahm ihre rechte Hand und führte sie zu den Lippen. »Ich lege mein Schicksal in Ihre Hände.«

Sophie Lettenberg, die schon bei den Worten ›Undercover‹, ›Minister‹ und ›Genie‹ in Schneckenburgers verbalen Husarenritt milder gestimmt worden war, lächelte nachsichtig. Dazu kam noch, dass ihr der Mann in seiner legeren, unkonventionellen Art irgendwie gefiel. Offenbar war er keiner von diesen Softies, die sie sonst umschwirrten wie die Motten das Licht. Eher so, wie Jürgen am Anfang gewesen war. Unkonventionell und cool eben.

Langsam streckte sie ihren rechten Arm aus, machte die Hand zur Faust und streckte den Daumen zur Seite. Diese Stellung behielt sie einige Sekunden lang bei, dann drehte sie den Arm ganz langsam so, dass der Daumen schließlich nach oben zeigte.

Palinski, dem die Komödie zunehmend Spaß machte, sank vor der Witwe in die Knie und dankte wortreich für die Begnadigung. Die lachte und funkelte ihn vielsagend an. Schneckenburger wurde die ganze Situation langsam unangenehm und Wallner dachte dankbar bei sich, dass seltene Sternstunden wie diese die Nachteile seines Berufes allemal wettmachten. Es war Frau Brunhof, die die kleine Runde wieder zum Thema zurückführte, indem sie bemerkte:

»Ich glaube, Jürgen hätte diese kleine Vorstellung sehr genossen.«

Von da an verlief das Gespräch im Wesentlichen sachlich. Sophie Lettenberg konnte den Beamten und Palinski nichts erzählen, was die Drei nicht schon gewusst hätten.

Ihr war auch bewusst, dass die 1,5 Millionen Euro Versicherungssumme ein ausreichendes Motiv darstellten. Vor allem vor dem Hintergrund der Gerüchte, die ihre aktuelle Beziehung mit Jürgen betrafen. Aber davon habe sie erst jetzt erfahren.

»Ich war die ganze Zeit im Sanatorium, das wird man Ihnen bestätigen.« Wallner nickte zustimmend. Die Salzburger Kollegen hatten die Angaben der Witwe bereits überprüft, das Alibi war allem Anschein nach nicht zu erschüttern.

Sophie Lettenberg würde noch mehrere Tage in Wien bleiben, um die notwendigen Veranlassungen zu treffen. »Jürgen wollte immer verbrannt werden«, stellte sie fest. »Der Gedanke, langsam vor sich hinzufaulen war ihm schrecklich zuwider.« Sie habe vor, den Leichnam in Wien einäschern zu lassen. Die Urne würde dann im malerischen Friedhof in Eugendorf beigesetzt werden.

»So leid es mir auch tut«, meldete sich Schneckenburger zu Wort, »ich muss Ihnen aber sagen, dass es einige Zeit dauern kann, bis der Leichnam freigegeben wird. Wahrscheinlich kaum vor Anfang kommender Woche.« Hoffentlich, dachte er bei sich, sonst zieht mir der Minister noch die Kosten für diesen sündteuren Rotwein vom Gehalt ab.

Damit war das Gespräch beendet. Die Witwe wollte die Herren noch zu einem Good Night Cup in die Bar einladen. Da den Herren aber noch nicht nach Gute Nacht zu Mute war, lehnten sie dankend ab.

»Falls Sie noch Fragen haben, können Sie jederzeit auf mich zukommen«, flüsterte Sophie Palinski zu, »Ich bin in Zimmer 605.«

»Die Witwe hat ja schamlos mit dir geflirtet«, stellte Wallner fest, nachdem die beiden Frauen gegangen waren.

»Jaaa«, bestätigte Palinski die Beobachtung des Freundes. »Jetzt müssen wir nur noch eine fesche Verdächtige für Miki finden.«

* * * * *

Schneckenburger drängte es nach Hause. Seine zweite Frau war im fünften Monat schwanger und fühlte sich besser, wenn ihr Michael zu Hause war.

Es war bereits kurz vor halb zwölf. Wallner und Palinski saßen bei einem kleinen Heurigen in Nussdorf, um ihren Informationsstand abzugleichen.

Wallner war nicht sehr glücklich über Palinskis morgige Reise nach Frankfurt. »Muss das unbedingt sein?«, regte er sich auf. »Du weißt, dass wir wegen der blöden Ministerwette noch stärker unter Druck sind als ohnehin schon.«

»Mein lieber Freund, da geht es möglicherweise um meine finanzielle Absicherung für die Zukunft.« Palinski lachte sarkastisch. »Von dem, was ihr mir bezahlt, kann ich nämlich nicht leben.«

»O.k., o.k.«, der Inspektor sah das schon ein, aber trotzdem war er nicht glücklich darüber. »Wann wirst du zurück sein?«

»Falls nichts dazwischen kommt, wahrscheinlich noch morgen Abend, spätestens übermorgen mittags. Kommt darauf an, was sich aus den Besuchen mit Lettenbergs Vater ergeben wird.« Er berichtete Wallner von dem Gespräch mit dem alten Herrn.

Der schüttelte skeptisch den Kopf, schien sich nicht sehr viel von Palinskis Initiativen zu erwarten. Na gut, man würde sehen. Jetzt war es an Wallner zu berichten.

Die Suche nach dem unbekannten Mann aus dem ›Mama Maria‹ lief auf Hochtouren, war aber bisher ohne Erfolg geblieben. Allerdings hatten Wallners Kollegen erst etwas mehr als die Hälfte der Beherbergungsbetriebe besucht.

»Jetzt zwei Dinge, die wichtig sein könnten. Da ist erstens die Sache mit der Uhr.« Der Inspektor fasste das Ergebnis seines Gespräches mit Willi Wanderer zusammen, ohne auf sämtliche Details einzugehen. »Möglicherweise ist die Rolex von jemandem anderen gestohlen worden«, überlegte Palinski.

»Aber wer wird dem Bestohlenen danach eine Uhr anlegen, die keine fünfzig Euro wert ist«, entgegnete Wallner und hatte nicht unrecht mit dem Einwand. Aber ganz ausgeschlossen war es natürlich auch nicht.

»Dann habe ich Marion bei noch einer Lüge entdeckt«, die Schlussfolgerung schmerzte Wallner offensichtlich, aber immerhin traf er sie. Ein Schritt in die richtige Richtung, fand Palinski.

»Sie hat angegeben, dass sie mit Lettenberg nach der Viktor-Gala essen war. Nach unserem Zeit-Weg-Diagramm müsste das gegen Mitternacht gewesen sein.« Er holte tief Luft. »Laut pathologischem Befund haben sich im Magen des Toten aber keinerlei Essensreste befunden.«

»Aber diese Lüge bringt ihr doch nichts«, Palinski überlegte, »ob ihr ein Alibi über fünf oder sechs Stunden fehlt, spielt doch keine Rolle.«

»Das stimmt schon«, räumte Wallner ein«, aber wer weiß schon, was im Kopf einer mordlustigen Frau vorgeht.«

Hallo, da war noch etwas, spürte Palinski, was ihm sein Freund noch nicht gesagt hatte. »Was meinst du mit mordlustig?«

»Wir haben die Zeugenaussage eines Etagenkellners, der am Nachmittag unfreiwillig Zeuge einer heftigen Auseinandersetzung zwischen Marion und Lettenberg geworden ist. Bevor sie mit der Zimmertüre geknallt hatte, soll sie ihm gedroht haben: ›Wenn du das noch ein einziges Mal mit mir machst, bringe ich dich um. Das schwöre ich dir‹«, berichtete der Inspektor.

»Und du bist jetzt der Meinung, dass Lettenberg das, was immer es auch gewesen sein mag, noch einmal gemacht hat?«

»Es sieht leider ganz danach aus«, stellte Wallner trotzig fest.

»Wenn du jeden verhaftest, der jemals eine solche Drohung vom Stapel gelassen hat, musst du alleine für Wien die Stadthalle in ein Untersuchungsgefängnis umwandeln«, hielt Palinski dem Freund vor.

»Das weiß ich auch«, brummte Wallner, »aber die Summe von Verdachtsmomenten reicht inzwischen für eine Anklage völlig aus. Und falls wir bis Sonntag niemanden anderen präsentieren können, wird eben Marion Waldmeister angeklagt.«

Da hat er nicht unrecht, dachte Palinski, der wusste, dass man den Appeal sauteurer französischer Rotweine nicht unterschätzen durfte. »Hat sie übrigens schon einen Anwalt?«

»Ja, dein Doktor Bader hat ihre Vertretung übernommen und macht uns schon das Leben schwer. Ich denke, das war eine gute Empfehlung von dir.« Er blickte den Freund an. »Danke.«

Inzwischen waren die beiden die letzten Gäste und tranken ihr Achterl umgeben von umgedreht auf den Tischen deponierten Stühlen aus.

5

Prüfend fuhr sich Palinski über das Kinn. Er hoffte, seine heutigen Gesprächspartner in Frankfurt würden sich nicht an seinem inzwischen 5 Tage alten Bart stoßen. Andererseits konnte er es sich in seiner Position durchaus leisten, etwas exzentrisch aufzutreten. Immerhin war er mit seinem speziellen Angebot so etwas wie Monopolist.

Er hatte verschlafen, war zu keinem Kaffee mehr gekommen, hatte Gott sei Dank rasch ein Taxi bekommen und sich rechtzeitig erinnert, dass er auch noch Frank Lettenberg abholen musste. Die gestern telefonisch georderten und mit Kreditkarte bezahlten Tickets lagen am Schalter und ein Gepäckförderband war defekt. Im Zusammenspiel aller dieser Faktoren bedeutete das, dass die beiden Männer zwar etwas atemlos, aber doch noch rechtzeitig ihre Sitze in der Morgenmaschine nach Frankfurt einnahmen.

Für den alten Lettenberg war das alles sehr neu und aufregend. Er plapperte unentwegt auf den nur noch nach einem Kaffee lechzenden Palinski ein. Vor allem wohl, um die gewisse Spannung vor dem ersten Start wegzureden. Er nahm es seinem Reisebegleiter aber nicht übel, dass der die ersten 20 Minuten des Fluges kein Wort von sich gab.

Nach dem Frühstück informierte Palinski den alten Herrn über den Stand der polizeilichen Ermittlungen.

Spontan meinte Lettenberg, dass er sich Marion Waldmeister als Täterin nicht vorstellen konnte.

»Dazu ist das Mädchen einfach nicht imstande«, betonte er mehrmals. »Sie hat Jürgen sehr geliebt und liebt ihn wahrscheinlich immer noch. Trotz allem, was er ihr angetan hat.« Immerhin habe sein Sohn sie zu einer Abtreibung gezwungen, die damit endete, dass Marion keine Kinder mehr bekommen könnte.

»Als Dank dafür hat er sie ein halbes Jahr später verlassen und sich eine andere genommen«, gab der alte Mann bitter von sich.

»Jürgen war ein entzückendes Baby und ein besonders liebes Kind. An seinem 12. Geburtstag haben wir ihn über seine Herkunft informiert. Diese Eröffnung hat ihm anfänglich sehr zu schaffen gemacht. Es ist zu einer gewissen Entfremdung zwischen uns gekommen. Andererseits hat er sich plötzlich mehr für seine Großmutter interessiert.« Lettenbergs Atem ging immer schwerer, sodass Palinski anregte, eine kleine Pause einzulegen.

»Mit 17 Jahren ist er dann in schlechte Gesellschaft gekommen und total versackt«, Lettenberg schon nach wenigen Minuten wieder fort. »Aus dieser Halbwelt hat ihn erst Marion herausgeholt, zwölf Jahre später. Wir haben damals fast keine Hoffnung mehr gehabt, dass er je wieder zurückfinden wird.«

Gemeinsam arbeiteten Jürgen und Marion an seiner Karriere. »Es war zunächst ihre Hartnäckigkeit, die ihm die erste große Chance gebracht hat. Er hat diese dann mit seinem Talent genützt. Mit dem Adrian Brand in ›Wir alle wollen leben‹ schaffte er einen fulminanten Start.« Innerhalb weniger Wochen hatte Jürgen den Sprung vom unbekannten Underdog zum begehrten Star am deutschen Film- und Fernsehhimmel geschafft.

»Mit dem plötzlichen Ruhm und dem vielen Geld im Gefolge ist der Junge aber nicht fertig geworden. Er hat mit dem Geld nur so herumgeschmissen. Ganz so, als wollte er sich die Zuneigung der Leute um ihn herum durch regelmäßige Zahlungen sichern. So souverän er in seiner Arbeit war, so unsicher war er im privaten Leben.« In dieser Zeit hatte Lettenberg seine Eltern großzügig unterstützt und ihnen eine Villa in der Nähe von Wiesbaden gekauft. »Die mussten wir aber später wieder verkaufen, als Jürgen Geldprobleme bekam.«

»Ich bin alles andere als ein Fernsehfanatiker«, Palinski konnte es nicht fassen, »aber selbst ich habe mitbekommen, dass Ihr Sohn über Jahre hinweg einer der drei, vier beliebtesten und vor allem gefragtesten männlichen Darsteller Deutschlands gewesen ist. Da müssen doch etliche Millionen DM und zuletzt Euro hereingekommen sein.«

Lettenbergs Vater nickte bedächtig, »Das stimmt schon. Nur, so schnell wie er das Geld verdient hat, hat er es auch wieder ausgegeben. Für Frauen, Häuser und Autos. Und viele andere Dinge, die eigentlich kein Mensch benötigt.«

Lettenberg war hochgradig süchtig gewesen. »Nicht nach Rauschgift«, wie der alte Herr feststellte, »das war lediglich eine relativ kurze Experimentierphase in seiner Jugend. Aus der ist er mit Hilfe Marions ziemlich rasch wieder herausgekommen. Er hat das Teufelszeug später regelrecht gehasst und große Beträge für den Kampf gegen die Sucht gespendet. Sein größtes Problem war, er ist, war spielsüchtig, ein exzessiver Spieler.«

Poker, Black Jack oder Roulette, ihm war egal, um welches Spiel es sich handelte. Wichtig war nur, dass die Höhe des Einsatzes jene Spannung brachte, die er offenbar bitter notwendig hatte. Ob er gewann oder verlor, war Lettenberg gar nicht so wichtig, was zählte, war ausschließlich der Kick.

»Meine Damen und Herrn, wir befinden uns im Anflug auf den Frankfurter Rhein-Main-Flughafen. Bitte richten Sie …«, die Ansage der Senior-Flugbegleiterin unterbrach den monotonen, durch gelegentliche Seufzer unterbrochenen Vortrag des alten Mannes. Palinski schloss seinen Sicherheitsgurt und achtete darauf, dass sich Lettenberg, der in der letzten halben Stunde Zeit und Ort vergessen zu haben schien, ebenfalls wieder anschnallte.

»Fliegen ist eigentlich gar nichts Besonderes«, meinte der Mann, »ich habe gedacht, dass es aufregender sein wird. Ich finde Bahnfahren anregender.« Entschuldigend fügte er dazu: »Das gilt natürlich nicht für unser Gespräch, Sie sind ein ganz ausgezeichneter Zuhörer.«

»Und wie ging es weiter«, Palinski wollte verhindern, dass der ungehemmte Sprechfluss Lettenbergs der Unterbrechung zum Opfer fiel. Bis zum Aussteigen blieben mindestens noch zehn Minuten.

»Na ja, der Rest ist rasch erzählt. Nachdem ihn die konzessionierten Spielbanken nicht mehr hineingelassen haben, hat er in illegalen Spielhöllen weitergemacht.«

Damit war weiterer Ärger natürlich vorprogrammiert. »Obwohl er fast jeden Tag spielte, an dem er die Möglichkeit dazu fand – und er war hervorragend im Finden solcher Möglichkeiten – war er ein miserabler Spieler. Angeblich hat er auch nie gemogelt, hätte das wahrscheinlich auch gar nicht gekonnt.«

Offenbar hatte Lettenberg nur gewonnen, wenn es in das strategische Konzept seiner Mitspieler passte oder wenn er ausnahmsweise wirklich einmal Glück hatte. Mit der Zeit kam es immer öfter vor, dass er seine Spielschulden nur teilweise oder mit Verzögerung zahlen konnte. Dass man sich damit keine Freunde schaffte, lag auf der Hand.

»Angeblich hat ihn irgend so ein mächtiger Gangsterboss drei gesunde Zähne ziehen lassen, um seiner Zahlungsaufforderung den nötigen Nachdruck zu verleihen. Ohne Narkose, links oben. Damit man es nicht sieht und seine laufenden Filmarbeiten nicht gefährdet werden. Denn das hätte möglicherweise den Nachschub an Geld gestoppt.«

Jürgen Lettenberg hatte seine Eltern in den letzten vier Jahren nur fünfmal besucht. Jedes Mal letztlich nur, um sich Geld zu borgen. Aus seiner Sicht nur Peanuts, die nicht der Rede wert waren.

»Aber für uns sind diese insgesamt 6200 Euro sehr viel Geld«, gestand der Schuldirektor in Pension. »Seit dem Unglück meiner Frau, Sie wissen schon, der Schlaganfall, hat sich der Junge überhaupt nicht mehr sehen lassen.« Lettenbergs Stimme klang sehr verbittert, während der schwere Airbus sanft wie ein Schmetterling auf der Landebahn aufsetzte.

Das musste man sich einmal vorstellen. Der scheinbar millionenschwere Schauspieler hatte sich von seinen alten Eltern Peanuts borgen müssen und nicht einmal zurückgezahlt. Je mehr Palinski über den Toten erfuhr, desto unsympathischer wurde er ihm. Na, die lustige Witwe würde Augen machen, falls sie auf ein reiches Erbe hoffen sollte.

Da die beiden Männer kein Gepäck aufgegeben hatten, gab es am Flughafen keinerlei Wartezeiten. Im Taxi vereinbarten sie, sich um 13 Uhr im Café am Dom zu treffen, dem einzigen Kaffeehaus, das der alte Mann in Frankfurt kannte.

Lettenberg stieg in der Nähe des Hauptbahnhofs aus, während sich Palinski zum Büro der ›Global Film Enterprises‹ in der Nähe der Messe bringen ließ. Da bis zu seinem Termin noch etwas Zeit war, setzte er sich in ein ›Original italienisches Espresso‹ und genehmigte sich endlich einen Kaffee, der diese Bezeichnung wirklich verdiente.

Nach der ersten Infusion des schwarzen Gifts lehnte er sich zufrieden zurück. Dann holte er sein Mobiltelefon aus der Tasche und rief Wallner in Wien an. Dem empfahl er, bei den Kollegen in der BRD Einzelheiten über Lettenbergs Spielgewohnheiten und seine Kontakte zur Unterwelt in Erfahrung zu bringen.

»Lettenberg hatte wahrscheinlich gröbere Probleme, seine ausufernden Spielschulden zu begleichen. Vielleicht wollte jemand mit seinem Tod ein Exempel statuieren«, spekulierte er. »Und lass dir vorsorglich auch die zahnärztlichen Unterlagen schicken.«

* * * * *

Der Kriminalbeamte Ferdinand Wallisch war sauer. Obwohl er eigentlich vier freie Tage hatte, rannte er seit gestern in Tansdanubien herum, also jenem Teil Wiens, der jenseits der Donau liegt.

Er hatte bereits mehr als 80 Hotels und Pensionen abgeklappert. Überall das Gleiche. Keiner der von ihm Befragten hatte den unbekannten Fremden auf der Phantomzeichnung erkannt oder erkennen wollen. Ursprünglich hatte er mit seiner Freundin Ursula einen Kurzurlaub im Waldviertel vorgehabt. Doch dann war sein Chef gekommen und hatte ihn an eine Sache aus der Vergangenheit erinnert. Damit war die Angelegenheit zur Ehrensache geworden, der sich Walllisch nicht entziehen konnte. Auch wenn Ursel das nicht verstehen konnte und jetzt sauer auf ihn war. Was solls, dacht er, Frauen gibt es viele, aber so einen Chef wie den Wallner nur einmal.

Jetzt näherte er sich der Hotel-Pension Gruber an der Wagramerstraße. Er kannte das Haus, weil ein Onkel von ihm hier einmal übernachtet hatte. Saubere, einfache und vor allem preiswerte Zimmer und ordentliche Leute, die Grubers. Er betrat die kleine Eingangshalle, trat an den schmalen Empfangstresen und zückte seine Hundemarke.

»Was kann ich für Sie tun, Herr Inspektor.« Wie in Wien üblich, beinhaltete die Anrede automatisch einen zumindest um einen beruflichen oder gesellschaftlichen ranghöheren Titel.

Wallisch, dem nichts an Schmeicheleien lag, schon gar nicht an unzutreffenden Rangbezeichnungen, flachste munter zurück: »Eine ganze Menge, sehr geehrter Herr Rezeptionsrat.« Er hielt dem älteren Mann hinter der Budel das Bild unter die Nase. »Haben Sie diesen oder einen ähnlich aussehenden Mann schon einmal gesehen?«

Der blickte über den oberen Rand seiner Brille, schüttelte zunächst zweifelnd den Kopf. »Sieht dem Herrn aus Zimmer 28 ähnlich«, sagte er nach einer Weile. »Der hat zwar einen Bart, aber sonst. Das könnte er schon sein.«

»Ist der Herr jetzt auf seinem Zimmer?«, Wallisch hatte Mühe, das plötzlich aufsteigende Jagdfieber zu kontrollieren.

»Tut mir leid, aber der Herr ist vor zwei Stunden abgereist.«

»Hat er irgendetwas gesagt, wohin er von hier fährt? Oder eine Nachricht hinterlassen?«, die Stimme des Beamten klang unüberhörbar enttäuscht.

Bedauernd verneinte der Mann, griff aber zu einer Mappe, schlug sie auf und holte ein Blatt hervor. »Alles, was ich Ihnen anbieten kann, ist die Kopie der polizeilichen Anmeldung«, tröstete er den wieder Hoffnung schöpfenden Beamten.

Roman Schuster war 42 Jahre alt, geboren in Resita, wo immer das auch liegen mochte und hatte sich mit einem rumänischen Reisepass ausgewiesen. Er war am Montagvormittag angekommen und heute, Donnerstag wieder abgereist.

»Ist Ihnen sonst noch etwas an Herrn Schuster aufgefallen?«

Der Rezeptionsrat erweckte durchaus den Eindruck, ernsthaft nachzudenken. »Eigentlich nein. Außer vielleicht ...«, er zierte sich mit dem Weiterreden.

»Ja, was vielleicht?«, herrschte ihn Wallisch an, »lassen Sie sich doch nicht alles aus der Nase ziehn.« »Er muss sich gleich am ersten Tag verkühlt haben, seit Dienstag früh war er nicht nur heiser, sondern hat sich auch dauernd die

Nase geputzt. Ist nur mehr mit dem Taschentuch in der Hand herumgelaufen.«

Wallisch konnte sich zwar nicht vorstellen, dass das von besonderer Bedeutung sein würde, notierte aber pflichtbewusst die Aussage des Mannes.

»Ich denke, das wars dann. Danke für Ihre Hilfe«, Wallisch war nach Möglichkeit immer höflich bei Befragungen, man wusste nie, ob man von dem Gegenüber nicht noch einmal etwas brauchen würde. Dann half er der Polizei noch, Telefongebühren zu sparen und informierte seinen Inspektor vom Hoteltelefon aus.

* * * * *

Dr. Michael Schneckenburger war bei der heutigen Sitzung zum stellvertretenden Leiter der SOKO ›Vergiftetes Müsli‹ avanciert. Da die Sektionschefin als Vertreterin des Ministers selbst nominell die Leitung innehatte, was die Bedeutung unterstrich, die diesem Fall beigemessen wurde, war Miki praktisch der Chef. Er starrte wie gebannt auf die eben eingetroffene Meldung. Falls die darin geäußerte Vermutung zutreffen sollte, wäre das ein erster, entscheidender Erfolg und ein wichtiger Schritt zur Lösung des Falles.

Am Vormittag war dem Leiter eines BIGENI-Marktes in Klagenfurt ein Mann aufgefallen, der mehrere Packungen eingeschweißter Dauerbackwaren der Marke ›Tante Olgas Beste‹ aus dem Regal nahm und kurz danach wieder hinein stellte. Darauf angesprochen, versuchte der Mann zu flüchten. Doch die alarmierenden Schreie des Filialleiters »Holt, Sie Verbreha« führten zum mannhaften Einschreiten einiger Hausfrauen, die den Flüchtigen zu Boden warfen und sich einfach auf ihn setzten.

Bei der Durchsuchung des Mannes durch die Polizei kamen zwei mit Belladonna gefüllte Einwegspritzen zum Vorschein. Die Beamten beschlagnahmten sämtliche zweiundzwanzig im Regal befindlichen Packungen der beliebten, mit Powidl gefüllten Mehlspeise, um sie im Labor untersuchen zu lassen.

Belladonna, das Gift der Tollkirsche. Nicht neu, aber sehr bewährt, dachte Schneckenburger. Mal sehen, ob die Dosis für eine Mordanklage reichen wird oder nur für schwere Körperverletzung. Der verhaftete Walter F. war 39 Jahre alt und seit zwei Jahren arbeitslos. Er war verheiratet und Vater von 5 Kindern. Eine harte Sache für die Familie. Man muss schon sehr viel kriminelle Energie haben, um bei so einem Scheiß mitzumachen. Oder sehr verzweifelt sein.

Na, der Minister wird erfreut sein, dachte Schneckenburger. Zwar hatte der oberste Boss in diesem Fall um keinen sauteuren Bordeaux gewettet, zumindest war Miki nichts bekannt davon. Da vergleichbare Verbrechen aber wie ein Buschfeuer in der ganzen EU aufflackerten, stand der Fall unter der besonderen Beobachtung der Innenministerkonferenz. Da wollte man natürlich glänzen. Und ihm selbst würden Erfolge bei diesem und dem Lettenbergfall auch nicht schaden. Seine Sektionschefin würde in sechs Jahren in Pension gehen. Man konnte gar nicht früh genug beginnen, entscheidende Punkte zu sammeln. Er beschloss, die Vernehmung des Verdächtigten selbst zu übernehmen und nach Klagenfurt zu fliegen. Sobald geklärt war, wann er über einen Hubschrauber verfügen konnte.

* * * * *

Die Besprechung mit ›Global Film Enterprises‹ war kurz und schmerzlos verlaufen und hatte Palinski einen sensationellen Erfolg gebracht. Nach knapp 45 Minuten hatte er einen vorerst auf ein Jahr befristeten Beratungsvertrag in der Tasche, der ihm einen stattlichen fünfstelligen Eurobetrag und der ›Global Film‹ das Recht auf Nutzung seiner Datenbank und Betreuung brachte. Damit hatte Palinski aber eigentlich gerechnet. Völlig überrascht wurde er aber von der Frage Dr. Metzlers, des Geschäftsführers der ›Global Film‹, ob er sich zutraute, selbst Drehbücher zu verfassen. »Ich weiß, dass Sie sehr ansprechend formulieren und originelle Storys bauen können.«

Woher er diese Informationen habe, hatte Palinski wissen wollen. »Ich bin im Aufsichtsrat des Porthos-Verlags. Herr Bastian hat mir Ihren Namen genannt.«

Nun, da würden sich meine teilweise unsäglichen Leiden mit Matt Bachinger, dem unerschrockenen Geheimagenten im Auftrag des Guten möglicherweise doch noch bezahlt machen. Matt war der etwas verunglückte Held der Kurzromane, die er für einen zweiten, eben den genannten Porthos-Verlag schrieb. Alle zwei Wochen einen neuen. Eine erschreckende Vorstellung, aber nicht schlecht bezahlt.

»Ich kann Ihnen natürlich brauchbare Sujets liefern und die entsprechenden Dialoge«, gab sich Palinskis selbstbewusst. Aber von der film- bzw. fernsehspezifischen Bearbeitung habe ich keine Ahnung.«

»Das spielt keine Rolle, dafür erhalten Sie entsprechend qualifizierte Hilfe. Uns geht es um die Story und nicht um das drehfertige Buch.« Metzler blickte ihn fordernd an. »Na, trauen Sie sich das zu?«

»Na, spricht Putin russisch«, wandelte Palinski den mit dem Papst schon mehr als abgenutzten Spruch etwas ab. Er würde also innerhalb von zwei Jahren mindestens drei Sujets für die beliebte Serie ›Hauptkommissarin Britta Bunsen‹ liefern und hatte bereits jetzt ein Akonto in respektabler Höhe dafür kassiert.

Zum Drüberstreuen war er noch vom Entwicklungschefs der ›Global‹ eingeladen worden, über ein Konzept für eine interaktive Krimishow nachzudenken, die ab Herbst des nächsten Jahres produziert werden sollte.

Jetzt fuhr Palinski, der sich einen Leihwagen zum Verlag bringen hatte lassen, mit Frank Lettenberg Richtung Eschborn. Dort befand sich das Seniorenheim, in dem Josefa Willinger ihre letzten Jahre verbrachte.

Er war bemüht, seine hervorragende Stimmung nicht allzu sehr zur Schau zu stellen, um dem alten Herrn gegenüber nicht pietätlos zu erscheinen. Der ließ sich allerdings nicht täuschen.

»Ihr Gespräch muss gut verlaufen sein«, stellte er fest.

»Merkt man mir das an?«, Palinski war erstaunt über die ungewohnte Sensibilität, mit der der Mann auf ihn reagierte.

»Sie sind jetzt ein ganz anderer als heute Morgen. Vitaler, strahlender, zielbewusster. Ich freue mich für Sie, Herr Palinski.«

Der bedankte sich und berichtete über seinen Erfolg, seine früheren Misserfolge, seine Familie und was ihn sonst so beschäftigte. Und er fühlte sich prächtig dabei.

Dreißig Minuten später stellte Palinski den Wagen auf dem für Besucher vorgesehenen Parkplatz im parkähnlichen Garten des alten Schlösschens ab, in dem sich das Heim befand. Sah nicht ganz billig aus, aber für Lettenberg war es Ehrensache, für die Großmutter seines Jungen zu sorgen.

»Sie müssen wissen, dass Josefa bereits 88 Jahre alt und leider nicht mehr ganz auf der Höhe ist. Sie ist häufig nicht mehr ansprechbar, die lichten Momente werden immer seltener«, bereitete Lettenberg Palinski vor, während sie in Begleitung einer Pflegerin in den zweiten Stock hinaufstiegen.

»Frau Willinger hatte vor zwei Monaten einen leichten Schlaganfall und seither Probleme mit dem Sprechen«, klärte Schwester Anita sie noch auf. »Es strengt sie sehr an. Bitte berücksichtigen Sie das.«

Josefa Willinger musste einmal eine sehr schöne Frau gewesen sein, fand Palinski. Trotz ihrer altersbedingten Hinfälligkeit strahlte sie sehr viel Würde aus und, ja, auch Charisma.

»Das ist Mario«, stellte Lettenberg den zweiten Besucher vor. Sie hatten sich der Einfachheit halber darauf geeinigt, Palinski mit dem Vornamen vorzustellen. »Ein Freund aus Wien.«

Josefa Willinger starrte den Fremden interessiert an. Nach einer Weile sagte sie: »Ah Wien« und begann zu summen. Palinski blickte Lettenberg fragend an, plötzlich erkannte er die Melodie trotz der nicht ganz deutlichen

Wiedergabe. Die alte Frau summte den Donauwalzer und schien Freude daran zu haben.

»Wo Jürgen?«, fragte sie plötzlich. »Wo Frau?«

Palinski blickte Lettenberg fragend an, der schüttelte unmerklich, aber erkennbar verneinend den Kopf.

»Ich bin nicht sicher, ob wir es ihr überhaupt sagen sollen«, zweifelte er, »wem soll das nützen? Ihr kann es nur schaden.« Er flüsterte ihm das zu und Palinski nickte nur. Vor allem aber war es wirklich nicht seine Sache, Todesnachrichten um jeden Preis zu überbringen.

Lettenberg hatte sich zu der alten Dame gesetzt, hielt ihre Hand und streichelte sie an der Wange. Palinski blickte sich in dem hübschen Raum um und nahm die zahlreichen gerahmten Fotos, die herumstanden und an den Wänden hingen, in Augenschein. Die meisten der Bilder zeigten Josefa Willinger mit Jürgen am Schoß, im Kinderwagen und auf der Wiese. Auf einigen war auch Vater Lettenberg und eine Frau, wahrscheinlich Jürgens Adoptivmutter zu sehen.

Eine alte, schon stark vergilbte Aufnahme zeigte eine sehr hübsche, sehr junge Frau, fast noch ein Mädchen, mit einem Baby im Wickelkissen im Arm. Das sie offenbar gerade in einen uralten Kinderwagen legen wollte. Palinski nahm das Bild und näherte sich vorsichtig der alten Dame. »Ist das Ihre Tochter, Frau Willinger?«, er formulierte bewusst prononciert, damit ihn die alte Dame auch verstand.

Was sie aber allem Anschein nach nicht tat. Sie blickte zwar auf das Bild, reagierte aber nicht auf seine Frage. Dann begann sie plötzlich und für die beiden Männer völlig unerklärlich zu weinen. Erschrocken entfernte sich Palinski und stellte das Bild wieder an seinen Platz. Vielleicht mochte es Josefa einfach nicht, dass man ihre Sachen ungefragt in die Hand nahm.

Die alte Dame wirkte plötzlich völlig abwesend und jammerte unverständlich vor sich hin.

»Ich denke, es ist besser, wenn Sie jetzt gehen«, mahnte Anita, die wie auf ein Stichwort in der Türe erschienen war.

»Was hat sie denn?« wollte Lettenberg wissen, »das kenne ich ja gar nicht von ihr.«

»Wir wissen es nicht genau. Irgendetwas muss sie plötzlich sehr aufgeregt haben.« Anita überlegte. »Das erste Mal war das, wie Ihre Schwiegertochter zu Besuch da war.«

Lettenberg erstarrte förmlich. »Was haben Sie gesagt? Mein Sohn war hier mit seiner Frau? Wann soll das gewesen sein?«

»Ihr Sohn war schon lange nicht mehr hier. Sicher ein halbes Jahr oder länger. Übrigens, mein herzliches Beileid zu Ihrem Verlust.« Auch Schwester Anita hörte Nachrichten.

»Ich bin der Meinung, wir sagen ihr besser nichts«, Lettenberg blickte die Pflegerin fragend an. Die nickte zustimmend. »Eine weise Entscheidung. Von uns erfährt sie auch nichts.«

»Wann soll meine Schwiegertochter hier gewesen sein«, der alte Herr hatte sein Stichwort trotz der Unterbrechung nicht vergessen.

»Tja«, Schwester Anita überlegte, »das erste Mal etwa vor drei Monaten und das zweite Mal am Sonnabend vor Palmsonntag. Daran erinnere ich mich genau, da der alte Herr Simon an dem Tag verstorben ist.«

Lettenberg schüttelte den Kopf, er konnte sich beim besten Willen nicht vorstellen, was Jürgens Frau, die er übrigens nie kennengelernt hatte, bei der Oma gewollt haben mochte.

Josefa Willinger hatte sich zwischenzeitlich wieder etwas beruhigt. Sie brabbelte immer noch etwas vor sich hin, weinte aber nicht mehr. Palinski versuchte zu verstehen, konnte mit dem scheinbar sinnlosen »Maschdo masch wis od omasch wo ui ui ui«, das sie wieder und wieder vor sich hinplapperte, nichts anfangen. Sicherheitshalber notierte er sich die Buchstabenfolge, man wusste nie, wofür das gut sein konnte.

»Also, meine Herren. Ich glaube, Sie müssen jetzt gehen.« Verständnisheischend drängte sie die beiden Männer zur Türe. Lettenberg ging nochmals zu der alten Frau zurück und gab ihr einen Kuss auf die Stirne. Dann folgte er Palinski und Schwester Anita.

Zehn Minuten später, die beiden Männer saßen bereits längere Zeit in Palinskis Leihwagen, begann sich der ausnehmend geduldige Lettenberg langsam zu wundern.

»Worauf warten wir noch«, wollte er von dem schweigsam vor sich hinbrütenden Palinski wissen.

»Einen Augenblick noch, ich muss nachdenken.« Palinski holte nochmals sein Notizbuch heraus und starrte zum wiederholten Mal auf die gleiche Seite.

Ja, das konnte es sein. Falls sich sein Verdacht als richtig herausstellte, würde das eine Menge offener Fragen beantworten.

»Ich werde Ihnen nachher alles erklären«, versprach er dem alten Mann. »Aber jetzt müssen wir unbedingt noch einmal zur Oma. Unter allen Umständen«, herrschte er

Lettenberg fast an, der überhaupt nichts verstand, aber bereitwillig mitmachte.

Schwester Anita erwies sich zunächst als etwas unwillig. Lettenbergs bestimmtes Auftreten sowie Palinskis nicht unansehnliche Spende in die Kaffeekasse brachten aber die gewünschte Kooperation.

Frau Willinger schien sich über den neuerlichen Besuch zu freuen, ja Palinski sogar zu erkennen, denn sie begann sofort, den Donauwalzer zu intonieren. Dazwischen murmelte sie zwei Mal leise, aber erstaunlich verständlich »Frau schlecht, sehr schlecht«, was allerdings von keinem der Anwesenden bewusst wahrgenommen wurde.

»Hat Frau Willinger so etwas wie eine Metallschachtel, in der sie Fotos, Briefe und Ähnliches aufbewahrt?«, wollte Palinski jetzt wissen. »Sie verstehen, so eine Art Schrein der Erinnerung, so was ist alten Menschen meistens sehr wichtig.«

Schwester Anita zuckte nur fragend mit den Achseln. Lettenberg konnte sich aber erinnern, so etwas einmal gesehen zu haben. Mit Zustimmung der beiden begann Palinski, rasch den Schrank und die Laden der Kommode zu durchsuchen. In der untersten Lade des guten Stücks aus deutscher Eiche fand er schließlich das Gesuchte. Fast feierlich nahm der die etwa Din-A-4 große, knapp zehn Zentimeter hohe blecherne ehemalige Keksdose heraus und stellte sie auf dem Tisch ab. Vorsichtig nahm er den Deckel ab, legte ihn zur Seite und begann, den Inhalt zu prüfen.

Er wusste zwar nicht genau, was er suchte und fand auch nichts, was danach aussah.

Lettenberg zuckte fragend mit den Achseln. »Wars das?« Widerwillig nickte Palinski, das, was er zu finden gehofft hatte, existierte halt doch nicht.

Die beiden anderen waren bereits auf den Gang getreten. Palinski nutzte die Gelegenheit, sich ohne weitere Formalitäten eines der vergilbten Schwarz-weiß-Fotos mit der jungen Mutter samt Baby in die Tasche zu stecken. Es zeigte genau dasselbe Motiv wie die gerahmte Aufnahme, die Josefa Willinger vorhin so aufgeregt hatte.

Wieder im Auto konnte der sonst so geduldige Lettenberg seine Neugierde nicht mehr zügeln.

»Erklären Sie mir bitte sofort, was das zu bedeuten hatte«, forderte er Palinski für seine Verhältnisse ungewöhnlich energisch auf.

»Ich hatte einen Augenblick lang einen Verdacht«, gab Palinski zu, »der sich aber nicht bestätigt hat.« Mehr wollte er nicht sagen, obwohl seinem Gegenüber deutlich anzusehen war, dass ihm diese Erklärung absolut nicht ausreichte. Er wollte dem alten Mann aber keine Hoffnung machen, die sich später wahrscheinlich nicht erfüllen würde.

Während Palinski den Wagen startete, meldete sein Handy den Eingang eines Anrufes. Es war Wallner, wie dem Display zu entnehmen war. »Ja«, meldete er sich knapp, doch gut hörbar. »Wir haben den geheimnisvollen Fremden gefunden«, der Inspektor kam immer gleich auf den Punkt, hielt sich nur selten mit überflüssigen Floskeln auf.

»Und was sagt er?«, wollte Palinski wissen.

»Korrektur, wir haben ihn noch nicht. Wir wissen aber, wer er ist und es ist nur eine Frage der Zeit, bis wir ihn auch physisch vor uns haben werden.« Wieder einmal ein

Beweis dafür, dass der Inspektor ein Mann der Tat war und nicht des Wortes, ging es Palinski durch den Kopf.

»Gut, Helmut, ich komme so rasch wie möglich nach Wien zurück. Ich glaube, wir kommen der Antwort langsam näher.«

Dann informierte Palinski Lettenberg über die jüngste Entwicklung. Anschließend meinte er bedauernd: »Ich habe zwar versprochen, mit Ihnen Ihre Frau aufzusuchen. Angesichts der aktuellen Entwicklung bitte ich aber um Verständnis, wenn ich Sie jetzt nach Wiesbaden bringe und dann sofort zurückfahre. Ich hoffe, Sie verstehen das.« Er blickte auf seine Uhr. Mit etwas Glück müsste er die letzte Maschine noch ohne Probleme erreichen können.

»Natürlich«, Lettenberg sah die Notwendigkeit von Palinskis möglichst rascher Rückkehr ein. »Versprechen Sie mir nur, mich sobald wie möglich ausführlich zu informieren.«

»Ich verspreche Ihnen, dass ich nach Abschluss dieses Falles wieder nach Wiesbaden kommen und Ihnen alles ganz genau berichten werde. Dann werden wir auch Ihre Frau besuchen.«

»Bringen Sie mich nur zur nächsten S-Bahnstation. Ich komme dann schon zurecht.« Der alte Mann verstand, dass jetzt jede Stunde zählte.

Als Lettenberg knapp eineinhalb Stunden später die Türe zu seiner kleinen Wohnung aufsperrte, befand sich Palinski bereits hinter der Abfahrt Aschaffenburg. Nachdem er nochmals mit Wallner gesprochen und ihn über seinen Verdacht und die daraus resultierenden Schlussfolgerungen informiert hatte, bemerkte Palinski, dass er die Abfahrt zum Flughafen bereits passiert hatte. Er beschloss daher, die Rückfahrt nach Wien dann eben mit dem stark motorisierten BMW anzutreten. Er war zwar kein Raser, aber die zumindest theoretische Chance, einmal so richtig »volle Pulle« fahren zu können, machte ihm Spaß. Als positiv denkender Mensch blieb im ohnehin nichts anderes übrig.

6

Egal, wann er zu Bett ging, Palinski wachte immer, oder sagen wir, fast immer zwischen 6 und 6.30 Uhr auf. Winter wie Sommer, bedeckt oder sonnig, ob nach acht Stunden Schlaf oder nach nur zwei, seine innere Uhr funktionierte zuverlässig.

So auch heute. Er blinzelte, denn die Strahlen der vor kurzem über der Stadt Salzburg aufgegangenen Sonne kitzelten ihn an der Nase. Was angesichts der Tatsache, dass das Fenster seines Zimmers nach Norden ging, besonders erstaunlich war. Da sieht man wieder einmal, wozu dichterische Freiheit imstande ist, dachte er nicht ohne Bewunderung.

Jetzt erinnerte er sich wieder, wo er eigentlich war. Bis München war die Fahrt über die Autobahn ohne Probleme verlaufen, obwohl sich der latente Schlafmangel der letzten Tage seit Nürnberg langsam bemerkbar gemacht hatte. Nach München war es immer schlimmer geworden. Alle Tricks, die ihm zur Bewältigung dieser gefährlichen Situation bekannt waren, hatten nicht mehr geholfen. Die Augen waren ihm immer öfters für Sekundenbruchteile zugefallen, seine verzögerten Reaktionen hatten aus den leichtesten Richtungskorrekturen riskante Lenkmanöver gemacht. Um dem gefürchteten Sekundenschlaf zu entgehen, hatte er zwei Pausen einlegen müssen. Das erste

Mal hatte er etwa zwanzig Minuten geschlafen und war dann noch zehn weitere am Parkplatz auf und ab gelaufen. Beim zweiten Stopp war er sogar für mehr als eine Stunde in Morpheus Armen versunken. Es war daher bereits gegen 2 Uhr morgens gewesen, als er am Walserberg die österreichische Grenze überfahren hatte. Die dabei Gott sei Dank nicht weiter zu Schaden gekommen war.

Um möglichen Polizeikontrollen in der Stadt zu entgehen, hatte er einen Schleichweg genommen. Abfahrt zum Messegelände, dann zehn Meter Fahrverbot, egal, und schon hatte er die um diese Zeit besonders einladend wirkende Leuchtschrift des Hotels ›Tulpentaler‹ gesehen. Das Einzige, was er jetzt noch gewollt hatte, war ein Bett. Und der freundliche Herr, der ihn empfangen hatte, hatte tatsächlich noch eines für ihn. Zehn Minuten später war Palinski schon tief und fest eingeschlafen.

Komisch, je weiter ich mich gestern von Eschborn entfernt habe, desto weniger plausibel ist mir der Gedanke erschienen, der mir im Zimmer Josefa Willingers durch den Kopf geschossen und völlig logisch erschienen ist. Nicht, weil ich den Beweis dafür in ihrem Erinnerungskästchen nicht hatte finden können. Dass etwas nicht da ist, bedeutet nicht, dass es nicht existiert. Der so genannte negative Beweis ist eben nicht zu führen.

Hätte mein Verdacht eine erste Bestätigung gefunden, was noch immer nicht bedeutet hätte, dass auch die darauf basierenden Schlussfolgerungen stimmen müssen, wäre die Lösung des Falles Lettenberg nur mehr eine Frage der Zeit gewesen. Das kommt mir jetzt viel zu einfach vor.

Ich glaube, es sind die Amerikaner, die folgenden Spruch

in die Welt gesetzt haben »Wenn etwas aussieht wie eine Ente und so quakt wie eine Ente, dann ist es meistens auch eine Ente.« Nach den Erfahrungen mit meiner Datenbank, aber auch in der Literatur sind die Dinge aber weit davon entfernt, so einfach zu sein.

Eigentlich geht mir der Fall Lettenberg langsam, aber sicher auf die Nerven. Wenn man eine Geschichte erfindet und verschiedene Charaktere entwickelt, dann macht das Spaß. Manchmal mehr und manchmal weniger. Aber es nimmt einen nie so her wie die Konfrontation mit einer echten Leiche, einem veritablen Mordopfer. Wie komme ich eigentlich dazu, mir Gedanken um Marion Waldmeister zu machen, die ich trotz aller gegen sie sprechenden Fakten für unschuldig halte. Oder Sorgen um den alten Lettenberg, seine kranke Frau und die Oma. Als ob ich nicht selbst genügend Sorgen hätte.

An so einem schönen Tag sollte man eigentlich auf einer Wiese liegen, in den Wald gehen oder auf einem See Boot fahren. Oder mit den Kindern Monopoly spielen und Bier dazu trinken bis zum Abwinken. Obwohl ich Bier eigentlich gar nicht mag.

Was aber werde ich tun? Ich werde mich nach dem Frühstück wieder hinter das Steuer klemmen und nach Wien rasen. Nur, um diesen staubtrockenen Wallner etwas Phantasie einzuhauchen und dem Herrn Ministerialrat dabei zu helfen, dass sein Minister eine lächerliche Wette gewinnt. Dabei bekomme ich nicht einmal die Auslagen ersetzt. Wenn ich ehrlich bin, muss ich zugeben, dass ich ein ganz schöner Depp bin. Aber wie sagte der Skorpion zum Frosch »Es liegt nun einmal in meiner Natur.«

Na, ganz stimmt das ja auch wieder nicht. Immerhin

ist da noch der Fall mit der Erpressung der BIGENI AG. Ich sollte viel mehr darüber nachdenken. Schließlich könnten es ja auch einmal Tina, Harry oder Wilma sein, die so ein vergiftetes Stück essen. An die Folgen möchte ich gar nicht denken.

Ist der Reiterhof der lustigen Witwe nicht ganz in der Nähe? Eine verrückte Frau. Ohne ihr angeblich hundertfünfzigprozentiges Alibi war dieses unmögliche Weib meine Verdächtige Numero Uno. Wenn aber der Chefarzt, der diensthabende Arzt und drei Krankenschwestern Stein und Bein schwören, dass Sophie Lettenberg die Klinik nicht nur in der fraglichen Zeit, sondern in den letzten beiden Wochen nicht verlassen hat, dann muss man das zur Kenntnis nehmen. Aber Nachdenken wird man ja noch darüber dürfen.

Jetzt weiß ich, was ich machen werde. Ich werde mir einmal den Reiterhof ansehen. Da gibt es sicher eine Menge Wiese, vielleicht auch einen Wald oder sogar einen Teich zum Bootfahren. Und gleichzeitig kann ich mein Gewissen damit beruhigen, dass ich etwas für den Fall mache. Der Gedanke gefällt mir. Auf zum Frühstück, das Leben ist zu kurz um es im Bett zu verbringen.

* * * * *

Vor Inspektor Wallner lag eine Suchmeldung der Münchner Polizei, die möglicherweise in Beziehung zum Fall Lettenberg stand.

Leonie Grabelberger, 20, wohnhaft in München, hatte die elterliche Wohnung Montagmittag mit der Ankündigung verlassen, es »dem Kerl jetzt einmal richtig zu zeigen.« Leonie, die sich selbst als Jürgen Lettenbergs größten »Fan in the world« bezeichnete, war im 4. Monat. Ein schwangeres Groupie also, das seither nicht mehr gesehen worden war.

Da die junge Frau ihren Pass und eine Reisetasche mitgenommen hatte, vermutete die Mutter, dass sie zur Viktor-Verleihung nach Wien gereist war. Die Meldungen über die Ereignisse um Lettenberg sowie das Fernbleiben ihrer Tochter veranlassten sie schließlich dazu, zur Polizei zu gehen.

Zunächst hatte diese die Anzeige unter Hinweis auf die Volljährigkeit der Vermissten nicht annehmen wollen. Als der Beamte aber gehört hatte, a) dass Leonie schwanger war und behauptete, Jürgen Lettenberg wäre der Vater des Kindes und b) dass der cholerische, höchst eifersüchtige Freund der jungen Frau, ein gewisser Hermann A. 24, gedroht habe, den läufigen Hund umzubringen und am Montagnachmittag mit seinem PKW mit rauchenden Pneus und unbekannten Ziel abgerauscht war, hatte die Polizei begonnen, die Sache endlich ernst zu nehmen.

Die Typologie des Lettenberg-Mordes ließ so überhaupt nicht auf Eifersucht und Rache eines Mannes schließen. Aber Leonies Ankündigung, es dem Kerl richtig zeigen zu wollen, konnte natürlich Verschiedenes bedeuten. Inklusive finaler Gewaltanwendung. Also musste auch Wallner die Sache ernst nehmen und in seine Überlegungen einbeziehen.

Gestern Abend war der Inspektor nochmals bei Marion Waldmeister gewesen. Offiziell, um noch die eine oder andere Frage zu klären, Tatsächlich wollte er aber wissen, wie es ihr ging. Sie schien ihr Schicksal gefasst zu tragen, woran wahrscheinlich auch der Optimismus ihres Anwalts Dr. Bader Anteil hatte. Der hatte ihr versichert, sie in wenigen Tagen herausholen zu wollen. Wallner hoffte, dass das nicht bloß eine Beruhigungspille des routinierten Strafverteidigers war.

Der verliebte Inspektor hatte versucht, Marion klar zu machen, dass ihm angesichts der Vielzahl an Indizien gar nichts anderes übergeblieben war als sie in Haft zu nehmen. Er hatte sich schon mit einem lapidaren »Ich habe nur meine Pflicht getan« entschuldigen wollen, als ihm gerade noch rechtzeitig eingefallen war, dass diese Formulierung einem wesentlich prominenteren Zeitgenossen vor Jahren kein Glück gebracht hatte und seither negativ besetzt war.

So hatte er die Arme ausgebreitet und bedauernd mit den Achseln gezuckt. Marion hatte in einer Art mit dem Kopf genickt, die Wallner als tendenziell verständnisvoll verstehen hatte wollen. Plötzlich hatte sie ihn mit nachdenklichem Gesicht gefragt: »Wo ist eigentlich der Preis?«

»Welcher Preis?«, Wallner hatte zunächst nicht verstanden.

»Eine rund 25 Zentimeter hohe männliche Figur aus Porzellan, die mit der rechten Hand das bekannte Siegeszeichen macht.« Sie zeigte ihm das durch Winston Churchill bekanntgewordene V mit dem Zeige- und Mittelfinger. »Hübsche Arbeit von eurer, wie heißt die bekannte Manufaktur noch?«

»Meinen Sie Augarten?«, half Wallner ihr aus.

»Augarten, ja, von der Manufaktur Augarten. Wo ist der Preis, der Viktor, den Jürgen bekommen hat?«

Gute Frage, hatte Wallner gedacht, aber nicht die geringste Ahnung gehabt. Er war auch gar nicht sicher gewesen, ob ihn das überhaupt interessieren musste. Doch, hatte er entschieden, denn in einem Mordfall kann alles von Bedeutung sein. Vielleicht war der Preis ja sogar das Motiv. Wer konnte das schon wissen. Sicher war nur, dass es sich dabei nicht um die Mordwaffe handelte.

»Ich weiß es leider nicht, aber ich werde mich darum kümmern.« Beruhigend hatte er die selbst nach einer Nacht in dieser Umgebung noch immer sehr attraktive Frau angelächelt. Martin Sandegger trat ein.

»Da ist ein Herr«, er blickte auf die Visitkarte in seiner Hand, »Dr. Wassilievits von der ›Münchner Leben‹, der Versicherung, bei der Lettenberg die Polizze über 1,5 Millionen hat. Oder hatte.«

»Na, immer rein mit ihm in die gute Stube.« Sandegger wunderte sich über die plötzlich gute Laune Wallners. Er konnte nicht wissen, dass der sich eben noch an den sanften Kuss Marions auf die linke Wange erinnerte, mit dem sie zum Abschied Versöhnung signalisiert hatte.

* * * * *

Während Dr. Wassilievits versuchte, Wallner irgendeine Information zu entlocken, die die Möglichkeit eines Selbstmordes der versicherten Person nicht ausschloss und damit die Versicherung zumindest vorläufig von der Leistungsverpflichtung entbinden würde, saß ein saurer – angefressener, wie man in Wien sagt – Dr. Schneckenburger in seinem Büro und blickte trotzig aus dem Fenster.

Diesen Anschiss von der Sektionschefin hätte er sich

wirklich ersparen können. Aber noch schmerzhafter war, dass ihn die Alte fast ausgelacht hatte. Seinen prompten und, wie er meinte, vorbildlichen Einsatz als ›naive Alibihandlung zu Lasten des Steuerzahlers‹ abgetan hatte. Er würde es der arroganten Schnepfe schon noch zeigen. Spätestens in sechs Jahren bei ihrer Verabschiedung. Schuld an dem Schlamassel war aber vor allem die Klagenfurter Polizei. Wären die Kollegen mit normaler Aufmerksamkeit vorgegangen, hätte ihnen auffallen müssen, dass es sich bei dem Verhafteten Walter F. nicht um den gefürchteten Erpresser handeln konnte. Sondern nur um einen nicht sonderlich intelligenten, verwirrten und vor allem dank seiner Lebensumstände völlig verzweifelten Menschen. Ein Nachahmungstäter, der mit untauglichen Mittel, ja was eigentlich hatte machen wollen? Die Flüssigkeit in der Einwegspritze hatten sich als einige in einem Liter Wasser aufgelöste Globuli, noch dazu ungerüttelt, herausgestellt. Wahrscheinlich würde das Ganze, wenn überhaupt, als »Grober Unfug« qualifiziert werden und damit wie das Hornberger Schießen ausgehen.

Man muss sich das einmal vorstellen, überlegte Schneckenburger. Das so genannte Erpresserschreiben hatte die arme Sau noch in der Tasche gehabt und an der Kasse abgeben wollen. Gleichzeitig mit der höflich formulierten Forderung nach 10.000 Euro und einer wortreichen Entschuldigung für sein Handeln hatte F. auch sein Motiv preisgegeben. Er war als Lagerarbeiter bei einem kleinen Gemüse verarbeitenden Unternehmen beschäftigt gewesen. Dem knallharten, ultimativen Preisdiktat der großen Handelsketten war das Unternehmen schließlich nicht mehr gewachsen gewesen und musste kapitulieren. Von den 82 Mitarbeitern, die dabei ihren Arbeitsplatz verloren hatten, waren heute noch immer 26 ohne neuen Job.

Mit der Notstandhilfe, den 450 Euro, die seine Frau als Teilzeitkraft in einer anderen Filiale dieser Kette verdiente, den Einkünften aus den seltenen Gelegenheitsjobs, dem Zuschuss zur Miete und den Beihilfen für die vier noch minderjährigen Kinder standen der siebenköpfigen Familie knapp 1700 Euro im Monat zur Verfügung. Zuviel zum Sterben und zu wenig zum Leben, fand Schneckenburger, dem zusammen mit seiner berufstätigen Frau fast das Dreifache dieses Betrages zur Verfügung stand. Netto und 14 Mal per anno.

Ganz gegen seine sonstige Art fühlte der Ministerialrat plötzlich eine ungeheure Wut in sich hochsteigen. Nicht auf seinen Chef und nicht auf die Kollegen in Klagenfurt, sondern auf das System. Aber da waren schon wieder vier neue Vergiftungsopfer gemeldet worden, zwei davon in Linz, je eines in Amstetten und in Zwettl. Warum zahlten diese verdammten Geldsäcke nicht endlich, damit die Leute wieder ungefährdet einkaufen konnten?

Erschrocken zog Schneckenburger diesen für einen Vertreter der Staatsmacht unerhörten, ja obszönen Gedanken wieder zurück. Ein kleines, aber unüberhörbares »Aber es stimmt doch« hallte aber noch den ganzen Vormittag in seinem Kopf nach.

* * * * *

Nachdem er sich zweimal verfahren hatte, fand Palinski endlich den Richtungsweiser mit der Aufschrift ›Reiterhof Birkweiler-Bach‹ und bog in die schmale, geschotterte Zufahrtsstraße ein. Der beeindruckende Gutshof mit seinen zahlreichen Nebengebäuden bot, wie man ihm später erläutern würde, Einstellplätze für 22 eigene und 112 fremde Pferde. Eine mittelgroße Reithalle sowie ein Viereck, ein Sandplatz und ein Parcoursplatz rundeten das Angebot ab. Einige Tische und Stühle sowie das Schild ›Reiterbar‹ weckten in Palinski die Hoffnung, hier einen hoffentlich ordentlichen Kaffee bekommen zu können.

Während er das Gebräu zu sich nahm, suchte er seinen Presseausweis. Den hatte er sich beschafft, als er sich während seiner aktiven Arbeitslosigkeit als freier Journalist versucht hatte. Mit mäßigem Erfolg und ebensolchen Einkünften. Da er ihn nie verlängert hatte, war der Ausweis zwar schon jahrelang ungültig, aber ebenso lange äußerst nützlich. Palinski war nie das gewesen, was man einen klassischen Schnorrer nennt. Essenseinladungen als vermeintlicher Gastronomiekritiker, Prozente beim Einkaufen und ähnliche erschwindelte Vorteile hatte er vielmehr als im Zeichen des allgemeinen Überflusses durchaus gerechtfertigte Nothilfe für einen auf sein karges Arbeitslosengeld angewiesenen Beschäftigungslosen betrachtet. Da sich die Menschen den Ausweis nur in den seltensten Fällen wirklich genau ansahen und noch keiner ihn aufgefordert hatte, den Daumen von der Marke mit dem Gültigkeitsjahr zu nehmen, war er Palinski auch heute noch bei Recherchen sehr nützlich. In Kombination mit seiner gediegen gestalteten Visitkarte ›Mario Palinski – Nachrichtenagentur Omnipräsent‹ gab es kaum unüberwindbare Hindernisse.

Etwa acht Meter von Palinski entfernt lag ein ganz lieber Hund. Ein Golden Retriever, wenn er sich nicht sehr irrte. Der Hund hatte die Vorderpfoten lässig gekreuzt und genoss die wärmenden Strahlen der Frühlingssonne. Palinski liebte diese Tiere, hatte als Kind selbst eine Promenadenmischung besessen. Leider hatte das dumme Tier eines Tages die Reaktionsgeschwindigkeit des Fahrers eines herannahenden Pkws unterschätzt, oder den Bremsweg. Wahrscheinlich beides.

Die Serviererin war neben Palinski stehen geblieben. »So ein lieber Hund«, seufzte sie, »und heute muss er ins Tierasyl.«

»Ja, wieso das denn?« interessierte sich Palinski, der sich seit Trojans schrecklichem Schicksal bewusst jeder engeren gefühlsmässigen Beziehung zu des Menschen bestem Freund enthalten hatte.

»Das ist der Hund vom Mann unserer Chefin und den hat man umgebracht«, plauderte die Gute los. »Und die Chefin hasst Hunde. Jetzt hat sie den Auftrag gegeben, dass er weg muss. Ich tät ihn ja nehmen, aber mit meiner Zwei-Zimmer-Wohnung geht das einfach nicht.«

Palinski blickte den Hund an und der Hund ihn, stand auf und kam freundlich wedelnd näher. Plötzlich war sich Palinski völlig sicher, für eine neue Beziehung der vierbeinigen Art wieder bereit zu sein.

»Ich nehme ihn mit«, platzte er heraus, ohne groß darüber nachgedacht zu haben.

»Na, das freut mich aber für den Maximilian«, das Fräulein schien wirklich zu meinen, was sie sagte. Wischte sich doch tatsächlich eine Träne aus dem Augenwinkel. »Da müssen Sie aber mit dem Herrn Falbe sprechen. Der ist jetzt sicher in seinem Büro.«

»Wieso heißt der Hund denn Maximilian«, er fand den

Namen zwar schön, für einen Vierbeiner aber etwas ungewöhnlich. Den Namen des Mannes, mit dem er sprechen sollte, fand er in diesem Umfeld dagegen geradezu lächerlich.

»Der Mann von unserer Chefin ist der Jürgen Lettenberg«, sie betonte das ›der‹ mit einem stolzen Unterton, »ein bekannter Schauspieler. Vielleicht haben Sie es eh schon gehört, den hat man vor ein paar Tagen in Wien tot aufgefunden.«

»Was Sie nicht sagen«, Palinski stellte sich blöd. Manchmal war das das Beste, jetzt zumindest das Einfachste.

»Und das große Vorbild vom Herrn Lettenberg ist der Maximilian Schell ... gewesen«, fügte sie nach einer kurzen Pause dazu.

»Kann man hier etwas essen?«, Palinskis Magenknurren zwang ihn zum abrupten Themenwechsel.

»Wenns nach der Chefin ginge, hätten wir schon lang ein Spitzen-Restaurant. Aber so kann ich Ihnen nur Würsteln anbieten, oder eine Eierspeis. Auch eine Gulaschsuppe habe ich da. Wenns noch nicht sauer geworden ist.«

»Ich denke noch darüber nach«, beschied er der Guten. Etwas anderes interessierte ihn mehr.

»Und warum gibt es das tolle Restaurant noch nicht?«

»Na ja, das liebe Geld fehlt vorne und hinten. Das Geschäft geht in den letzten Monaten nicht mehr so recht. Die Chefin hat keines und ihr Mann hat zwar tolle Gagen kassiert, aber alles gleich wieder verspielt. Es ist eine Schande.«

Palinski blickte sich um. Alleine für die notwendigsten Instandhaltungsarbeiten würde man zwei- bis dreihunderttausend Euro benötigen. Und danach nicht einmal viel davon sehen.

»Ja, sie ist überhaupt größenwahnsinnig. Spinnt von einem Luxushotel, einem Golfplatz und was weiß ich noch.« Die junge Dame schien auf ihre Chefin nicht sehr gut zu sprechen sein. Palinski war ihre Offenherzigkeit aber durchaus recht. Selten hatte er soviel erfahren, ohne seinen alten Presseausweis strapazieren zu müssen.

»Können Sie mir eine Brettljause machen?«, kam er erneut auf die gastronomischen Möglichkeiten des Hauses zu sprechen.

»Aber freilich, gerne«, das Fräulein freute sich, dass sich der nette Herr endlich für etwas entschieden hatte.

»Ich gehe inzwischen zum Herrn Schimmel, wegen des Hundes«, Palinski stand auf und ging in die von der Serviererin gezeigte Richtung.

»Falbe, der Herr heißt Falbe und nicht Schimmel«, rief sie ihm nach.

»Macht nichts«, murmelte er vor sich hin, »Hauptsache, er wiehert nicht.«

Falbe hatte angeblich schon andere Pläne mit Maximilian, aber nichts, was nicht mit einhundert Euro aus der Welt zu schaffen gewesen wäre. Dafür bekam Palinski sogar noch das Halsband, die Leine und einen Beißkorb. Alles in allem gar kein so schlechtes Geschäft, fand er.

Während Falbe die Accessoires zusammensuchte, blickte sich Palinski in dem kleinen Raum um, dessen Wände mit Dutzenden Fotografien und alten Plakaten von Reitturnieren förmlich tapeziert waren. Pferde mit Reitern, Pferde ohne Reiter und gelegentlich auch nur Reiter. Bei zwei der Aufnahmen erkannte er den Ort des abgebildeten Geschehens, Es war der Reiterhof ›Hellertalmühle‹ in der Nähe von Deutsch-Wagram nordöstlich von Wien. Als Teenager war Tina häufig dort zum Reiten gewesen. Einmal hatte die Familie sogar Silvester dort verbracht. In der Mühle gefeiert und in einem Blockhaus im nahen Wald wieder ausgeschlafen.

Falbe war wieder zurück. »Ist das nicht die Hellertalmühle?«, wollte Palinski sich vergewissern. Der Mann nickte »Gute Freunde von der Chefin. Besucht sie immer, wenn sie in Wien ist.«

Später, beim Verzehren der Brettljause vertiefte das neue Herrl seine aufkeimende Freundschaft mit dem Hund. Mit einer vorsorglichen Bestechung in Form eines Stückes Wurst stellte er zusätzlich noch sicher, dass der Abschiedsschmerz Maximilians nicht zu stark ausfiel. Mit wedelndem Schwanz folgte der Retriever dann auch Palinski und sprang ohne Zögern auf die Rückbank. Ganz so, als ob ihm das Auto schon immer vertraut gewesen wäre.

Während Palinski überlegte, wie seine Kinder, vor allem aber Wilma auf seine neue Liebe reagieren würden, meldete sich sein Mobiltelefon mit einer polyphonen Version der Arie der Königin der Nacht. Aufgeregt sprang Maximilian auf und schob seinen semmelblonden Kopf neben das Ohr, an dem sich bereits das Handy befand.

Am anderen Ende der Verbindung meldete sich eine weibliche Stimme mit »Aigner.« Der Name sagte Palinski nichts.

»Ich bin Kriminalbeamtin und untersuche den Fall mit den beiden toten Frauen in Mondsee. Die BIGENI-Erpressung, Sie wissen schon.« Franca Aigner hatte eine Stafette von Telefonaten hinter sich und war schließlich bei einem

Ministerialrat Dr. Schneckenburger gelandet. Der hatte ihr aufmerksam zugehört und sie dann gebeten, die Sache unbedingt mit Herrn Palinski zu besprechen. »Ich kenne Sie nicht«, meinte Aigner, »aber Sie müssen ein ›wichtiger Mann‹ sein. Wahrscheinlich so eine Art Sachverständiger«, versuchte die Beamtin, etwas aus Palinski heraus zu bekommen. »Denn der Herr Ministerialrat hat mich beauftragt, so rasch wie möglich mit Ihnen Kontakt aufzunehmen.«

Das Attribut ›wichtiger Mann‹ rann Palinski hinunter wie Honig und bewies einmal mehr, dass auch er nicht frei von Eitelkeit war.

»Na ja, so etwas in der Art bin ich wohl«, stimmte er gutgelaunt zu.

»Wo kann ich Sie treffen? Falls es notwendig ist, kann ich in drei Stunden in Wien sein.« Aigner hatte offenbar keine Ahnung, wo sich Palinski befand. Woher sollte sie auch, da auch Wallner nicht Bescheid wusste.

»Es wird Sie angenehm überraschen zu hören, dass ich nur zehn Minuten von der Raststätte Mondsee entfernt bin. Was halten Sie davon, wenn wir uns dort treffen?«

»Ich werde in einer halben Stunde da sein, Herr Palinski. Wie kann ich Sie erkennen?« Aigners Erleichterung, nicht nach Wien fahren zu müssen, war unüberhörbar.

»Suchen Sie nach einem Mann mit Sonnenbrille und dem nettesten Golden Retriever, den Sie sich vorstellen können.«

* * * * *

Obwohl der Veranstalter der Viktor-Verleihung auf Geheiß der Polizei den Saal und den Backstage Bereich nochmals penibel absuchen hatte lassen und Wallners Mitarbeiter Sandegger persönlich den Tatort auseinander genommen hatte, blieb die Statuette, die Lettenberg erhalten hatte, unauffindbar. Da der materielle Wert des Preises trotz der nicht unerheblichen Herstellungskosten von rund 1400 Euro je Figur im Vergleich zum ideellen Wert unbedeutend war, konnte Diebstahl aus Gewinnsucht wohl ausgeschlossen werden. Ein Hehler würde, wenn überhaupt, kaum mehr als 100, vielleicht 150 Euro dafür bezahlen. Und auch nur dann, wenn er einen diskreten Sammler kurioser Raritäten an der Hand hatte. Offen mit der erkennbar heißen Ware handeln, würde kein Mensch riskieren.

Wahrscheinlicher war daher, dass sich ein Fan oder sonst ein Verrückter das Stück im Trubel der Verleihung einfach gegriffen hatte. Spontan dachte Wallner an die Suchmeldung von heute Morgen. Eine Leonie Sowieso. Lettenbergs ›greatest fan in the world‹. Sie oder Menschen ihrer Art waren die idealen Kandidaten für Blödheiten dieser Art. Wallner nahm sich vor, sich bei Gelegenheit nochmals die Aufzeichnung anzusehen. Vielleicht konnte diese irgendeinen Hinweis liefern. Im Augenblick hatte er aber dringendere Sachen zu erledigen.

Am meisten irritierte ihn, dass von dem gesuchten Roman Schuster nach wie vor jede Spur fehlte. Nachdem der Mann gestern Morgen das Hotel in der Wagramer Straße verlassen hatte, hatte er sich anscheinend in Luft aufgelöst. Oder er hatte die Stadt sofort verlassen. Konnte der Mann ein Auftragskiller gewesen sein, der in die Stadt gekommen war, seinen Job erledigt hatte und nun schon wieder weg war? Eher nein, die Methode entsprach nicht der Handschrift eines Killers, der auch nur im Geringsten auf sein Renommee achtete. Erschießen, erstechen oder in die Luft sprengen, das waren männliche Methoden. Gift, Erwürgen oder Ersticken, noch dazu nach oder bei einem echten oder auch nur vorgetäuschten Geschlechtsverkehr wiesen dagegen eher auf eine Frau hin. Und, dass Lettenberg in der Plastikeinkaufstasche seinen letzten Atemzug getan hatte, stand nach der Analyse der darin vorgefundenen Haare zweifelsfrei fest. Übrigens erstaunlich, dass ein noch relativ junger Mann schon so starken Haarausfall hatte, schoss es Wallner durch den Kopf. Unwillkürlich fuhr er sich durch seine nach wie vor stattliche Mähne.

Natürlich konnte es sich auch um ein kombiniertes Unternehmen gehandelt haben. Frau machte sich an das Opfer heran, fesselte und verführte es. Während sich der insbesondere hinsichtlich des Motivs der vorangegangenen Zärtlichkeiten getäuschte Gimpel noch seinen postkoitalen Träumen hingibt, tratt der Mann auf und machte den Rest. ›Den Sack zu‹, wie man – in diesem Fall geradezu mörderisch zutreffend – zu sagen pflegt. Wer diesen über den Kopf des Opfers gezogen und wer ihn unten zugehalten hatte, war dann eigentlich egal.

Konnte es tatsächlich sein, dass Marion Waldmeister so kaltblütig agiert oder als Lockvogel eines Vollstreckers fungiert hatte? Wenn er die Augen schloss, sah er sie vor sich, einmal splitternackt, dann wieder in Strapsen, sein Unterbewusstsein hatte offenbar beide Versionen gespeichert. Wie sie ihr tödliches Geschäft betrieb, kalt und unbarmherzig bis zum bitteren Ende, stieß ihn ab und erregte ihn gleichzeitig. Wallners rege Phantasie war mehr wert als jede Gehaltserhöhung. Sie ersparte ihm die nicht unerheblichen Aufwendungen für Magazine, Pornos und ähnliche Stimulantien, wie sie bei Junggesellen häufig anzutreffen waren. Ein energisches ›nein‹ entschlüpfte ihm und rief ihn in die sachliche Realität seines Büros zurück. Marion Waldmeister war dazu einfach nicht imstande. Weder bekleidet noch überhaupt. Da saß also eine Frau, die er mochte, sehr mochte, im Gefängnis. Und er, Helmut Wallner, der sich eigentlich nach nichts mehr sehnte als geliebt zu werden, hatte diese Frau dort hin gebracht. Und das Schlimmste war, er sah im Moment nicht die geringste Möglichkeit, etwas dagegen zu tun.

Falls das Gerücht stimmte, das ihm Schneckenburger gesteckt hatte, war der Minister wild entschlossen, die Wette mit seinem bayrischen Kollegen zu gewinnen. Wie auch immer. Angeblich hatte er bereits auf den Justizminister eingewirkt, rasch Anklage gegen Marion zu erheben. Noch heute. Der zuständige Staatsanwalt saß angeblich bereits über den Formulierungen.

Hat ihm wohl zwei, drei Flascherln von dem ›Chateau Petrus‹ versprochen, dachte der Inspektor verbittert. Denn nach Erhebung der Anklage würde es noch viel schwieriger sein, Marion Waldmeister zu helfen.

Das unangenehme Schrillen seines Dienstapparats unterbrach seine trüben Gedanken. Es war Palinski, der ihm etwas mitteilen würde und Wallners Laune schlagartig verbessern sollte. Was heißt verbessern, auf einen Zehnjahreshöchststand hochschießen.

»Ich sitze hier im Rasthaus Mondsee mit einer sehr fähigen jungen Kollegin von dir zusammen«, begann er, Spannung aufzubauen. »Einer gewissen Franca Aigner.

Den Namen solltest du dir merken. Die Dame müsste es eigentlich noch weit bringen .»

»Du mich auch«, knurrte Wallner und gab Palinski damit ein unmissverständliches Zeichen, doch endlich zur Sache zu kommen.

»Also, wie es aussieht, haben sich die Chancen deiner Marion erheblich verbessert, in Kürze wieder frei zu kommen. Das zweite Vergiftungsopfer von Mondsee ist niemand anderes als Martina Tessler-Brunhof, die gute Freundin unserer lustigen Witwe. Aigner hat ermittelt, dass sie am Nachmittag vor dem Mord und am Morgen danach Sophie Lettenberg im Sanatorium besucht hat. Und jetzt kommt das Allerbeste. In der Zeit dazwischen hat sie mit ihrem Wagen fast 700 Kilometer zurückgelegt.«

»Das heißt, sie könnte zur fraglichen Zeit ohne Weiteres in Wien gewesen sein«, Wallner war sprachlos. Das war wirklich eine gute Nachricht.

»Ich bewundere deine Kombinationsgabe«, spöttelte Palinski. »Da die Frau aber das unglaubliche Pech hatte, vergiftetes Süßzeug zu naschen, wird es nicht einfach sein, die sich aufdrängenden Schlussfolgerungen auch zu beweisen. Zumindest, solange ihr diesen Roman Schustek nicht findet.«

»Schuster«, korrigierte Wallner.

»Auch gut. Also treib diesen Schuster auf, dann hast du dir ein gutes Abendessen mit Marion verdient. Wir faxen dir jetzt Aigners Bericht. Sie wird gleich nach unserem Gespräch mit Frau Tesslers Familie und Freunden sprechen. Denn Motiv haben wir noch keines.«

»Damit ist aber auch die Witwe wieder am Haken. Wer sagt uns denn, dass sie ihre Freundin nicht angestiftet hat.

Geld für eine ordentliche Kopfprämie ist ja dank der Lebensversicherung da.«

Ehe Palinski das Gespräch beendete, berichtete er dem Freund auch noch von seiner neuen Liebe Maximilian.

»Wie schön«, freute sich der Inspektor, »dann ist heute für beide von uns ein richtig guter Tag.«

* * * * *

Himmel, hoffentlich hat Maximilian keine Blasenentzündung. Zwischen Mondsee und Strengberg drei Pinkelpausen. Na vielleicht ist das die Aufregung, das neue Herrli und die Freude, dass er nicht ins Tierasyl muss. Obwohl er das nicht weiß. Oder spürt ein Tier so etwas? Jetzt scheint er sich aber beruhigt zu haben.

Diese Aigner ist wirklich ein beeindruckendes Mädchen. Der Beste von allen ist aber unser geliebter Kommissar Zufall. Wenn die Tessler nicht ausgerechnet am Tag zuvor ein Service hätte machen lassen und dann auch noch die Rechnung im Handschuhfach zurückgelassen hätte, wären wir möglicherweise nie auf diese Spur gekommen.

Es wäre schon eine Ironie des Schicksals. Einmal angenommen, sie war es. Bringt den Mann ihrer guten Freundin um und wird am nächsten Tag selbst Opfer eines Verbrechens. Wäre ich gläubig, dann wäre der Gedanke an einen gerechten Gott nicht von der Hand zu weisen. Gerecht, wahrscheinlich auch zornig und auch ganz schön brutal. Digitalis, wirklich nicht lustig. Aber das Gott zwei unschuldige, kleine Kinder mit hineinzieht, ist weniger sympathisch. Wahrscheinlich ein ›göttlicher Kollateralschaden‹. Wenn ich diesen Ausdruck nur höre, wird mir schlecht.

Aber ein gerechter Gott würde so etwas doch nicht zulassen? Oder doch? Vielleicht ist er einfach nur nicht allmächtig, zumindest nicht so absolut, wie uns die Kirche immer glauben machen möchte. Das mit der Pensionistin geht ja auch in diese Richtung. Mit 72 hätte die Frau noch gut und gerne zehn Jahre und mehr vor sich gehabt. Schon eine Sauerei, was da passiert ist. Aber bei Kindern regt man sich einfach mehr auf. Gott sei Dank ist den beiden ja nicht wirklich viel passiert. Trotzdem.

Wer weiß, vielleicht war das der Beitrag des Herrn zur Pensions-Reform. Dieser Humor ist aber schon so schwarz, dass ich mich eigentlich genieren sollte.

Was hat der Oberlehrer im Kaffee ›Kaiser‹ da unlängst gesagt? Kaufen, vergiften und verfüttern? Mit verfüttern meint er wohl kredenzen, vorsetzen, anbieten oder sonst etwas in der Art. Einfach und logisch. Einfach logisch.

Falls die Lieferanten sicherstellen könnten, dass während Produktion, Lagerung und Transport nichts in ihre Waren gelangt, und das müsste mit entsprechender Sorgfalt eigentlich zu schaffen sein, dann kann das Gift frühestens beim Kunden, also der Handelskette hineinkommen. Dafür spricht auch, dass es sich immer um andere Produkte handelt. Zuerst Krapfen, dann Müsli und schließlich Krokantgebäck.

Falls die Waren überhaupt in ein zentrales Lager kommen, dann liegen die in unserer ›Just in time‹-orientierten Zeit sicher nicht sehr lange da. Gut verpackt im Überkarton, der aufgemacht werden muss, damit man an die Produkte heran kommt. Die herausnehmen, mit Gift präparieren, wieder hineingeben und den Karton wieder so verschließen, dass man nichts bemerkt. Ich weiß nicht.

Zumindest ein ganz schönes Risiko bei lückenloser Videoüberwachung, Zugangscodes für die Berechtigten und Kontrollen durch das entsprechende Fachpersonal. Auch keine sehr viel versprechende Methode, falls man Wert darauf legt, nicht erwischt zu werden.

Oh mein Gott, muss der Hund schon wieder? Wo ist der nächste Rastplatz? Gleich, Maximilian, gleich. Ein bisschen musst du es noch aushalten.

Für den einzelnen Supermarkt trifft im Prinzip das gleiche zu wie für ein zentrales Lager. Dazu ist der in Frage kommende Personenkreis mit Sicherheit noch begrenzter. Dass die Produkte im Lager des einzelnen Marktes vergiftet werden, ist also auch sehr unwahrscheinlich. Bleibt noch der Verkaufsbereich, der in den meisten Fällen auch schon videoüberwacht ist. Man kann dort heute nicht einmal mehr in die Ecke spucken, ohne dass es bemerkt wird, geschweige denn eine Packung oder gleich mehrere Waren mit einer Injektionsspritze bearbeiten. Extrem unwahrscheinlich, sowohl was das Personal als auch die Kunden betrifft.

Was bleibt dann noch? Der Oberlehrer hat völlig recht. Man kauft geeignete Produkte, nimmt sie mit nach Hause. Da präpariert man sie und nimmt sie wieder mit. Was dann?

Maximilian, gleich. Ich kann ja nicht mitten auf der Autobahn stehenbleiben. Kusch dahinten. Ja, gleich. Guter Hund, guter Hund.

Was macht der Vergifter als nächstes? Schmuggelt er die präparierten Waren in den nächsten Markt und stellt sie unbemerkt ins Regal? Mit etwas Glück ist das vielleicht sogar möglich, sicher aber nicht im großen Stil. Vor allem aber könnte man das durch Taschenkontrollen am Eingang unterbinden. Kommt also eher auch nicht in Frage, weil es zu riskant wäre. Also was bleibt jetzt noch? Man schmuggelt es den Leuten direkt in den Einkaufswagen? Zu auffällig. Fällt spätestens an der Kasse auf. Man bietet seine Hilfe an und trägt z.B. einer Dame die Tragetaschen zum Auto. Könnte klappen, aber was ist, wenn die Dame nicht will? Oder man bietet an, jemandem etwas vom Supermarkt mitzubringen oder überhaupt den Einkauf zu übernehmen. Alten und gebrechlichen Menschen gefällt ein solches Entgegenkommen. Oder man verschenkt Krokantgebäck am Parkplatz.

Verdammt, wenn meine Überlegungen bis hierher stimmen, dann würde das bedeuten, dass sich Martina Tessler eigentlich selbst vergiftet haben muss. Warum aber sollte sie das tun? Hat sie ihre Tat, ihr schlechtes Gewissen so bedrückt? Wer weiß. Schon möglich. Was zum Teufel hatte sie aber gegen diese arme alte Frau, die sie dann ebenfalls vergiftet haben muss? Vorsätzlich.

So, Maximilian, hier sind wir. Geh nicht weit weg und komm gleich wieder, sobald du mit deinem Geschäft fertig bist. Braver Hund, so brav ist der Hund. Und jetzt leg dich wieder schön hin. Bis Wien will ich jetzt nichts mehr von dir hören.

7

Die Pressekonferenz des Ministers sollte erst um 16 Uhr beginnen. Die geladenen Journalisten deuteten den ungewöhnlichen Termin als Zeichen dafür, dass es etwas Besonderes zu berichten gab.

Die Beginnzeit der üblichen Pressemeetings war 11 Uhr, damit hatte der mediengewandte Staatsdiener häufig Gelegenheit, mit seinen Statements unmittelbar danach im ›Magazin zu Mittag‹ sowie in den TV-Nachrichten präsent zu sein.

Dieser Nachmittagstermin bedeutete Stress für die schreibende Zunft, wollten sie die Meldung noch in die zweite Abendausgabe bringen. Für die Abendnachrichten in TV sowie Rundfunk war dagegen genug Zeit.

In einem kleinen Salon hinter dem Pressefoyer saß der Minister, umgeben von seiner Kabinettschefin, seinem PR-Mann und einem Sekretär und ging seine Unterlagen durch. Eine Minute später erschien die für die innere Sicherheit zuständige Sektionschefin mit einem Ministerialrat im Schlepptau. Schneckenburger, der erstmals zu diesem erlauchten Kreis beigezogen worden war, konnte eine gewisse Nervosität nur schwer unterdrücken. Vor allem aber war er stolz und malte sich aus, wie es sein würde, seiner Monika abends von der unerwarteten Auszeichnung zu berichten. Er würde eine der Flaschen Moet & Chandon aus dem Keller holen, die er für besondere Anlässe beiseitegelegt hatte. Dass sie wegen ihrer Schwangerschaft seit Monaten keinen Alkohol anrührte, störte ihn nicht. Ein Flascherl packte er locker auch alleine.

Der Minister blickte die Neuankömmlinge durchdringend an.

»N'Abend, Wellner«, begrüßte er die Sektionschefin, »wen bringen Sie denn da mit?« Bei seinem Amtsantritt hatte der neue Ressortchef die imposante Juristin mit ›Gnädige Frau‹ angesprochen. Sie hatte sich diese Anrede aber strikte verbeten.

»Bitte behandeln Sie mich so, Herr Minister, wie Sie mich behandeln würden, wenn ich ein Mann wäre.«

Seither sprach sie der Minister immer nur mit ›Wellner‹ an.

»Herr Minister, das ist Ministerialrat Dr. Schneckenburger, mein Stellvertreter in der SOKO«, antwortete ›die Wellner‹.

»Ich möchte einmal wissen, wer sich immer so blöde Bezeichnungen für diese Kommissionen einfallen lässt?«, entfuhr es dem Ressortchef. Die nachhaltige Stille im Raum ließ die Vermutung zu, dass es einer der Anwesenden gewesen sein musste. Ja, möglicherweise der Mann an der Spitze selbst. Andernfalls wären die Schuldzuweisungen bereits nur so durch den Raum geschwebt.

»Also Sie sind der Unglücksrabe, der unbedingt mit dem Hubschrauber nach Klagenfurt fliegen musste. Ergebnis Null, dafür 12.467 Euro Aufwand. Sie sind ja ein wahrer Spezialist für das Abarbeiten von Budgetüberschüssen.« Sein meckerndes Lachen füllte den Raum und bestätigte das Gerücht, dass der Chef über seine Witze immer am meisten lachte.

»Wir haben aber keine Überschüsse, sondern wir kämpfen um ein ausgeglichenes Budget«, funkelte er Schneckenburger an. Der sich überlegte, ob die Vorfreude auf den abendlichen Champagner nicht etwas verfrüht gewesen war.

»Ein guter Tag beginnt eben mit einem ausgeglichenen Budget, dass müssten Sie inzwischen doch auch schon wissen. Na ja, Schwamm drüber, einmal ist keinmal.« Neuerlich meckerte er los.

»Erinnern Sie sich noch, Wellner, wie ich vor zwei Jahren …« Endlich schaffte es der bereits einige Sekunden gestikulierende Pressemann, seinen Chef wieder einzubremsen.

»Na, auch egal. Sie wissen schon«, der Minister konzentrierte sich wieder auf seine Vorlagen. »Also, was können wir denn der Meute jetzt vorwerfen? Neben der bevorstehenden Anklage dieser Frau Waldbauer.«

»... meister«, flüsterte der Pressesekretär. Der Minister fand diese Anrede zwar ungewöhnlich, aber nicht uninteressant. Auf jeden Fall gefiel sie ihm.

»Ja mein Freund«, säuselte er mit mentorenhafter Stimme, »was gibt es.«

»Die Frau heißt Marion Waldmeister. Nicht Waldbauer, sondern Waldmeister.«

»Bauer oder Meister, das ist doch völlig egal«, die gute Laune des Ministers drohte wieder zu kippen, »Hauptsache, wir haben bis spätestens Montag einen Schuldigen.«

Seit er sich erinnern konnte, hatte Schneckenburgers Familie und auch er die Partei des Ministers gewählt und nie eine ihrer gerade in letzter Zeit nicht immer leicht verständlichen Entscheidungen ernsthaft in Frage gestellt.

In diesem Moment aber schämte er sich dafür, bisher einer Partei so bedingungslos vertraut zu haben, die solche Leute mit Spitzenfunktionen betraute. Und zu seinem größten Erstaunen schämte er sich kein bisschen dafür, dass er sich schämte.

»Wir sind bemüht, den oder die Schuldigen so rasch wie möglich zu ermitteln und festzunehmen. Egal, ob im Fall Lettenberg oder in der BIGENI-Erpressung. Und ich hoffe, dass wir das bis Montag schaffen. Aber einen Schuldigen um jeden Preis, nur um den Medien jemanden vorwerfen zu können, wird es nicht geben, fürchte ich.«

Schneckenburger wollte sich schon umsehen, wer so kühn war, diese richtigen Worte zum richtigen Zeitpunkt zu sagen. Das heftige Herzklopfen in seinem Hals machte ihm plötzlich klar, dass er selbst dieser unerschrockene Idiot gewesen war.

»Für einen Rechtsstaat wäre das unwürdig«, fügte er trotzig hinzu. Jetzt war ohnehin schon alles egal.

Die Skala der Blicke, die ihn trafen, reichten von entsetzt bis belustigt, die Sektionschefin verschluckte sich sogar und musste minutenlang gegen ihren Reizhusten ankämpfen. Der Minister starrte den aufmüpfigen, unbotmäßigen Mitarbeiter nachdenklich an. Endlich unterbrach er das unheilvoll über dem Raum lastende Schweigen. »Sie haben natürlich völlig recht, und ich danke Ihnen, dass Sie mich so engagiert darauf aufmerksam gemacht haben, mein lieber Schneckenberger.«

»...burger, Herr Minister, ...burger«, reflexartig wollte

der halb erstarrte Sekretär seinen Chef auf den Versprecher aufmerksam machen.

»Ach was, Burger oder Berger, das ist doch egal. Auf den Menschen kommt es an.« Der Minister stand auf, trat zu Schneckenburger, nicht ...berger, und legte ihm eine Hand auf die Schulter.

»Das ist ein Mann, der mir nicht nach dem Mund redet, sondern engagiert seine Meinung sagt.« Er drehte sich zu den anderen um. »Nehmen Sie sich ein Beispiel und zeigen Sie in Zukunft mehr Courage, mehr Mut zur eigenen Meinung.« Er blickte wieder zum Ministerialrat. »Sie werden es noch weit bei uns bringen, nur so weiter mein Freund.«

Miki Schneckenburger merkte, wie sich seine persönliche Vertrauenskrise zur Partei des Ministers wieder in Nichts aufzulösen begann. Die Chance, heute noch eine Flasche Moet zu trinken, vielleicht sogar zwei, war in den letzten Sekunden wieder rapide gestiegen.

Plötzlich machte sich sein, Gott sei Dank auf Anklopfen eingestelltes Handy bemerkbar. »Entschuldigen Sie, Herr Minister, ein dringender Anruf in der Sache Lettenberg.«

Mit großzügiger Geste gestattete der Hausherr, dass sich der Ministerialrat in eine ruhige Ecke zurückzog.

Es war seine Frau Monika. Nein, Entschuldigung, nur ein Scherz. Schneckenburger hatte zwar so etwas befürchtet, tatsächlich war es aber der erhoffte Inspektor Wallner.

Wie sagte der legendäre österreichische Schirennläufer Rudi Nierlich einmal so treffend: »Wauns laaft, daun laafts.« Im Moment lief es für Freund Miki gut, denn die

Nachricht von der neuen Verdächtigen und den doch sehr erheblichen Indizien waren genau der Stoff, mit dem der Minister die versammelten Medienvertreter ein wenig zum Träumen bringen könnte.

Etwas später war auch der Herr Minister dieser Meinung, eine Viertelstunde später auch die anwesenden Journalisten und am Abend ›ganz Österreich‹ vor dem Fernseher.

Lediglich die ohnehin schon schwer geprüften Eltern Martina Tesslers waren von den schweren Vorwürfen gegen ihre tote Tochter äußerst betroffen. Nach Franca Aigners einfühlsamen und doch bestimmten Erhebungen hatten sie zwar mit etwas Unangenehmen gerechnet, nicht aber mit derart massiven Anschuldigungen.

Vor Aufregung erlitt Herbert Tessler einen Kreislaufkollaps und musste in das Landeskrankenhaus Salzburg eingeliefert werden. Während sich die Ärzte noch bemühten, den Zustand des alten Mannes zu stabilisieren, saß der Minister schon in der Maschine, die ihn nach Rom zu einem Arbeitsessen mit seinem italienischen Kollegen Marco Fagiolini brachte. Dass das ›Arbeitsessen‹ des Ministers an einem Freitagabend nicht in Rom, sondern immer in einer kleinen Wohnung nahe der Piazza del Campo in Siena stattfand und der italienische Kollege eine 27-Jährige ›Kollegin‹ namens Rosina delle Pianti war, wussten fast alle im Ministerium. Nur die Frau des Chefs hatte keine Ahnung, angeblich. Zunächst wurde tatsächlich gegessen, später aber so gut wie nichts gesprochen. Nur gearbeitet. Dennoch verstand man sich sehr gut. Auch ganz ohne Dolmetscher.

Selbst Schneckenburger hatte schon davon gehört. Seiner leicht spießigen Art entsprechend wusste er nicht, ob er den Minister für einen tollen Hecht halten oder Mitleid mit der Ehefrau haben sollte. Im Augenblick, nach einer und einer halben Flasche Champagner war ihm aber beides völlig egal.

* * * * *

Während sein Freund Miki mit seiner auch für ihn überraschenden Stellungnahme Eindruck beim Minister schindete, saß Palinski schon in seinem Büro und ging die seit gestern eingelangten Mails und Nachrichten durch.

Für Maximilian hatte er in einer Ecke des Vorraumes ein zumindest vorläufiges Plätzchen eingerichtet und ihn mit einer Schüssel Wasser und einer zweiten mit Hundekuchen, den er unterwegs besorgt hatte, verwöhnt. Maximilian schien sein neues Zuhause zu gefallen. Interessiert schnüffelte er sich durch die drei Räume, um es sich dann unter dem Schreibtisch gemütlich zu machen. Auch gut.

Wieder zwei Anfragen an die Datenbank. Langsam begannen sich die Hunderte von Stunden Arbeit auszuzahlen. Ein ihm unbekannter Verlag bat um Rückruf. Kein Problem! Der Rückruf an Dr. Bader wäre wohl schon besser gestern erfolgt, so dringend klang seine Stimme. Wozu hatte der seine Handynummer? Aber bitte gerne, bitte gleich.

Das war aber wirklich interessant. Eine weibliche, um Sinnlichkeit bemühte Stimme entpuppte sich als die von Sophie Lettenberg.

»Meine Mutter musste heute überraschend nach Salzburg zurückfahren. Hätten Sie Lust, an ihrer Stelle mit mir in die ›Tosca‹ zu gehen. Ich würde mich sehr freuen.« In jedem Fall wollte sie die Karte an der Abendkasse der Staatsoper deponieren.

Ein durchaus verlockendes Angebot. Palinski liebte die Musik Puccinis sehr und die Tosca ganz besonders. Und vielleicht konnte er aus der lustigen Witwe noch etwas heraus bekommen. Der Mann wurde vor vier Tagen ermordet und sie geht schon wieder aus. Zwar nur in die Oper, aber trotzdem. Nun, jeder Mensch wurde mit seiner Trauer eben anders fertig. Falls er überhaupt Trauer empfand, was für Palinski im Fall Sophie Lettenbergs nicht mit Sicherheit feststand.

Er blickte auf seine Uhr. Es war bereits kurz nach 18 Uhr. Falls er der Einladung folgen wollte, musste er sich beeilen. Als Erstes müsste er jemanden finden, der auf Maximilian achten und ihn bei Bedarf äußerln führen würde.

Einen Anruf und zwei Minuten später war das Problem auch schon gelöst. Ein freudig erregter Harry, der sich schon immer einen Hund gewünscht hatte, bisher aber immer am Widerstand seiner Mutter gescheitert war, war nur zu gerne bereit, die Verantwortung für das neue Familienmitglied für die nächsten Stunden zu übernehmen. Palinski hielt das vorerst für die beste Lösung, befürchtete aber, dass die wirklichen Probleme um Maximilian noch bevorstanden.

Nun kam der Rückruf an Rechtsanwalt Bader an die Reihe. Erstaunlicherweise war sein Vorzimmer trotz der vor allem für einen Freitag fortgeschrittenen Stunde noch besetzt. Da Bader gerade am anderen Apparat sprach, beschloss Palinski, die Zeit für eine bei seiner aktuellen Körperfrische gewiss nicht überflüssige Dusche zu nutzen. Ihm war vieles egal, was andere Menschen bereits heftig aufregte. Aber der Gedanke, die überkandidelte Witwe könnte die Nase über ihn rümpfen und das möglicherweise zu Recht, widerstrebte ihm.

Maximilian schien Regen zu lieben. Nur mit Mühe konnte Harry ihn davon abhalten, sich hinter seinem Herrn her in den prasselnden Strahl der Dusche zu stürzen.

Kaum hatte sich Palinski einen Bademantel übergeworfen, als ihn Harry auch schon wieder zum Telefon rief.

»Palinski« meldete er sich, während er bemüht war, die Haare mit nur einer Hand trocken zu reiben. »Ah, du bist es, Andi. Was kann ich für dich tun?«

»Ich habe heute wieder mit meiner Mandantin, Frau Waldmeister gesprochen. Es geht ihr gar nicht gut. Wenn sie nicht bald da rauskommt, schlittert sie in eine größere Depression, befürchte ich.«

Palinski sprach gerne mit dem Anwalt, er versuchte, immer Zeit für den Freund zu haben, Bei allem Verständnis für die missliche Lage der Waldmeister hatte er jetzt aber keine Zeit für allgemeines, wehleidiges Blabla.

»Bitte, Andreas, ich bin in Eile. Wenn du nur jemanden brauchst, um dir den Frust von der Seele zu reden, dann lass uns morgen weiter machen«, er versuchte, nicht allzu unhöflich zu wirken.

»Einen Moment noch, ich komme schon zur Sache. Frau Waldmeister ist noch etwas eingefallen, was von Belang sein dürfte. Kurz nachdem Lettenberg den Preis entgegen genommen hatte, ist er hinter der Bühne von einem seiner Groupies angesprochen worden. Nein, angegangen trifft es wohl eher. Die junge Frau ist schwanger und soll behauptet haben, dass Lettenberg der Vater ihres Kindes ist. Der hat auf diese aggressive Eröffnung ebenso emotionell reagiert und sie eine blöde Nutte genannt. Von der Vaterschaft wollte er natürlich nichts wissen.«

»Komm auf den Punkt, mir läuft die Zeit davon«, ein Blick auf die Uhr zeigte Palinski, dass er in spätestens 10 Minuten gehen oder den ersten Akt im Opernfoyer abwarten würde müssen.

»Als sich meine Mandantin gegen Mitternacht von Lettenberg getrennt hat, hat sie ein Paar gesehen, dass ihren Schützling aus einiger Entfernung beobachtet hat. Sie ist sich jetzt ziemlich sicher, dass eine der beiden Personen eine gewisse Leonie, also dieses aggressive Groupie gewesen ist. Die zweite Person soll ein ziemlich kräftiger, junger Mann gewesen sein. Wäre doch vorstellbar, dass die beiden Lettenberg gefolgt sind.«

Palinski überlegte. »Könnte sein. Sobald ich wieder mit Wallner spreche, werde ich ihn informieren. Ich melde mich wieder bei dir.« Ehe der Anwalt noch Gelegenheit hatte, etwas dazu zu sagen, hatte Palinski das Gespräch auch schon beendet.

Dann zog er das an, von dem er annahm, dass es von all dem, was er zum Anziehen hier hatte, noch am geeignetsten für einen Opernbesuch war. Eine schwarze Jeans, die ihm bisher immer etwas zu knapp und daher noch nicht getragen war. Anscheinend hatte ihn die anstrengende Woche ein, zwei Kilos gekostet, denn die Hose ließ sich fast anstandslos schließen. Ob er damit auch sitzen konnte, würde allerdings erst die Zukunft weisen.

Dazu ein hellblaues Hemd, eine schwarze Strickkrawatte, die schon bei der Landung auf dem Mond aus der Mode gewesen war und eine schwarze Schnürlsamtjacke.

Kein Abendanzug, aber ein durchaus respektables Outfit, fand Palinski. Im Übrigen war es ihm ziemlich gleichgültig, was die Leute von ihm dachten. Mit den Vereinbarungen der ›Global Film‹ in der sprichwörtlichen Tasche fühlte er sich durchaus berechtigt, ein wenig auf ›exzentrisch‹ zu machen.

Waren da nicht noch irgendwo verspiegelte Sonnenbrillen?

* * * * *

Franca Aigner saß an einem kleinen Tisch, der der verstorbenen Martina Tessler offenbar als Schreib- und Arbeitsplatz gedient hatte, wenn sie zu Hause war.

Gemeinsam mit einem Kollegen hatte sie eben die Durchsuchung der kleinen, aber feinen Mansardenwohnung am Alten Markt in Salzburg beendet. Dabei war nichts zum Vorschein gekommen, das neue Erkenntnisse gebracht oder zumindest einen Denkanstoß geliefert hätte. Bis jetzt zumindest.

Auf dem kleinen Couchtisch vor ihr lagen einige Briefe und ein dicker A3 Umschlag, der mit rotem Wachs versiegelt war. Franca nahm sich zunächst die Briefe vor. Wieder nichts dabei, was geeignet zu sein schien, Licht in das Dunkel um den Tod der jungen Frau zu bringen.

Was war das? Die Mahnung einer Detektei Pramhofer, Salzburg.

»Bitten wir Sie, den bereits überfälligen Betrag von 1412.56 Euro binnen einer Woche auf unser Konto ...«, das könnte vielleicht etwas zu bedeuten haben. Sie legte das Schreiben zur Seite.

Jetzt nahm sie sich den großen Umschlag vor und brach das Siegel. Sie leerte den Inhalt auf die Tischplatte und unterzog ihn einer zunächst nur oberflächlichen Sichtung. Drei Briefe eines Mannes namens Jojo an sein Herzblatt, sechs Schreiben des Herzblatts an besagten Jojo, Und dann zweiundzwanzig gestochen scharfe Fotos, die diesen Lettenberg mit zwei verschiedenen Frauen zeigte, sowie der Bericht eines Privatdetektivs, der den Mann an einem Wochenende Ende März observiert hatte. Daher kam also die Mahnung.

Schließlich noch drei Schreiben jüngeren Datums, die von Martina Tessler stammen dürften. Die kaum entzifferbare Unterschrift unter den Briefen konnte aber genau so gut etwas anderes bedeuten. Ein Brief war an die Eltern gerichtet, der zweite an einen Kurt Mahlberg, wahrscheinlich der Freund der Verstorbenen und der dritte an Sophie Lettenberg.

Auffallend war, dass die Briefe Martina Tesslers wie auch des Herzblatts nicht mit der Hand, sondern allem Anschein nach an einem PC geschrieben worden waren. Arial, Schriftgröße 10, wie Franca auf den ersten Blick erkannt hatte. Soweit ein Vergleich der auf die jeweiligen, kaum leserlichen Unterschriften reduzierten Schriftmuster überhaupt aussagefähig war, dürfte es sich bei dem Herzblatt ebenfalls um die unglückliche Martina gehandelt haben.

Aigner blickte sich um und entdeckte den Laptop in einem Fach des teilweise offenen Wandschrankes. Soweit die erste nur oberflächliche Überprüfung ergab, konnten die Briefe alle mit diesem Gerät geschrieben worden sein. Außer jenen Jojos natürlich, die mit der Hand geschrieben worden waren.

Mit einer gewissen Scheu wandte sich Aigner jetzt der inhaltlichen Beurteilung zu. Die Art der Unterlagen vor dem Hintergrund des Geschehenen ließ natürlich vermuten, welcher Art der Tenor der Schreiben, des gesamten Fundes sein würde. Irgendwie hatte sie das ungute Gefühl, in die Privatsphäre dieser Frau einzudringen. Einer Frau, die – Mörderin hin oder her – zunächst einmal sehr unglücklich gewesen sein musste.

Francas Problem war, dass sie dazu neigte, zuviel Verständnis für und damit Mitleid mit den Verdächtigen, ja sogar überführten Tätern zu haben. ›Die meisten Täter sind gleichzeitig auch Opfer‹, war ihr erstaunliches Credo, das ihr bisher nur wenige Freunde bei Polizei und Justiz gebracht hatte.

Der Inhalt der drei, alle am selben Tag verfassten Schreiben war nahezu identisch. Sie bedauere ihre Tat, hätte keinen anderen Weg mehr gesehen und entschuldige sich bei den jeweiligen Adressaten. Einzelne Details in den Briefen fanden in den Fotos, dem Observierungsbericht und den anderen Schriftstücken ihre Bestätigung. Insgesamt kam das vorliegende Material einem Geständnis gleich, an der Schuld Martina Tesslers am Tod Jürgen Lettenbergs schien kein Zweifel mehr möglich zu sein. Zumindest kein logisch zu begründender.

Obwohl ihr als zuständige Kriminalbeamtin damit ein Erfolg in den Schoß gefallen war, der sich zweifellos positiv auf ihre weitere Laufbahn auswirken würde, fühlte sie sich nicht besonders wohl in ihrer Haut. Fast widerwillig holte sie ihr Mobiltelefon heraus und versuchte, Ministerialrat Dr. Schneckenburger zu erreichen. Da sich an diesem Anschluss niemand mehr meldete, tippte sie die Nummer ein, die ihr dieser Herr Palinski gegeben hatte.

* * * * *

Obwohl er sofort ein freies Taxi erwischt hatte, kam Palinski erst zehn Minuten, nachdem sich der Vorhang gehoben hatte, bei der Wiener Staatsoper an. Die Dame an der Abendkasse wollte ihren Kobel schon schließen, so dass er die für ihn hinterlegte Karte gerade noch in letzter Minute bekam. Der Tatsache, dass Sophie Lettenberg Logenplätze besorgen hatte lassen, verdankte er, dass er kurz danach die herrliche Musik doch unmittelbar und nicht gedämpft durch Polstertüren genießen konnte.

»Ich habe schon befürchtet, Sie kommen nicht«, flüsterte ihm die lustige Witwe zu. Ihr intensives, für eine Frau ihres Alters viel zu schweres Parfüm verschlug ihm fast den Atem, während er sich auf den Stuhl in der zweiten Reihe niederließ. Außer ihnen befand sich noch ein Paar in der Loge, das ihn interessiert ansah und freundlich nickte. »Guten Abend«, flüsterte Palinski. Wer zu ihm freundlich war, zu dem war auch er freundlich. Zumindest bis auf Widerruf.

Während der Maler Cavaradossi der schönen Sängerin Tosca Floria seiner Liebe versicherte, drehte sich Sophie Lettenberg auf ihrem Sessel um 90 Grad und stützte den Ellbogen ihres rechten Armes auf Palinskis linkem Knie auf. In der Folge verstärkte sie den Druck auf sein Bein und schob den Ellbogen immer mehr an den Äquator heran. Das wäre unter anderen Umständen möglicherweise nicht unangenehm gewesen. In Zusammenwirken mit dem Druck der viel zu engen Hose fühlte Palinski allerdings, wie sich zunehmend Beklommenheit bei ihm breit machte. Vorsichtig versuchte er, seinen Stuhl etwas nach hinten zu schieben und so der so scheinbar unerbittlich fortschreitenden Eroberung Äquatorialafrikas durch die Witwe zu entgehen. Alleine, ein hinter dem Stuhl befindlichliches Hindernis beendete den Fluchtversuch bereits nach höchstens 5 Zentimetern Raumgewinn. Eine Distanz, die das geile Frauenzimmer in Sekundenbruchteilen wieder überbrückt hatte. Dazu trug ihm die missglückte Aktion auch noch den scherzhaft vorgeflüsterten Vorwurf: »Na, Sie werden doch keine Angst vor mir haben« ein. Jetzt konnte nur noch eines helfen.

Palinski tauschte die herrliche Musik und die dabei in seinem Kopf entstehenden Bilder gegen die Vorstellung, wie die böse Frau neben ihm dem armen Lettenberg einen Plastiksack über den Kopf zog und so lange zuhielt, bis der Arme keinen Muckser mehr von sich gab. Dann brach sie in ein irres Lachen aus und begann ihr schändliches Tun wieder von vorne.

Nachdem er die Szene drei Mal vor seinem geistigen Auge hatte abspielen lassen, das schreckliche Lachen ging ihm dabei wie ein Tinitus nicht mehr aus den Ohren, passte die Hose wieder.

Das plötzliche Klopfen seines Handys verschaffte ihm den unerwarteten, doch höchst willkommenen Grund, sich der peinlichen Situation völlig zu entziehen. Zumindest vorläufig. Er nahm das Mobiltelefon heraus, deutete

Sopie Lettenberg etwas, das: ›Dingender Anruf, tut mir leid‹ bedeuten sollte, stand auf und verließ die Loge.

Es war Franca Aigner, die ihn über die jüngste Entwicklung im Falle Lettenberg informieren wollte. Palinski war völlig überrascht, damit hatte er wirklich nicht gerechnet, obwohl er im Computer zahlreiche Varianten durchgespielt hatte.

»Danke, Franca, Ich darf doch Franca sagen?« Er durfte, bestand aber im Gegenzug darauf, dass sie Mario zu ihm sagte.

»Ich werde jetzt versuchen, die zuständigen Leute zu informieren. Sind Sie in der nächsten Stunde erreichbar?« Franca bejahte und kühn geworden erbat sich Mario noch einen Gefallen.

»Franca, könnten Sie so nett sein und mich in, sagen wir, etwa einer Stunde nochmals anrufen.« Das war eine reine Vorsichtsmaßnahme. Aber man konnte ja nicht wissen, was der wilden Witwe während des zweiten Aktes noch alles einfallen würde.

Einsetzender Applaus und die sich kurz danach öffnenden Logentüren kündeten das Ende des ersten Aktes an. Rasch überschlug Palinski seinen Bestand an Barem. Es dürften so an die achtzig Euro sein, also genug für zwei Gläser Champagner. Dass er die Frau nicht an sein Allerheiligstes heranließ, bedeutete ja nicht, dass er ein Rüpel war. Im Gegenteil, freundlich und korrekt war jetzt die richtige Strategie.

Sophie Lettenberg stellte das Paar aus der Loge mit: »Gerda und Walter Kleinsüß, sehr gute Freunde von mir, vor. Und das ist Mario Pakinski, ein Spezialagent der Polizei«, fügte sie hinzu.

Palinski verzichtete auf eine Richtigstellung, sollten die doch glauben was sie wollten.

Walter Kleinsüß war Eigentümer und Chef des Reiterhofes ›Hellertalmühle‹ nordöstlich von Wien. Palinski erinnerte sich vage an den Mann. »Wir waren früher, so vor 11, 12 Jahren öfters bei Ihnen«, erzählte er. »Dann war das Interesse meiner Tochter für das Reiten plötzlich weg.«

»Sie kommen mir auch irgendwie bekannt vor«, setzte Kleinsüß den rituellen Small Talk fort. »Darf ich Sie alle auf ein Glas Sekt ans Buffet einladen?« Die beiden Damen nickten erfreut und Palinski schloss sich gerne an.

»Einen eigenen Strohhalm möchte ich aber schon haben.« Palinski war unwillkürlich einer jener grenzdebilen Scherze herausgerutscht, für die er in seinem Bekanntenkreis bekannt und gefürchtet war. Das Ehepaar blickte ihn verständnislos an. Die Witwe deutete ein Lächeln an und drohte scherzhaft mit dem Finger. »Sie sind ja ein richtiger Witzbold, Herr Palinski.«

»Habe ich irgendetwas nicht verstanden?«, Kleinsüß blickte fragend zu Sophie und dann zu Palinski.

»Na«, die Witwe blickte ihn an wie eine liebevolle Mutter ihren höchst begriffsstutzigen Sohn. »Vier Personen, auf ein Glas Sekt einladen.« Sie betonte das ›ein‹ ausdrücklich, zog es in die Länge, nahm den Daumen ihrer rechte Hand zur Hilfe und hielt ihn dem Mann demonstrativ vor die Nase.

Plötzlich fiel der Groschen. Ein warmes Lächeln überzog sein Gesicht »Das ist gut, ein Glas für vier Personen, mit eigenem Strohhalm.« Palinski fand das aufdringliche

Lachen des Mannes übertrieben. So gut war der Schmäh auch wieder nicht gewesen. Egal. Hauptsache, er hatte wieder einmal ein paar Netsch gespart.

* * * * *

Während Tosca Scarpia, den bösen Polizeichef von Rom auf der Opernbühne erdolchte, raste ein hellblauer VW Golf Baujahr 1996 mit einer Geschwindigkeit von fundiert geschätzten 120 km/h über die Hauptstraße der kleinen Ortschaft Hagenbrunn.

Außerhalb des Ortes hatte die Polizei im Zuge eines Planquadrates Position bezogen, um den Wirtshäusern und Buschenschenken des Weinortes im Norden Wiens sowie deren Gästen wieder einmal das Leben schwer zu machen. Der Lenker des hellblauen Golfs missachtete die rote Kelle des Polizisten und die damit verbundene Aufforderung, stehen zu bleiben. Vielmehr raste der Wagen mit unverminderter Geschwindigkeit Richtung Klein-Engersdorf weiter.

Der zwei Kilometer dahinter wartende Einsatzwagen wurde gerade in dem Augenblick über Funk informiert, als der Golf daran vorbei donnerte. Die Besatzung des Polizeifahrzeuges nahm die Verfolgung des Autorowdys sofort auf, konnte den Golf mit Münchner Kennzeichen aber erst nach weiteren 12 Kilometern wilder Verfolgungsjagd stoppen.

Der Lenker, der 24-Jährige Hermann Ansbacher und seine Beifahrerin, die 20-Jährige Leonie Grabelsberger widersetzten sich der vorläufigen Festnahme. Dabei wurde ein Beamter durch einen Biss der Frau in den Unterarm leicht verletzt.

Die Festgenommenen, beide deutsche Staatsbürger, wurden zur weiteren Behandlung nach Korneuburg gebracht. Dort erinnerte sich der Dienst führende Journalbeamte daran, den Namen Leonie an diesem Tag bereits einmal gelesen zu haben. Auf einer Vermisstenmeldung, die er nach einigen Minuten auch tatsächlich aus der Ablage zum Vorschein brachte. Aha, schwanger ist die Kleine auch noch. Armes Wurm, mit solchen Eltern. Welche Chancen hat so ein Kind überhaupt?

Als Erstes verfasste er eine kurze Mitteilung über das Aufgreifen der vermisst gemeldeten Person und faxte sie an die Kollegen in München. Dann rief er das Kommissariat in Wien-Hohe Warte an und teilte dem diensttuenden Beamten mit, dass die von Inspektor Wallner gesuchte Leonie Grabelsberger gefasst und im Gewahrsam der Polizei in Korneuburg war. Ganz so, wie es in einem Zusatz zur Suchmeldung gewünscht worden war.

Außer einem kleinen Rucksack, wie ihn die jungen und inzwischen auch schon nicht mehr ganz jungen Leute heute gerne tragen, hatten die beiden keinerlei Gepäckstücke bei sich.

In dem bunten, wie ein Buckel wirkendem Rucksack befand sich neben einigen Gegenständen des persönlichen Bedarfs eine eigenartige Porzellanfigur mit der Aufschrift ›Dem besten Hauptdarsteller des Jahres‹. An der Hand des ausgestreckten rechten Armes der Statuette fehlte ein Finger. Das fehlende Stück verlieh dem Ganzen eine äußerst seltsame Symbolik. Der Beamte überlegte, woran die ihn erinnerte.

Na, wird mir schon noch einfallen, dachte er und gab

Lettenbergs beschädigten Viktor wieder in den Rucksack zurück.

* * * * *

Franca Aigner hatte Wort gehalten und ihm einen neuerlichen Grund geliefert, die Loge zu verlassen. Palinski hatte die Situation zwar ohnehin im Griff. Unter Hinweis auf weitere dringende Anrufe, die er zu führen und entgegen zu nehmen haben werde, war er auf der kleinen Logenbank und damit sozusagen in der dritten Reihe sitzen geblieben. Mit mindestens zwei Metern Abstand zur Witwe. Aber, es war gut zu wissen, dass man sich auf Aigner verlassen konnte.

»Danke Franca, Sie haben etwas gut bei mir«, bedankte er sich, »wir hören wieder voneinander.«

Dann versuchte er nochmals, Wallner oder Miki Schneckenburger telefonisch zu erreichen. Der Inspektor schien nach wie vor vom Erdboden verschwunden zu sein, aber Miki meldete sich nach mehrmaligem Klingeln.

»Alo«, nuschelte der mittelschwer betrunkene Ministerialrat in den Hörer, »hier ich, wer da?« Er kicherte blöd vor sich hin, ganz und gar unministerialratsmässig.

Palinski konnte der Versuchung nicht widerstehen. »Ich bins, Ihr Minister«, schnauzte er in einem Tonfall los, vom dem er hoffte, dass er dem des Ministers ähneln würde. »Schönen Abend, ich erwarte Sie in einer halben Stunde im Amt.«

Er konnte den Freund förmlich vor sich sehen. Wie ein Ruck durch den Alkoholgetränkten, in einen Hausmantel gehüllten Körper des gefoppten Mannes ging und er gleichzeitig um möglichst nicht angesäuselt klingende Worte rang.

»Jawohl«, Schneckenburger wollte sich schon verbal auf die Knie werfen, als er das irgendwie vertraut klingende, verhalten gackernde Lachen vernahm. »Bist du das, Mario?« versuchte er vorsichtig sein Glück, das er kurz darauf kaum fassen konnte. »Na so was, stell dir vor, das wäre wirklich der Chef gewesen. Und das in meinem Zustand.« Der Schock hatte ihn spürbar ernüchtert, denn er klang wieder völlig normal. »Was willst du eigentlich um diese Zeit von mir? Wenn es nicht wirklich wichtig ist, bin ich echt sauer.«

Palinskis Bericht über die von Franca Aigner entdeckten, offensichtlich eindeutigen Beweise für Martina Tesslers Schuld überquerten diese Latte spielend. Dementsprechend war der Herr Ministerialrat nicht nur nicht sauer, sondern geradezu euphorisch.

»Damit ist ja alles klar. Das wird den Chef aber freuen. Wahrscheinlich wird er mich sogar zu einem Glas ›Chateau Petrus‹ einladen« begann er zu träumen.

Im Gegensatz zu seinem Freund wurde Palinskis Stimmung durch den kleinen Zweifel getrübt, der ihn seit der ersten Pause plagte. Die ganze Sache war zu glatt, wirkte wie inszeniert. Die Mörderin gestand eine Tat, die sie zu diesem Zeitpunkt noch gar nicht begangen hatte. Ein Geständnis pro futuro war doch bestenfalls als Absichtserklärung zu werten. Der eigentliche Beweis fehlte nach wie vor. Auch wenn er zugeben musste, dass derzeit alles auf Martina Tessler hinwies. Dennoch, irgendwo war ein feiner Bruch in der Logik der scheinbar lückenlosen Beweiskette. Palinski wusste bloß noch nicht, wo.

Ein Klingeln deutete an, dass die zweite Pause zu Ende ging. Obwohl er nicht wusste, ob das auch wirklich klug war, beschloss er, Sophie Lettenberg zu informieren. Wahrscheinlich, um ihre Reaktion auf die Nachricht zu beobachten.

Die Witwe und das Paar mit dem Namen Kleinsüß hatten bereits wieder Platz genommen. Palinski wollte es so kurz wie möglich machen.

»Es sind Beweise aufgetaucht, die darauf hinweisen, dass Martina Tessler Ihren Mann ermordet hat oder zumindest maßgeblich daran beteiligt war.« Palinski sagte das in dem Tonfall, in dem die Wetternachrichten im Fernsehen vorgetragen werden. Also sachlich und unbeteiligt. Mit einem Anflug an Bedauern, dass es möglicherweise am Nachmittag zu Schauern kommen und daher nichts mit dem ungetrübten Badevergnügen werden würde.

Die Reaktion der drei Personen hätten unterschiedlicher nicht sein können. Herr und Frau Kleinsüß, die die bekannte Turnierreiterin natürlich auch gekannt hatten, reagierten genau so wie man sich die Reaktion auf so eine Nachricht vorstellt. Erschüttert, entsetzt, verwirrt und hilflos.

Sophie Lettenberg hingegen zuckte mit keiner Wimper. »Das habe ich irgendwie befürchtet«, stellte sie mit sicherer, klarer Stimme fest.

Fast schien es Palinski, als ob sie so etwas wie Befriedigung empfand. Aber vielleicht spielte ihm bloß seine Voreingenommenheit einen Streich. Eine verdammt kaltschnäuzige Person, diese Witwe, wie sie mit ihrer nächsten Äußerung eindrucksvoll bestätigte.

»Aber das spricht doch nicht dagegen, lieber Herr Palinski, dass wir meine Freunde nach der Oper zum Essen einladen?«

Den halbherzigen Protest der beiden ›Kleinen Süßen‹, bei denen der Hunger inzwischen wieder die Oberhand über die traurige Nachricht zu gewinnen schien, wischte die Witwe weg wie nichts. Wahrscheinlich dachten die beiden, dass der Schock mit vollem Magen leichter zu ertragen war als mit leerem. Und damit hatten sie sicher auch nicht ganz unrecht.

Ganz abgesehen von der Pietätlosigkeit und dem Mangel an Sensibilität, den diese Frau an den Tag legte, wurde Palinski durch die unglaubliche Penetranz Sophie Lettenbergs irritiert, mit der sie ständig versuchte, ihn zu vereinnahmen.

Wir laden die Familie Kleinsüß zum Abendessen ein, so eine Frechheit.

Das bedeutete doch nur, dass er zahlen sollte. Da die Witwe dabei sicher nicht an den Würstelstand gegenüber der Oper gedacht hatte, bedeutete das nichts Gutes. Das Kreditkartenlimit dieser Woche war schon aufgebraucht und mit dem Betrag, den er in bar mitführte, konnte er sich bestenfalls ein billiges Beisl leisten. Aber wozu überhaupt, er wollte einfach nicht und damit basta. Notfalls musste er wieder einmal eine schon einmal bewährte Notbremse ziehen. Etwas brutal, vor allem auch ihm selbst gegenüber. Aber effektiv.

Auf der Bühne hatte Cavaradossi inzwischen begonnen, die Sterne anzusingen. In sicherer Entfernung von der Witwe sitzend beschloss Palinski, die restliche Aufführung zu genießen. So gut es eben ging.

Meine erste Tosca habe ich in der römischen Oper erlebt. Im ersten Jahr, nachdem Wilma und ich zusammen gezogen waren. Eine Woche Rom als Äquivalent für eine Hochzeitsreise. Am Tag der Aufführung haben wir die Originalschauplätze besucht. Sant Andrea della Valle, den Palazzo Farnese und natürlich auch die Engelsburg. Es war wunderbar. Am Abend hat mich die Musik in einem Maß ergriffen, das ich nie für möglich gehalten hätte und danach nie wieder verspürt habe. Wilma schien es ebenso ergangen zu sein. Das war etwas, was uns sehr verbunden hat. Viele Jahre später hat sie mir gestanden, dass sie die Aufführung zwar genossen, aber schon eine Bessere gesehen hatte. Aber sie hatte meine Verzauberung bemerkt. Erkannt, wie wichtig mir dieses einmalige Gesamterlebnis gewesen war und aus Liebe geschwiegen. Warum sie mir das exakt zu diesem Zeitpunkt eingestanden hatte, weiß ich bis heute nicht genau. Ich habe aber einen Verdacht.

Natürlich habe ich einen satten, nein, den Hauptanteil an unserer zerrütteten Beziehung. Ich bin kein sehr einfacher Mensch. Ein eher egoistischer Eigenbrödler, noch dazu mit nur wenig oder gar keinem Geld. Nicht, dass Wilma besonders auf Geld aus wäre. Aber zwischen ausreichend und gar keinem Einkommen liegen Probleme, die der besten Beziehung auf Dauer nicht gut tun. Ich bekenne mich nach wie vor dazu, dass Eigentum meiner Ansicht nach eher belastet. Ich muss aber zugeben, dass der Hinweis darauf in einer ernsthaften Diskussion über meine Defizite in der gemeinsamen Haushaltsführung kontraproduktiv sein musste. Na ja, manchmal kann ich schon ganz schön blöd sein.

Wer weiß, vielleicht hätte ich Wilma doch heiraten sol-

len. Nicht, um unsere Liebe zu besiegeln oder ihr ein trügerisches Gefühl der Sicherheit zu geben. Sondern ganz einfach, weil das eben auch dazu gehört, wenn man sich liebt. Wahrscheinlich geht es gar nicht so sehr um die Ehe selbst, sondern um die Bereitschaft, sich darauf einzulassen. Nicht die Hochzeit selbst ist der Liebesbeweis, sondern die Bereitschaft dazu. Und damit auch der diese Bereitschaft implizierende Antrag. Das ist übrigens gut. Ob ich damit in irgendeine Zitatensammlung kommen werde?

So, jetzt ist mein Namensvetter auf der Bühne tot und sie weiß es nicht, Hofft noch auf eine gemeinsame Zukunft.

Vielleicht hält mich Wilma auch schon für tot, rein innerlich natürlich. Vielleicht aber auch nicht. Und hofft trotz ihrer Schnoddrigkeit noch immer auf so etwas wie eine gemeinsame Zukunft.

Ich werde es heraus bekommen und ich weiß auch schon wie. Sobald sie aus Paris zurück ist, werde ich sie einfach fragen. Aber was mache ich, wenn sie ja sagt?

Tosender Applaus und Sophie Lettenbergs langsam richtig lästig werdende Körperkontakte, diesmal auf seinem linken Arm, holten Palinski aus seinen Gedanken. Als Kleinsüß seiner Frau in den leichten Abendmantel helfen wollte, fiel ihre Abendtasche versehentlich zu Boden.

So eine Chance konnte sich Palinski nicht entgehen lassen. Er holte tief Luft, pumpte sich sozusagen und zusätzlich zu seinen knapp einhundert Kilogramm noch auf. Dann ging er rasch in die Knie, um die Tasche aufzuheben. Und da hörte er auch schon das ersehnte, befreiende »Rrrtsch« seiner zerberstenden Hosennaht. Was ihm vor

Jahren einmal ganz einfach passiert war, hatte er in der Folge gezielt perfektioniert. Die zerrissene Hose als Ausrede in Fällen wie diesen.

»Uje, das ist mir aber peinlich.« Scheinbar verschämt kam Palinski hoch und positionierte sich so, dass man seine weißen Boxershorts nicht durch den erfahrungsgemäß mindestens 20 Zentimeter langen Riss schimmern sehen konnte. »Es tut mir sehr leid, aber unter den Umständen müssen Sie beim Abendessen auf mich verzichten.« Rasch verabschiedete er sich von den Dreien, bedankte sich bei der Witwe für die Einladung und delektierte sich an ihrem erstmals an diesem Abend verdutzten Blick. Mit dieser Wendung hatte sie wohl wirklich nicht gerechnet.

»Sie müssen uns einmal zum Essen in der ›Hellertalmühle‹ besuchen.« Erstaunlicherweise kam die Einladung von Gerda Kleinsüß, die damit eindrucksvoll den Beweis erbrachte, entgegen Palinskis auf Grund der heutigen Beobachtungen gewonnenen Überzeugung doch sprechen zu können.

»Da werde ich gerne darauf zurückkommen«, beeilte er sich noch zu sagen, ehe er sich eilig davon machte.

»Männer« ätzte die Witwe, worauf ihr Kleinsüß einen fragenden Blick zuwarf. »Reg dich nicht auf, Walter. Du warst nicht damit gemeint.«

8

Professor Dr. Maria Elmer, die Tochter des ehemaligen Generalsekretärs im Außenamt Dr. Hans-Hermann Elmer war eine überzeugte Frühaufsteherin. Ihre Kindheit hatte die Diplomatentochter zum größten Teil in außereuropäischen Staaten verbracht. Ihrem außerordentlichen Sprachgefühl war es zu verdanken, dass sie neben der Muttersprache und drei Weltsprachen auch einige zumindest aus landläufiger Sicht exotische Sprachen beherrschte bzw. sich zumindest damit verständigen konnte.

Wilma hatte Dr. Elmer auf einem Seminar getroffen und die beiden hatten sich angefreundet. So hatte auch Palinski jene Person kennengelernt, der er als Einziger zutraute, ihm eine Antwort auf die Frage geben zu können, die ihn seit Eschborn plagte.

»Hallo Maria«, säuselte er bereits kurz nach 7 Uhr ins Telefon. »Da ich weiß, dass du schon seit mindestens einer Stunde am Schreibtisch sitzt, verzichte ich auf eine Entschuldigung wegen der frühen Störung.«

»Hallo Mario, alter Spinner. Wie geht es Wilma? Die meldet sich überhaupt nicht mehr«, Maria Elmers Stimme faszinierte Palinski immer wieder aufs Neue. Die Frau Professor hätte ihr Geld durchaus auch über gebührenpflichtige Leitungen verdienen können.

»Wilma ist mit ihrer Klasse« und mit dem verdammten Professor Dullinger, wollte er schon hinzufügen, »in Paris. Kommt morgen nachmittags zurück. Und wie geht es dir?«

»Komm, versuche nicht, mir einzureden, dass du ernsthaft daran interessiert bist, wie es mir geht. Lass uns gleich auf den Punkt kommen. Was willst du von mir?«

»Also, Erstens rede ich wirklich gerne mit dir, du hast so eine sexy Stimme.« Palinski hörte ein ebenso sexy Lachen. »Und das werde ich dir auch noch beweisen und dich einmal nur so anrufen. Ohne Hintergedanken. Aber wie immer hast du natürlich recht. Ich habe folgendes Problem.«

Palinski berichtete Maria Elmer von dem Besuch bei Josefa Willinger, den Hintergründen dazu und dem sonderbaren Ausbruch der alten Frau angesichts des Fotos ihrer verstorbenen Tochter und dem Baby.

»Ich habe aufgeschrieben, was ich verstanden habe und es mir immer wieder vorgelesen. Aber es ergibt keinen Sinn für mich.«

Palinskis anfänglich verspielter Ton war weg, der ernste Klang seiner Stimme verriet der Professorin, dass ihm die Sache sehr ernst sein musste.

»Gut, dann lies mir einmal den Text vor. Nachher kannst du mir das Ganze auch noch faxen. Vielleicht höre oder sehe ich was heraus«, bot sie ihm an.

»Maschdo masch wis od omasch wo ui ui ui«, Palinski buchstabierte den unverständlichen Text förmlich über das Telefon.

Maria Elmer wiederholte das sprachliche Kauderwelsch einige Male. Dann herrschte ziemlich lange Stille. »Lass mir etwas Zeit, ich muss mich mit dem Text erst anfreunden.«

Palinski, der wusste, dass Drängen keinen Sinn hatte, ja höchstens das Gegenteil bewirken würde, bedankte sich fürs Erste. Er war sicher, dass sich Maria melden würde, sobald sie Grund dazu haben würde.

Während er sich den ersten Kaffee des Tages genehmigte, das war der beste überhaupt, fiel im siedendheiß ein, dass er seit gestern stolzer Hundebesitzer war. Er hatte Maximilian bisher nicht vermisst, da er noch nicht an ihn gewöhnt war. Ein Blick in den Vorraum zeigte ihm, dass auch der Fressnapf und die Wasserschüssel fehlten. Dass ließ den Schluss zu, dass Harry den Hund mit in die Wohnung genommen hatte. Es war erst kurz vor acht und er wollte seinem Sohn noch etwas Schlaf gönnen. Gleich darauf klingelte das Telefon.

»Ja, Maria«, meldete er sich, »wie schauts aus?«

»Tut mir leid, dich enttäuschen zu müssen«, meinte eine männliche Stimme. Es war Helmut Wallner. »Dr. Schneckenburger hat mich bereits um 7 Uhr über das Quasi-Geständnis der Tessler informiert. Die Kollegin Aigner überprüft jetzt noch die Unterschriften auf ihre Echtheit und kommt dann selbst mit den Unterlagen nach Wien. Wenn alles klappt, können wir den Fall noch heute abschließen.« Palinski fand, dass Wallners Stimme nicht so zufrieden klang, wie es der Inhalt des Gesagten eigentlich erwarten ließ.

»Geht dir das alles nicht auch ein bisschen zu glatt?«

»Wenn ich ganz ehrlich bin, ja«, räumte der Inspektor ein. »Dein Freund Schneckenburger ist aber völlig überzeugt davon, dass Martina Tessler diejenige welche ist. Er lässt keinen Widerspruch zu und arbeitet schon am Abschlussbericht für den Minister.«

»Na, dann wird er eben wieder einmal eine auf den

Deckel bekommen, wenn er schief liegt. Und ich habe so das Gefühl, dass ihm das in diesem Fall durchaus auch blühen kann.« Palinski konnte sich zwar durchaus vorstellen, welchem Druck Miki ausgesetzt war. Auch ohne diese blöde Wette zwischen den beiden Amtskollegen. Aber mit irgendwelchen Gefälligkeitsberichten zu Lasten der Wahrheit war niemandem gedient.

»Also wir machen weiter«, stellte er mit einem unausgesprochenen Fragezeichen fest.

»Ja, wir machen weiter«, bestätigte Wallner. Kannst du gegen 11 Uhr hier sein. Wir haben den Viktor gefunden und die Leute, die ihn sich geschnappt haben. Es gibt aber auch einige andere Neuigkeiten. Nichts Gewaltiges, aber interessante Details.«

»Welchen Viktor?« Palinski wusste nicht sofort, was gemeint war. Nachdem ihn Wallner aufgeklärt hatte, sagte er sein Kommen sofort zu.

Nach Beendigung des Gespräches holte er sich frischen Kaffee. Beim Weg zurück zum Schreibtisch fiel sein Blick aus dem Fenster. Was er sah, war so überraschend, dass er es zunächst nicht glauben wollte. Nein, nicht schon wieder eine Leiche. Auch nicht Frau Pitzal bei einem Schleiertanz vor den versammelten Müllmännern.

Palinski sah, wie sein Sohn Harry mit Maximilian offenbar gerade vom Gassigehen zurückkam. Dem wundervollen Hund war gelungen, was noch nie jemand zuvor zuwege gebracht hatte. Nämlich Harry an einem schulfreien Tag dazu zu bewegen, vor 9 Uhr das Bett zu verlassen.

Er lehnte sich aus dem Fenster, was bei Maximilian ein heftiges Wedeln des Schwanzes und ein freudiges Jaulen hervorrief. Harry reagierte etwas kühler mit »Hi, Papa«, was zu diese Tageszeit allerdings fast einer Liebeserklärung gleich kam.

»So früh schon aus den Federn?«, Palinski musste sofort über seine saudumme Frage lächeln. Er wartete auf eine entsprechende Reaktion seines sonst recht schlagfertigen Juniors. Der war aber so mit dem Hund beschäftigt, dass er sich auf ein »Maxi musste aufs Klo, ist doch klar, dass ich da aufgestanden bin« beschränkte.

»Ich habe noch sehr viel mit diesem Lettenberg-Fall zu tun«, informierte er seinen Buben, »kann Maximilian heute bei dir bleiben?«

»Na klar«, freute sich Harry, »ich wollte dir das ohnehin vorschlagen.« Das war also auch erledigt, freute sich Palinski über diesen Idealfall sich ergänzender Interessen. Er nahm zwanzig Euro aus seiner Brieftasche und winkte Harry heran. »Hier, falls du etwas für den Hund brauchst oder Lust auf eine Pizza hast.«

Das neuerliche Klingeln des Telefons zwang den stolzen Vater und Hundebesitzer, sich gedanklich wieder von den beiden auf der Wiese tummelnden Objekten seiner Zuneigung zu lösen.

Diesmal war es wirklich Dr. Elmer. »Tut mir leid, dass es etwas gedauert hat«, meinte sie. Nach einem kurzen Blick auf die Uhr, seit seinem Anruf bei Maria war erst knapp mehr als eine halbe Stunde vergangen, stellte sich Palinski unwillkürlich die Frage, welchen Zeitraum die quicke Wissenschaftlerin wohl als kurz empfinden würde.

»Also, um eine spezielle Sprache oder einen Dialekt handelt es sich nach einer ersten Analyse wahrscheinlich nicht«, schloss sie anfangs gleich aus. »Da du ja die Phonetik aufgezeichnet hast, also den Klang des Gehörten, vermute ich, dass sich das eigentümliche Gestammel eher aus einem Sprachfehler erklärt oder eine spontane, instinktive Äußerung darstellt. Durchaus mit individuellen Ansätzen bei Wortbildung und Betonung, wie das beispielsweise bei der Babysprache vorkommen kann.«

»Hast du dem Ganzen einen Sinn entnehmen können?«

Die Ausführungen Marias waren sicher sehr interessant. Palinski war im Moment aber nur an Resultaten interessiert.

»Entweder du hörst mir zu oder du lässt es bleiben«, fuhr ihn Maria etwas ungnädig an. »Ich bin doch kein Automat, der auf Knopfdruck funktioniert. Ich muss meine Gedanken auch erst entwickeln.«

»Sorry«, entschuldigte er sich und meinte es auch so.

»Also, das ›sch‹ bei ›masch‹ kann daher rühren, dass die alte Dame das S wie ein Sch ausspricht. Kommt vor bei slawischen Sprachen, vor allem aber im Ungarischen. Dann hat sie offenbar die Worte in Silben zerhackt und in un- oder falsch betonter Weise wiedergegeben. Das ›Uiuiui‹ am Ende dürfte ein ritualisiertes Wehklagen sein, wie es in ländlichen Bereichen gelegentlich noch vorkommt. Es entspricht in etwas unserem ›Uje Uje Uje‹. Langer Rede, kurzer Sinn. Wenn man das erste ›Masch‹ weglässt und die Silben etwas anders zusammensetzt, dann könnte, ich betone, könnte sie gesagt haben ›Thomas wieso, Thomas wo, oh weh, o weh, o weh‹.«

»Phantastisch, Maria, und es sieht so einfach aus, ist völlig logisch, wenn man es einmal weiß.« Palinski war baff, er blickte auf den Text vor sich und konnte ihn plötzlich auch lesen. Bloß, was er bedeuten sollte, das wusste er nicht. Noch nicht. Who the hell was Thomas?

Er bedankte sich überschwänglich und versprach, Maria über den weiteren Verlauf zu informieren.

»Freut mich, dass ich dir helfen konnte. Schönen Gruß an Wilma, sie soll sich wieder einmal melden.«

Tolle Frau, dachte Palinski anerkennend, während er schon dabei war, sich Gedanken über den unbekannten Thomas zu machen.

* * * * *

In Palinkis Augen war Franca Aigner ein Phänomen. Die junge, attraktive Kriminalbeamtin schien Tag und Nacht im Dienst zu sein. Gestern Abend hatte sie ihn noch aus den Klauen der Lustigen Witwe befreit, heute Morgen saß sie bereits seit kurz nach 10 Uhr in Wallners Büro. Entweder würde sie eines gar nicht allzu fernen Tages die jüngste Polizeichefin Österreichs sein oder als frustrierte Workaholikerin dem ›Burnout-Syndrom‹ zum Opfer fallen.

Helmut Wallner wirkte wie aufgekratzt und zeigte sich von seiner Schokoladenseite. Während er mit der jungen Frau das in der Wohnung Martina Tesslers aufgefundene Belastungsmaterial sichtete, ließ er wie zufällig die eine oder andere Schnurre aus seinem durchaus spannenden Berufsleben einfließen. Das glockenhelle Lachen Francas und ihr schlagfertiges Eingehen auf seine Späße ließen in Palinski den Verdacht hochkommen, dass sich hier eine echte Alternative zu Wallners derzeitiger Favoritin Marion Waldmeister präsentierte. Er fand das hervorragend, denn bei aller Sympathie für die ehemalige Managerin Lettenbergs konnte er sie sich nicht wirklich als Freundin, Lebensabschnittspartnerin oder was immer auch des Inspektors vorstellen.

Wallner wirkte fast ein wenig unwirsch, zumindest aber enttäuscht über Palinskis Erscheinen und die dadurch verursachte Störung des traut zu werden versprechenden Tete-à-Tetes. Franca dagegen freute sich, den wichtigen Mann von gestern schon so bald wieder zu sehen. Während sich die beiden noch die Hand schüttelten, traf auch Dr. Schneckenburger ein.

»Na«, scherzte er, wohl noch einige Perlen des gestern reichlich genossenen Moet et Chandon in den Adern, »hier sind wir also wieder vereint. Wie D'Artagnan und die drei Musketiere.«

»Fragt sich nur, wer von uns D'Artagnan ist?«, brummte Wallner.

»Ich habe dem Minister noch gestern eine Nachricht über den letzten Stand im Falle Lettenberg übermittelt und er ist hoch zufrieden.« Schneckenburgers Stimme nahm einen feierlichen Ton an. »Er lässt Ihnen allen seinen herzlichen Dank für die ausgezeichnete Arbeit ausrichten.«

Palinski blickte Wallner an und der wieder Palinski. Es war aber Franca, die das Wort ergriff. Und plötzlich wussten alle, wer von ihnen D'Artagnan war.

»Denken Sie wirklich, Herr Ministerialrat«, sie betonte den durchaus achtbaren Berufstitel fast so, als ob es sich dabei um eine Obszönität handelte, »dass diese Briefe und Fotos, die Frau Tessler zweifellos belasten, keinerlei andere Deutungen mehr zulassen. Sind Sie tatsächlich von der Schuld dieser Frau überzeugt?«

Besser hätte es Palinski auch nicht ausdrücken können. Begeistert klatschte er in die Hände und war nahe daran, die junge Frau zu umarmen und abzuküssen.

Etwas verunsichert blickte Schneckenburger zu Wallner, wohl hoffend, wenigstens in diesem einen Verbündeten zu finden. Doch vergebens, wie der abweisende Blick des Inspektors verriet.

»Aber die Frau hat ihre Schuld doch praktisch zugegeben.« Miki flehte förmlich um etwas Zustimmung. »Der Minister geht davon aus, dass er der Öffentlichkeit am Montag den erfolgreichen Abschluss des Falles Lettenberg präsentieren kann.«

»Na und«, Palinski fand, dass Franca schon genug Schneid gezeigt hatte und es an der Zeit für ihn war, mehr als nur Flagge zu zeigen, sie aktiv zu unterstützen. »Selbst wenn der Papst morgen von der Kanzel Martina Tesslers Schuld verkünden würde, wäre ich derzeit noch nicht überzeugt davon.«

»Papst ist Papst und Minister ist Minister«, begehrte Schneckenburger auf und machte Palinski langsam wild.

»Abgesehen davon, dass der Papst selbst für mich als Ungläubigen im Vergleich zu einem Minister ein wahrhafter Fels an Glaubwürdigkeit ist«, donnerte er ganz gegen seine sonstige Art los, »frage ich dich. Ist das deine Einstellung zu Recht, Gesetz und Gerechtigkeit? Hast du das in den zehn Semestern an der Uni gelernt? Habe ich dir das beigebracht?« Er hatte der Versuchung nicht widerstehen können, sein Gewicht als ehemaliger Tutor in die Waagschale zu werfen.

Schneckenburger wollte sich schon gegen diese doch reichlich massiven Vorwürfe zur Wehr setzen, hielt aber plötzlich wieder inne. Er blickte leer vor sich hin, nach einer Weile meinte er.

»Du hast völlig recht. Erst gestern habe ich meinem Minister, das muss man sich einmal vorstellen, meinem obersten Chef sinngemäß genau das Gleiche gesagt.« Er schüttelte den Kopf. »Bei diesem Scheißdruck vergisst man manchmal, was richtig ist und was falsch.«

Palinski klopfte ihm beruhigend auf die Schulter. »Solange du noch rechtzeitig drauf kommst, ist schon alles in Ordnung.« Die folgende, rund dreißigminütige Diskussion endete damit, dass alle vier der Meinung waren, sich Martina Tessler trotz der erdrückend erscheinenden Indizien als Täterin nur schwer vorstellstellen zu können.

Die Gründe für diese zumindest derzeit kaum beweisbare Position waren: Für Franca Aigner, die mit Martinas Eltern und Freund gesprochen hatte, stand die Tat in ihrer Raffinesse völlig im Gegensatz zum Naturell der jungen Frau. Diese wurde als scheu, unselbständig und sexuell zurückhaltend beschrieben. Alleine die Vermutung, dass sie sich sadomasochistischer Praktiken bedient haben sollte, war für die Menschen in ihrer Umgebung unvorstellbar und wurde als schlimme Zumutung empfunden. Die einzige Person, die ihrer Freundin die Tat offenbar zutraute, war Sophie Lettenberg, wie ihre Reaktion auf Palinskis gestrige Eröffnung gezeigt hatte.

Die Art des Geständnisses pro futuro erschien ihnen äußerst ungewöhnlich und warf mehr Fragen auf als sie beantwortete. Warum hatte die Frau ihre Bekenntnisse nicht erst nach der Tat verfasst? Hatte sie gewusst oder geahnt, dass sie keine Zeit mehr dazu haben würde? Dass Martina Tessler die Tat nicht alleine durchgeführt haben konnte, war allen klar. Sie hätte den Leichnam Lettenbergs nie alleine aus dem 4. Stock ins Freie bringen können. Wer aber war der unbekannte Mittäter oder Helfer und wie war sie mit ihm in Kontakt getreten? Und nicht zuletzt, wer war der Mann?

Nach Aussage des Maklers war die Wohnung über das Internet angemietet worden. Die Bezahlung war durch einen Mann erfolgt, dessen Beschreibung auf Roman Schuster schließen ließ. Zug um Zug mit der Bezahlung war auch der Schlüssel übergeben worden. Den der Makler übrigens reklamierte, der bei Martina Tessler aber nicht gefunden worden war. Wo also war der Schlüssel?

Am irritierendsten war aber der Vergiftungstod der Tessler und der alten Frau, die die tödlichen Süßigkeiten von ihr erhalten haben soll.

Entweder war Martina Tessler tatsächlich ein Opfer des Supermarkt-Erpressers geworden, dann war das ein haarsträubender Zufall, an den keiner der vier so richtig glauben wollte. Palinski trug seine Theorie zu diesem Thema vor, in deren logischer Konsequenz sich die Tessler selbst vergiftet und die Pensionistin vorsätzlich getötet hätte. Falls es sich, was von allen als absolut unwahrscheinlich angesehen wurde, tatsächlich so abgespielt haben sollte, dann warf das neue Fragen auf.

Falls sich die Tessler wirklich umbringen hatte wollen, aus welchen Gründen auch immer, warum hatte sie dann das Gift nicht direkt zu sich genommen? Warum eine unschuldige alte Dame umgebracht? Und warum hatte sie in den als Geständnis apostrophierten Briefen nicht auch auf dieses Verbrechen Bezug genommen? Sich dafür entschuldigt, wie sie es im Falle Lettenbergs getan hatte? Oder hatte sie beim Schreiben der Briefe noch nicht die Absicht gehabt, eine Pensionistin völlig unsinnig zu killen und war dann einem plötzlichen Impuls gefolgt.

»Das ist doch Unsinn«, meinte die Aigner und brachte damit die Meinung aller Anwesenden zum Ausdruck.

Leider bestand aber auch in einem weiteren Punkt Einigkeit. Sollte es ihnen innerhalb der nächsten 36 Stunden nicht gelingen, den wirklichen Mörder Lettenbergs zu finden, würde die Justiz den einfachsten Weg gehen und Martina Tessler posthum wegen Mordes anklagen. Dafür reichten die vorliegenden Indizien völlig aus.

Etwa fünfzehn Minuten vorher hatte Wallner telefonisch die Nachricht erhalten, dass die zur Befragung vorzuführenden Leonie Grabelberger und Hermann Ansbacher nunmehr eingetroffen waren. Jetzt bat der Inspektor den diensthabenden Beamten, die Frau in sein Büro zu bringen.

Miki Schneckenburger war an Palinski herangetreten. »Deine Analyse der Situation im Fall ›Vergiftetes Müsli‹ hat mich wirklich beeindruckt. Damit kommen wir dem oder den Erpressern zwar noch keinen Schritt näher. Aber wir könnten damit einerseits den Täterkreis deutlich einschränken und andererseits das Risiko für die Bevölkerung, ich meine die Kunden von BIGENI reduzieren.« Er klopfte dem Freund anerkennend auf die Schulter. »Könntest du mir eine kurze Zusammenstellung der Analyse und der Argumentation zur Verfügung stellen?«

»Klar«, Palinski nickte ergeben, »das läuft sicher wieder pro bono, oder?«

»Wie meinst du das?«, Schneckenburger wusste genau, was gemeint war, stellte sich aber absichtlich begriffsstutzig.

»Na, dann schlag mich doch wenigstens einmal für einen Orden vor«, scherzte Palinski. »Geld werde ich von eurem Verein ohnehin nie zu sehen bekommen.«

Inzwischen hatte die gesuchte Ausreißerin, das im vierten Monat schwangere Groupie Leonie, vor Wallners Schreibtisch Platz genommen. Die junge Frau, die laut Protokoll bei ihrer Festnahme wild um sich geschlagen und einen Beamten in den Arm gebissen hatte, wirkte jetzt eingeschüchtert, verängstigt.

»Geht es Ihnen gut, Leonie? Ich darf doch Leonie sagen? Ich bin übrigens Helmut?«, vorsichtig versuchte Wallner, Vertrauen zwischen sich und dem noch halben Kind vor sich aufzubauen. »Möchtest du etwas trinken oder hast du Hunger?«

Beides verneinte die junge Frau.

»Könnte ich eine Zigarette haben?«, fragte sie stattdessen.

Jetzt meldete sich Franca von rechts hinten. »Freust du dich schon auf dein Baby?«, wollte sie wissen.

Die Angesprochene hob fragend die Schultern, blickte Franca an und meint »Ich glaube schon, ja, irgendwie schon.«

»Weißt du, dass es Babys im Bauch gar nicht möchten, wenn ihre Mutter raucht. Das bekommt ihnen ganz schlecht. Willst du nicht lieber etwas anderes?« Sie hielt Leonie eine Packung mit Kaugummi hin.

»Ach so, das habe ich nicht gewusst.« Palinski schien es, als ob sich eine Spur Besorgnis in das bislang teilnahmslose Gesicht des Mädchens gemischt hätte. Er fand Francas offensichtlich erfolgreiche Intervention großartig, auch wenn ihn das nun einsetzende Kauen erfahrungsgemäß mit der Zeit auf die Nerven gehen würde.

»Also, Leonie, wie war das nach der Viktor-Verleihung? Wann habt ihr den Preis von Jürgen Lettenberg gestohlen?«, kam Wallner wieder auf das Thema zurück.

»Ich habe den Viktor nicht gestohlen«, protestierte Leonie. »Er hat ihn mir freiwillig überlassen. Zuerst wollte er nicht, aber dann hat er ihn mir überlassen.«

Sie erzählte, dass sie Lettenberg seit zwei Jahren heiß verehre und ihm zu allen seinen öffentlichen Auftritten gefolgt sei. Und jetzt sei sie schwanger von ihm.

»Hattest du eine längere Beziehung zu Lettenberg oder war es eine einmalige Angelegenheit, ein One-Night-Stand?«

»Es war eine einmalige Angelegenheit«, stellte das Mädchen fest, »und dabei bin ich schwanger geworden.«

»Habt Ihr ohne Verhütungsmittel miteinander geschlafen?«

»Eigentlich haben wir überhaupt nicht miteinander geschlafen.« Mit dieser Feststellung sicherte sich Leonie mit einem Schlag die ungeteilte Aufmerksamkeit der anderen, bisher eher gelangweilten Anwesenden.

»Aber wie bist du denn dann schwanger geworden?«, Wallner war nahe daran, Franca zu bitten, die Befragung fortzusetzen. Das Thema wurde ihm sichtlich unangenehm.

Das Mädchen kam jetzt langsam in Schwung. Lettenberg habe sie eines Nachts mit auf sein Zimmer genommen. Beide waren ziemlich betrunken gewesen und hatten einige Joints geraucht. Er hatte sich völlig entkleidet auf das Bett gelegt und verlangt, dass sie ihn mit Seidentüchern an Armen und Beinen am Bett festbinde. In ihrem Zustand hätte sie auch im Handstand Mundharmonika gespielt, also war sie seiner Aufforderung ohne Zögern nachgekommen. Dann musste sie sich selbst entkleiden. »Ich habe ihm sehr gut gefallen. Er hat meine Figur und meine Brüste bewundert«, erzählte sie stolz und ungeniert.

Jetzt war es soweit, Wallner hatte einen hochroten Kopf bekommen und Franca musste lachen. Schneckenburger hatte sich hinter dem Wochenendteil der ›Wiener Morgenpost‹ zurückgezogen und Palinski war als Einziger ehrlich. Er fragte sich, ob das Mädchen wohl kleine oder große Warzenhöfe habe. Er tippte eher auf Zweiteres.

Dann musste sie den Mann mit dem Gürtel seiner Hose etliche Male kräftig auf Brust, Bauch und Schenkel schlagen. »Dabei ist er gekommen wie ein 14-Jähriger Wichser. Und das wars dann auch schon.« Lettenberg hätte noch einige Minuten mit geschlossenen Augen dagelegen. Dann habe sie ihn wieder losbinden müssen und er war sofort unter die Dusche gegangen.

»Und in welcher Phase dieses ergreifenden Liebesaktes sind Sie denn schwanger geworden?« Franca stellte die Frage, die sogar Schneckenburger zu interessieren schien. Denn er legte die Zeitung zur Seite.

»Während er im Bad war, bin ich eingeschlafen. Als ich einige Zeit später«, sie überlegte kurz, »nach einer Stunde oder so aufgewacht bin, ist er neben mir gelegen und hat mich angegrinst.«

Aus seiner folgenden Frage: »Na, wie war ich?«, hatte das Mädchen geschlossen, dass sich etwas abgespielt haben musste. Etwas, bei dem er seiner Vorstellung nach gut gewesen war, sie aber geschlafen hatte.

»Du warst spitze«, sie hatte versucht, in ihren Blick so etwas wie Begeisterung zu legen. »So etwas habe ich noch nie erlebt.« Zwei Monate später hatte ihr ein Schwangerschaftstest bestätigt, dass sie, wie hieß das früher so schön, guter Hoffnung war.

Sie beschloss, dass das Lettenberg gewesen sein musste und es passte ihr auch ganz gut ins Zeug. »Ich habe gehofft, dass damit unsere ewigen Geldprobleme endgültig vorbei sein würden.«

»Und was war dann? Haben Sie ihm von Ihrer Schwangerschaft berichtet?«, Wallner hatte sich wohl erinnert, dass es eigentlich er war, der die Befragung leitete.

»Ja. Er wollte 2500 Euro auftreiben, ich sollte mir das Kind wegmachen lassen«, sie wirkte entrüstet, »das habe ich aber abgelehnt.«

»In der Folge wollten Sie aber Geld von ihm. Größere Beträge, nehme ich an«, warf Franca ein.

»Aber das ist ganz etwas anders. Als Vater meines Kindes muss er doch zahlen, und nicht zu wenig«, Leonie nickte bestätigend mit dem Kopf.

»Weiß Ihr Freund eigentlich, auf welche Weise Ihr Kind gezeugt worden sein soll?«

»Ja, aber er glaubt mir nicht, dass es geschehen ist, während ich geschlafen habe. Er denkt, ich war voll bei der Sache.« Sie warf Franca einen Verständnis heischenden Blick zu, so von Frau zu Frau. »Der Gedanke daran macht ihn unheimlich an und dann bringt er es maximal.«

Wallner hatte die eigenartigen Einzelheiten von Leonies Sexualleben satt und wollte sich weitere Details ersparen. Was er wollte, war, zum eigentlichen Thema zurückzukehren. »Wie war das jetzt am Montagabend mit der Statue.«

»Der Jürgen wollte kein Geld herausrücken, hat mich nur ausgelacht, als ich ihm das mit der Schwangerschaft gesagt habe.« Sie blickte zu Franca. »Macht mir ein Kind und will dann nichts davon wissen.« Entrüstet schüttelte sie den Kopf.

»Dann hat er mir plötzlich den Viktor hingehalten und gesagt, nimm das, damit dein Kind wenigstens etwas von mir hat. Ich brauch das ohnehin nicht mehr.« Leonie blickte Wallner fragend an. »Das kann man doch als Schenken bezeichnen?«

Wallner nickte. »Gut, ich glaube Ihnen fürs Erste, dass Sie die Statue nicht gestohlen haben.« Im Grunde war ihm das auch reichlich egal, dachte sich der Inspektor. »Und wie ist es dann weitergegangen.«

»Der Hermann und ich haben den Jürgen dann noch einige Zeit verfolgt. Ich habe gehofft, dass sich noch eine Gelegenheit ergeben wird, ihn nochmals auf Geld anzusprechen.« Wieder schüttelte sie den Kopf. »War aber nicht so. Wie er aus dem Taxi ausgestiegen ist, war er so rasch in dem Haus drinnen, dass wir ihn nicht mehr erreicht haben.«

»Wo war dieses Haus?«, wollte Wallner wissen.

»Keine Ahnung, wie die Adresse lautet«, wieder schüttelte sie ihren Kopf. Auf neuerliches Befragen beschrieb sie aber das Gebäude derart präzise, dass für Palinski kein Zweifel bestand. Lettenberg war gegen ein Uhr morgens in seinem, Palinskis Zuhause eingetroffen.

»Wir wollten noch warten, bis er wieder kommt. Aber die Pizzeria auf der anderen Straßenseite war schon zu und so sind wir gegen halb zwei wieder abgezogen.« Damit war auch der letzte Zweifel zerstreut, um welches Haus es sich gehandelt haben musste. Das war es gewesen und Wallner dankte der jungen Frau. Die wollte aber noch etwas wissen. »Was ist jetzt mit der Figur? Die gehört doch mir? Kann ich sie wieder haben?«

Wallner griff unter den Schreibtisch und holte den Stinkefinger-Viktor hervor, ein Nickname für das beschädigte Ding, den er in Ermangelung einer adäquaten österreichischen Bezeichnung übernommen hatte. »Also als Beweisstück werden wir das kaum benötigen«, er blickte sich in der Runde um. »Von mir aus können Sie das gute Stück wieder mitnehmen.«

Palinski fand die seltsam verstümmelte Figur, vor allem aber ihre unfreiwillige Symbolik recht lustig und hervorragend als Erinnerungsstück an seinen ersten Fall geeignet.

»Würden Sie mir den Viktor verkaufen?«, wollte er von Leonie wissen. Er war bereit, sich das Ding bis zu dreihundert Euro kosten zu lassen.

Das Mädchen schien interessiert, Zögernd meinte Sie »Hundert Euro?« Palinski nickte rasch und veranlasste sie zu dem ebenso raschen Zusatz »Pro Person.« Palinski wusste nicht, ob sie damit das Kind, den Freund oder möglicherweise sogar beide meinte. Schnell holte er zweihundert Euro heraus und reichte sie Leonie, die das Geld rasch einsteckte.

Nachdem Leonies Freund ihre Aussagen bestätigt hatte, zumindest jene Teile, zu denen er etwas sagen konnte, wurden die beiden wieder der Obhut der Korneuburger Kollegen übergeben.

»Bitte jetzt keine blöden Witze«, baute Franca vor, »dazu ist die ganze Angelegenheit eigentlich viel zu traurig.«

»Na ja, aber ...«, kuderte Schneckenburger vor sich hin, »das muss man sich einmal vorstellen.« Das brachte ihm einen eisigen Blick der Kriminalbeamtin und ihr die heimliche Bewunderung der beiden anderen Männer ein.

Natürlich konnten auch Leonie und ihr Freund etwas mit Lettenbergs Tod zu tun haben. Aber, wer bringt schon die Kuh um, von der man sich noch Milch erwartet? Viel Milch. Falls er die beiden noch benötigte, bis Montag waren sie in sicheren Händen in Korneuburg.

»Also, viel hat diese Befragung für unseren Fall aber nicht hergegeben«, resümierte Wallner und die beiden anderen Männer stimmten ihm zu.

»Ganz so würde ich das nicht sehen«, wieder einmal war es die Aigner, die für Spannung sorgte. »Leonie hat ausgesagt und ihr Freund bestätigt, dass Lettenberg diese eigenartige Figur mit den Worten hergegeben hat: ›Das brauche ich ohnehin nicht mehr‹. Das klingt fast so, als ob er von seinem bevorstehenden Tod gewusst hätte.«

Die Frau hatte wirklich Klasse, dachte sich Palinski. Vor allem aber hatte sie völlig recht.

* * * * *

Herrlich, endlich ein freier Nachmittag. Als Erstes werde ich mir ein gutes Essen bei ›Mama Maria‹ genehmigen, danach ein Stündchen Siesta oder auch eineinhalb. Dann ein schöner Spaziergang mit Maximilian, ein paar Notizen für den nächsten Mist, den ich produzieren muss. Ich freue mich schon auf den Tag, ab dem ich es mir finanziell werde leisten können, auf das Herstellen dieses wöchentlichen Schundes zu verzichten.

In ein paar Stunden kommt Tina aus der Schweiz zurück, sodass einem netten Abend mit den Kindern hoffentlich nichts im Weg steht.

Also, falls ich Wilma wirklich einen Antrag mache, dann gleich morgen. Ehe ich es mir noch anders überlege. Aber dann brauche ich auch noch Blumen und einen Ring? Wenn schon, denn schon. Entweder mit Stil oder gar nicht. Den Leihwagen sollte ich auch einmal zurückbringen. Steht doch bloß herum und kostet Geld. Also nichts wie nach Hause, Maximilian und den Wagen holen und ab in die Stadt.

Ich bin richtig aufgeregt bei dem Gedanken, Wilma morgen zu fragen, ob sie mich heiraten will. »Was soll ich eigentlich sagen? Willst du meine Frau werden? Oder, wollen wir heiraten?« Es sollte nicht zu kitschig ausfallen, wir sind ja keine Teenager mehr. Aber auch nicht zu sachlich. »Willst du mich heiraten« in dem Tonfall, mit dem man »willst du noch eine Semmel« sagt, wäre wirklich nicht gut.

Richtig gespannt bin ich ja auch, was sie von Maximilian halten wird. Ich weiß schon, dass sie recht hat, wenn sie sagt, Hunde haben in der Stadt nichts verloren. Sind arm dran in den kleinen Wohnungen und ohne Auslauf. Aber trotzdem. Hoffentlich darf er wenigstens in die Wohnung, wenn ich auf Reisen bin. Oder Harry schläft bei mir herunten. Er ist ja schon groß genug.

Also was werde ich jetzt zu Wilma sagen?

»Wilma«, werde ich sagen, »wenn wir damals gleich

geheiratet hätten, falls wir überhaupt geheiratet hätten, dann würden wir demnächst schon Silberne Hochzeit feiern. Was hältst du davon, wenn wir fürs Erste jetzt einmal überhaupt heiraten?« Und falls sie mich fragen sollte warum, dann werde ich sagen: »Weil das kein Zustand ist, so, wie es jetzt ist. Wir können uns ja nicht einmal scheiden lassen.«

Eigentlich ist das gar nicht witzig. Das werde ich also besser lassen. Was ist, wenn ich einfach antworte: »Weil ich dich liebe«?

* * * * *

Nachdem sich die vormittägliche Besprechung in seinem Büro aufgelöst hatte, erwartete Wallner eine angenehme Überraschung. Nach ihren momentanen Plänen befragt teilte Franca Aigner mit, dass sie die Absicht habe, bis morgen Nachmittag in Wien zu bleiben. Nach dem Tod ihrer Mutter war die 14-Jährige zu ihrer Tante nach Wien gezogen. Hier hatte sie auch ihre Matura gemacht, im Gymnasium Hetzgasse. Im Alter von 17 hatte sie einen jungen Polizeijuristen kennengelernt, der aber bald wieder Vergangenheit war.

Allerdings hatte er sie mit etwas infiziert, das sie seither nicht mehr losgeworden war. Ganz im Gegenteil. Das war die Neugierde, der Drang, Verbrechen zu bekämpfen und aufzuklären. Sie wollte aber nicht Jus studieren, sondern an der Basis wirken. Die Dinge von unten angehen und nicht vom akademischen Wolkenkuckucksheim, wie sie es nannte. Also kehrte sie Wien und der Tante, mit der sie sich nie sonderlich gut verstanden hatte, den Rücken und kehrte zu den Großeltern nach Salzburg zurück. Hier bewarb sie sich bei der Polizei, wurde aufgenommen und kam in diesem nach wie vor von Männern dominierten Kosmos erstaunlich gut voran.

Wallner verstand die junge Frau sehr gut. Der gebürtige Linzer war bereits mit 14 von der Mittelschule ab- und zur Polizei gegangen. Die Reifeprüfung hatte er sich mit nächtelangem Büffeln hart im zweiten Bildungsweg erarbeitet. Zwei Jahre nach seiner Überstellung zum kriminalpolizeilichen Dienst hatte er sich in eine angehende Ärztin aus Wien verliebt und in die Bundeshauptstadt versetzen lassen. Aber, wie das Leben manchmal eben so spielt. Kaum war seine Versetzung durch, folgte sie, mit der er sich ein gemeinsames Leben hätte vorstellen können, dem finanziell äußerst attraktiven Ruf eines Pharmariesen nach Basel.

Zurück blieb ein äußerst verletzter, in seiner Einstellung zum andern Geschlecht zunächst stark verunsicherter junger Mann. Der sich fast manisch in seine Arbeit stürzte, dabei rasch Karriere machte, aber nur langsam Trost in ihr fand. Das hatte unter anderem auch zur Folge, dass er außer der Inneren Stadt, der unmittelbaren Umgebung seiner Wohnung in Hernals und dem 19. Bezirk Wien so gut wie nicht kannte.

In der konkreten Situation bedeutete das, dass die Salzburgerin Franca Aigner gerade dabei war, dem Wiener Helmut Wallner Schmankerln der Bundeshauptstadt zu zeigen, wie gerade jetzt das Hundertwasserhaus.

Der Inspektor fand das wirklich originelle und das Stadtbild unzweifelhaft bereichernde Gebäude recht interessant. Einige Details ließen ihn aber vermuten, dass das Haus angenehmer anzusehen als zu bewohnen sein musste. Tatsächlich beschäftigte ihn aber etwas ganz anderes. Da war Marion Waldmeister, eine sehr attraktive, interessante Frau, die ihn faszinierte und seine Phantasie intensiv beschäftigte. Oder zumindest bis heute Morgen beschäftigt hatte.

Da war jetzt aber plötzlich auch Franca Aigner. Eine schöne, auf ihre Art ebenso begehrenswerte junge Kollegin, die seine Gefühle für die etwas ältere Frau spürbar relativierten. Auf das reduzierten, was sie möglicherweise von Anfang an gewesen waren, nämlich eine starke körperliche Attraktivität. Wallner hatte im Kollegenkreis den Ruf, ein toller Hecht, ein überzeugter Single zu sein.

Manchmal glaubte er das selbst, wollte es glauben. Aber er war selbstkritisch genug zu wissen, dass seine wahre Persönlichkeit eine ganz andere war. Im Grunde genommen war er schüchtern, wegen seiner Erfahrungen noch immer eher kontaktscheu und vor allem vom Wunsch beseelt, einen Menschen zu finden. Den Menschen, mit dem er sein Leben verbringen wollte.

Dass Marion Waldmeister dieser Mensch nicht sein würde, war ihm von Anfang an klar gewesen. Franca Aigner aber könnte dieser Mensch sein. Er würde sich besonders behutsam verhalten, um das zarte Pflänzchen Zuneigung nicht am Wachsen zu hindern.

»Helmut«, Franca ging das kollegiale ›du‹, auf das sich die beiden rasch geeinigt hatten, schon gut über die Lippen. »Ich hätte jetzt Lust auf eine Portion Eis mit Schlag. Am Schwedenplatz gibt es einen außerordentlich guten Eissalon.«

Vom dem hatte Wallner auch schon gehört, warum sollte er ihn nicht auch einmal kennenlernen.

Während sie zu Francas Auto gingen, kehrten seine Gedanken noch einmal zu Marion zurück.

Die bedauernswerte Frau saß nach wie vor in Untersuchungshaft, obwohl ihre Unschuld nun so gut wie sicher feststand. Wäre sie noch in Polizeigewahrsam gewesen, dann hätte er ihre formlose Entlassung veranlassen können. Da sie aber bereits der Justiz überstellt worden war, musste sie wohl oder übel noch bis Montag brummen. Da er das nicht selbst machen konnte, hatte er Palinski ersucht, Marions Anwalt entsprechend aufzumunitionieren. Er überlegte, ob es wohl möglich sein würde, ihr später zumindest ein gutes Abendessen vorbeizubringen. Um ihr zu zeigen, dass es Menschen gab, die an sie dachten. Ob sie wohl chinesische oder lieber italienische Küche mochte?

Francas Kleinwagen war schon in Sichtweite, als sie die rote Ampel an der Kreuzung zum Stehenbleiben zwang. Es war wohl so eine Art Berufskrankheit, die Wallner routinemäßig die Insassen der vorbeifahrenden Fahrzeuge beobachten ließ. Plötzlich ergriff ihn eine unbestimmte Erregung, sein professioneller Jagdinstinkt meldete sich vehement. Da der Fahrgast des nach rechts abbiegen wollenden und daher vor dem Zebrastreifen anhaltenden Taxis ebenfalls kurz nach rechts blickte, wandelte sich sein bis dahin unbestimmtes Gefühl zum konkreten Verdacht. Der Mann in dem Taxi hatte große Ähnlichkeit mit dem steckbrieflich gesuchten Roman Schuster. Zwar ohne Bart, aber den konnte er sich ja abrasiert haben.

Franca Aigner erschrak, als Wallner ansatzlos auf das Taxi lossprintete. Sie reagierte aber rasch und folgte ihrem

Kollegen. Dem vorbildlichen Einsatz blieb allerdings der Erfolg versagt. Wallner hatte sich dem Taxi schon bis auf etwa drei Meter genähert, als der Wagen wieder anfuhr und sich langsam im dichten Verkehr verlor.

Ohne sich um die wieder rote Ampel zu kümmern, rannten die beiden Polizeibeamten zu Francas Auto. Gott sei Dank stand das Fahrzeug in der richtigen Richtung, sodass nur knapp eine halbe Minute verging, ehe sie die Verfolgung aufnehmen konnten. Obwohl es ziemlich aussichtslos schien, das Taxi im dichten Verkehr noch einzuholen oder überhaupt zu erkennen, klammerte sich Wallner an eine Hoffnung. Durch das offene Schiebedach des Taxis hatte eine lange dünne Stange herausgeragt. Könnte eine Angelrute sein, dachte er sich.

Während Franca bewies, dass sie auch eine ausgezeichnete Autofahrerin war, konzentrierte sich der Inspektor voll auf dieses Erkennungsmerkmal. Ein Auffahrunfall am Praterstern und der dadurch bedingte Verkehrsstau erwies sich aus der Sicht der Verfolger als Glücksfall. Als Franca ihr Fahrzeug verkehrsbedingt anhalten musste, erblickte der Inspektor das leicht im Wind vibrierende Rohr. Etwa zehn bis zwölf Wagenreihen vor ihnen. Er wollte das Fahrzeug schon verlassen und nach vorne laufen, als sich der Stau wieder auflöste.

So ging es weiter über die Reichsbrücke, vorbei an der UNO City und über die Wiener Stadtgrenze. Das Glück, das ihnen bisher zur Seite gestanden war, verließ sie in Süßenbrunn. Eine, durch eine Baustelle bedingte, ampelgeregelte Straßenenge zwang die Verfolger zum Anhalten, während die schadenfroh wippende Angelrute langsam aber sicher verschwand. Nach einer halben Stunde brachen die beiden Verfolger die inzwischen aussichtslos gewordene Suche nach dem Taxi mit Roman Schuster resigniert ab. Immerhin, es gab ihn noch und er war noch in der Gegend.

* * * * *

Miki Schneckenburger musste in einer spätpubertären Phase stecken geblieben sein. Anders war nicht zu erklären, dass sich seine Phantasie immer noch mit dieser seltsam aufreizenden Leonie befasste. Diese junge Frau mit ihren enorm langen Beinen und dem sensationellen Busen war entweder wahnsinnig naiv oder besonders raffiniert. Er wusste es nicht und es war ihm eigentlich auch egal. Seine streng katholische Erziehung hinderte ihn daran, die Vorstellung von einer nackten Leonie allzu anregend zu finden. Zumindest vorerst. Denn schon bald gewann das kleine Schweinderl in ihm die Oberhand. Jetzt konnte ihn nur noch der Gedanke an seine schwangere Frau wieder abkühlen. Der irritierte Ministerialrat schämte sich etwas und bat seine liebe Moni insgeheim um Verzeihung für seine allzu frechen Gedanken. Dann konzentrierte er sich auf die jüngsten Meldungen über den Erpressungsfall.

Die ganze Angelegenheit hatte eine kuriose Eigendynamik entwickelt. Täglich wurden mehr und mehr Nachahmungstaten bekannt. Zum größten Teil so idiotisch geplant und stümperhaft durchgeführt, dass sich die trittbrettfahrenden Täter fast selbst wieder aus dem Verkehr zogen.

Wie beispielsweise der eine, der sein Erpresserschreiben seinem alten Vater mit zwei Einschreibebriefen zum

Aufgeben auf dem Postamt mitgegeben hatte. Der alte Herr wollte seinem Sohn sicher nichts Böses, als er irrtümlicherweise den Absender auch auf diesem Kuvert vermerkte. Oder die Frau, die die von ihr mit einem starken Abführmittel versetzten Punschkrapferln versehentlich selbst gegessen hatte.

Sie musste mit Anzeichen schwerer Dehydrierung ins Spital eingeliefert werden und befand sich im Zustand höchster Geständnisbereitschaft.

Andere wieder machten sich nicht einmal die Mühe, aktiv in das Vergiftungsgeschäft einzusteigen. Sie wollten lediglich abkassieren, schnell ein bisschen Geld machen. Bei fingierten Geldübergaben, die niederste Forderung lag bei 20.000, die höchste bei 250.000 Euro, waren der Polizei alleine in den letzten beiden Tagen fünf so eigenartige Würschteln ins Netz gegangen.

Das Seltsamste an der ganzen Sache war aber, dass die eigentlichen Erpresser seit nunmehr vier Tagen nichts mehr von sich hatten hören lassen.

Schneckenburger überlegte, was das wohl bedeuten mochte. Ratlos hob er die Schultern, schloss den vor ihm liegenden Aktendeckel und beschloss, nach Hause zu gehen.

* * * * *

Palinskis Freude auf einen Abend mit seinen Kindern hatte sich als verfrüht herausgestellt. Nachdem er, beladen mit zwei vollen Tragetaschen aus dem besten Gourmet-Geschäft der Stadt, einem riesigen Strauß roter Rosen und einem teuer aussehenden kleinen Kästchen mit der Aufschrift eines als noch teuerer bekannten Juweliers wieder nach Hause gekommen war, erwarteten ihn Harry und Maximilian.

Sein Sohn war für diesen Abend zur Geburtstagsfeier eines seiner besten Freunde geladen, die letzte Möglichkeit, sich vor der in Kürze beginnenden Matura noch einmal etwas zu unterhalten. Ganz klar, dass dies Vorrang hatte.

Nachdem Palinski die für Sonntagabend vorgesehenen Delikatessen und Getränke im Kühlschrank gelagert und die Rosen eingewässert hatte, warf er seine neue Kaffeemaschine an. Sein sagenhaft guter Cappuccino war ihm in den letzten Tagen richtig abgegangen.

Kurz danach hielt ein Taxi vor dem Haus und Tina stieg aus. Palinski lief hinaus und half seiner Tochter mit dem Gepäck. Er wunderte sich jedes Mal, wie viel Zeug die weiblichen Mitglieder seiner Familie benötigten, auch wenn sie nur zwei, drei Tage verreisten.

Wilma hatte ihm das einmal erklärt. »Jede Frau hat so eine Art Grundbedarf, also eine Basisausstattung, die muss sie mitnehmen, egal, ob sie einen Tag wegfährt oder drei Wochen. Der Rest, also zwei Slips mehr oder weniger fallen dann nicht mehr ins Gewicht.«

Palinski hatte lange darüber nachgedacht und Wilma recht gegeben, bei Männern war es schließlich genauso. Der Unterschied war lediglich, sie hatten einen wesentlich geringeren Grundbedarf. Oder auch nicht.

Tina nahm das Angebot ihres Vaters, einen Kaffee mit ihm zu trinken, gerne an. Palinski genoss es, mit ihr zu sprechen. Zu hören, was sie in Zürich erlebt hatte, mit welcher Begeisterung sie über einige Menschen sprach, die sie dort kennengelernt hatte.

»Heute Abend ist unsere Gruppe zu einem Heurigen des Klubs der Auslandskorrespondenten eingeladen«, berichtete sie stolz, »das ist eine besondere Auszeichnung.«

Das bedeutet wieder einmal einen Abend alleine, dachte er leicht resigniert. Aber nein, das stimmte ja nicht. Da war ja noch Maximilian. Er bückte sich und kraulte den freudig mit dem Schwanz wedelnden Hund hinter den Ohren.

»Aber morgen kommst du schon mit zum Flughafen, deine Mutter abholen.« Tina nickte auf diese als Feststellung kaschierte Frage.

»Und danach feiern wir ein bisschen bei euch oben, ich habe einige ›Goodies‹ eingekauft.« Palinski freute sich schon auf die überraschten Gesichter seiner Kinder nach dem Heiratsantrag.

Kurz nachdem Tina gegangen war, erreichte ihn Wallners Anruf. »Wir haben Roman Schuster in einem Taxi gesehen und ziemlich lang verfolgt. Leider ist er uns dann doch noch entwischt«, bedauerte der Inspektor. »Über die Taxizentrale sollte es aber kein Problem sein, heraus zu bekommen, wo er hingefahren ist.« Wallner wollte sich wieder melden, sobald es etwas Neues gab.

Gegen 19 Uhr klingelte das Telefon aufs Neue. Es war aber nicht Wallner, wie Palinski vermutet hatte, sondern Wilma aus Paris.

»Hallo, mein Lieber«, heute schien sie erheblich besserer Laune zu sein als beim letzten Gespräch. Wahrscheinlich waren die Mädchen in den vergangenen Tagen etwas pflegeleichter geworden oder Wilma entspannter. »Ist alles in Ordnung zu Hause?«

»Ja, alles bestens. Harry lernt fleißig«, hoffte er zumindest, »und Tina ist eben aus Zürich zurückgekommen. Die Gespräche mit …«

»Das musst du mir alles erzählen, wenn ich zurück bin. Wir brechen gerade zu unserem Abschiedsdiner auf, in ein kleines Lokal am Boulevard St. Michel. Ich komme morgen um 18.15 Uhr an. Kommt ihr mich vielleicht abholen?«, ihre Stimme klang zuckersüß.

»Natürlich mein Schatz, und ich habe auch eine Überraschung für dich«, konnte er noch sagen, dann war das Gespräch auch schon beendet.

Jetzt reichten nicht einmal mehr in Aussicht gestellte Überraschungen aus, um ihre Aufmerksamkeit zu gewinnen. Palinski erinnerte sich an den Beginn ihrer Beziehung. Damals hatten sie stundenlang telefoniert und sich eine halbe Stunde später schon wieder angerufen. Über die knapp 24 Jahre ihrer Beziehung hatte sich die Dauer ihrer Telefonate ständig verkürzt, in den letzten Jahren sogar exponentiell. Wenn das so weiterging, würde Wilma die Gespräche bald schon nach dem ›Guten‹ und noch vor dem ›Abend‹ beenden. Das sollte aber der morgige Antrag verhüten. Palinski hoffte auf einen neuen Anfang.

Kurz vor den Abendnachrichten bereitete er sich einige belegte Brote, öffnete eine Flasche ›Schilcher‹ und machte es sich in seinem Fauteuil bequem.

Als Palinski aufwachte, war der ›Schilcher‹ warm und ihm kalt. Er brauchte einige Sekunden, um sich zu orientieren. Ein verschlafener Blick auf die Uhr zeigte ihm dass es bereits nach 23 Uhr war. Er musste gut drei Stunden geschlafen haben. Am Bildschirm wehrte sich ein junger Mann, der aussah wie der Held aus dem Film Titanic, dagegen, dass ihm ein eiserner Vollvisierhelm über den

Kopf gezogen wurde. Eigenartigerweise schaute er sich aber auch selbst dabei zu. Komisch, wie hieß der Bursche noch, etwas wie Peppino di Vinci, nein, Leonardo di Capri, das war der Name.

»Der Mann mit der eisernen Maske«, jetzt erinnerte er sich auch an den Titel des Filmes, den er bereits mehrmals gesehen hatte. Nach einem Roman von Alexandre Dumas. Sein Kopf schien wieder anstandslos zu funktionieren. Ludwig der XIV. und sein Zwillingsbruder, offiziell durfte es nur einen der beiden geben, der andere musste aus Staatsräson verschwinden.

Palinski brauchte mehrere Sekunden, um die Bedeutung der mit dem letzten Gedanken verbundenen Inspiration auch voll zu verstehen. Blitzartig fiel ihm wieder ein, welchen Verdacht er beim Besuch von Josefa Willinger kurz gehabt, aber mangels jeglicher Grundlage wieder verworfen hatte. Im Trubel der Ereignisse seither hatte er es wieder vergessen. Aber es musste so sein, denn mit dieser Annahme als Arbeitshypothese ließen sich die meisten Fragen im Fall Lettenberg schlüssig beantworten.

Palinski, den das Jagdfieber voll gepackt hatte, überlegte, was als nächstes zu tun sei. Erstens frischen Kaffee machen, zweitens Gesicht kalt abwaschen, drittens Computer anwerfen und sich auf eine lange Nacht einrichten. Wieder einmal.

Eine Stunde später hatte er die wesentlichen Fakten des Falles in einem Zeit-Weg-Diagramm angeordnet und seine Datenbank nach verschiedenen Kriterien durchforstet. Leider erwies sich das Suchwort, auf das er so gesetzt hatte, als nicht wirklich erfolgreich. Einige kleine Hinweise ja, durchaus hilfreich, aber der große Durchbruch war nicht dabei gewesen.

Wonach konnte er noch suchen? Welche Begriffe deckten den einen, entscheidenden auch noch ab? Er versuchte es mit Hilfe des Dudens, freier Assoziation und was ihm sonst noch einfiel. Nichts, Null-Ergebnisse.

Jetzt gingen ihm die Ideen langsam aus. Eine letzte Möglichkeit sah er noch und startete einen neuerlichen Suchlauf. Bingoooo, nur ein Ergebnis, aber das hatte es in sich. Wenn man sich den Kuddelmuddel, den der Schreiber mit seiner überschießenden dichterischen Freiheit verursacht hatte, wegdachte und damit fast alle unlogischen Passagen, dann passte der Rest zu fast 100 Prozent. Damit war ein wesentlicher Teil des Verbrechens zu erklären.

Zufälligerweise handelte es sich dabei um jenes Drehbuch, das für Palinski den Beginn seiner gewinnbringenden Arbeit mit der Datenbank bedeutet hatte.

Das Werk, das auf dem Roman ›Sospetto‹ eines weithin unbekannten Carlo Alassio basierte, war nach Palinskis Wissen auch nie verfilmt worden. Er selbst hatte seinerzeit wegen zu großer Unlogik davon abgeraten.

Bei einem wichtigen Teilaspekt kam Palinski aber einfach nicht weiter. Inzwischen war es halb zwei Uhr, an der amerikanischen Ostküste also erst halb acht Uhr abends. Jetzt wollte er sein letztes Atout aus dem Ärmel holen und versuchen, ob ihm Will Scott, sein transatlantischer Bruder im Geiste weiterhelfen konnte. Er kramte sein bestes Schulenglisch zusammen und fasste ein E-Mail ab, in dem er das Problem und die Situation schilderte, die relevanten Fragen formulierte und um möglichst rasche Antwort bat.

Nachdem er das E-Mail auf Reisen geschickt hatte, entschied er sich dazu, Will auch noch anzurufen.

Nach längerem Klingeln meldete sich eine tiefe, äußerst sympathisch klingende Stimme. Falls Will Scott hielt, was er rein akustisch versprach, musste er ein netter Kerl sein.

»Hi, Mario, nice to hear you«, der Bursche klang vif und erkannte Palinskis Problem schon bald. Das Wichtigste aber war, Will sicherte ihm zu, die Sache sofort in Angriff zu nehmen und sich so rasch wie möglich wieder zu melden.

Nach einem kurzen Gassigehen mit Maxi kletterte Palinski gegen 2.45 Uhr endlich in sein Bett. Müde, aber durchaus zufrieden.

9

Es war ein Sonntagmorgen wie aus dem Bilderbuch. Die Temperatur auf dem Thermometer vor dem Fenster betrug um 6.45 Uhr bereits elf Grad. Es würde ein warmer Tag werden, vermutete Palinski, der wie immer bereits kurz nach 6 Uhr aufgewacht war. Im Gegensatz dazu schlief Maximilian noch tief und schnarchte leise vor sich hin.

Falls der Anruf, den er um 8 Uhr tätigen wollte, den ultimativen Beweis für seinen schon reichlich durch Indizien gestützten Verdacht bringen würde, wäre dieser Tag für einige böse Menschen für lange Zeit der letzte Tag in Freiheit.

Erfreulicherweise hatte ihm die Dame von der Fernauskunft relativ rasch die beiden in Frage kommenden Telefonnummern genannt, dass er sich damit nicht mehr aufhalten musste.

Während er duschte, breitete sich der verführerische Duft frischen Kaffees in Palinskis kleiner Klause aus. Um 7 Uhr ging die Wallner von Palinski zugestandene Schonfrist zu Ende. Erstaunlicherweise war der Inspektor bereits nach dem zweiten Klingeln am Apparat und klang für diese Zeit überraschend munter, fröhlich und enegiegeladen. Ohne lang herum zu reden informierte Palinski den Freund darüber, wie sich die Sache seiner fundierten Meinung nach abgespielt haben musste.

»My new friend Will hat für uns auch noch geklärt, wie die Sache gedreht wurde, die unsere an sich richtigen Überlegungen so lange blockiert hat. Im Kriminalroman ›Innocent murderer‹ eines gewissen Jack Schiller, den bei uns kein Mensch kennt, wird der raffinierte Trick ganz detailliert beschrieben. Im Übrigen soll der Roman aber ein übles Machwerk sein.«

Dann ersuchte er den Inspektor, einige Beamte für die Verhaftung bereitzuhalten. Denn, »falls mein Anruf die erwartete Bestätigung bringt, solltest du rasch handeln.«

Wallner sagte das natürlich zu. »Übrigens, Roman Schuster hat sich bei einem Restaurant in Deutsch Wagram absetzen lassen, Dort verliert sich seine Spur allerdings.«

»Ich habe so einen Verdacht, wo er sich aufhalten könnte«, warf Palinski ein, »ich bin sogar ziemlich sicher. Könntest du eventuell Kollegin Aigner anrufen, vielleicht kann sie noch rasch etwas in Erfahrung bringen?«

»Einen Moment«, antwortete Wallner und reichte den Hörer der neben ihm sitzenden und mit einem seiner Pyjamaoberteile bekleideten Franca. Fünf Sekunden später verstand Palinski, Wallners auffallend gute Laune an diesem Morgen.

»Hallo Herr Palinski, Vielleicht werden Sie sich wundern, aber ...«

»Ich finde das wunderbar und wünsche euch viel Glück«, fiel er der jungen Frau ins Wort. »Ihr seid ein schönes Paar und mehr ist dazu nicht zu sagen. Ich habe aber noch eine Bitte an Sie.« Er erklärte ihr, worum es ging und sie sagte zu, sofort das Notwendige zu veranlassen.

* * * * *

Verdammt, bin ich aufgeregt. Ich darf das Gespräch jetzt nicht vergeigen, da hängt viel zu viel davon ab.

Welchen Pfarrer will ich eigentlich sprechen? Den katholischen oder den evangelischen?

Wenn es sein muss, lüge ich dem Monsignore oder Pastor etwas vor, so dass sich die Balken biegen. Um welches Jahr geht es eigentlich? Ach ja, 1963. Hoffentlich lebt der Pfarrer überhaupt noch, kann noch hören und zumindest sein Langzeitgedächtnis funktioniert noch.

Der Maximilian merkt genau, wie ich mich aufrege. Der Hund macht ein Gesicht, als ob er mich auslachte.

Ob ich da um 8 Uhr überhaupt schon anrufen kann? Aber, haben die nicht eine Stunde Vorsprung uns gegenüber? Hoffentlich ist nicht gerade eine Messe im Gange?

Also wenn das noch lange dauert, brauch ich ein Valium. Ich rufe jetzt ganz einfach an, damit ich es hinter mich bringe. Blöder Hund, lach mich nicht aus.

* * * * *

»Pastor Manzauer.« meldete sich eine tiefe Stimme mit einem eigenartigen, aber nicht unangenehmen Akzent. Hoppala, dachte Palinski, eigentlich wollte ich ja mit dem Katholen beginnen. Na, egal.

»Hier Burmann, deutsches Konsulat in Bukarest. Spreche ich mit Pastor Manzauer von der Evangelischen Kirche in Reschitz?« improvisierte Palinski.

»So ist es, mein Sohn« bestätigte der Gottesmann. »Was kann ich für Sie tun?«

Einen Moment lang zögerte der selbsternannte Konsularbeamte. Mit welchem Namen sollte er beginnen?

»Kennen Sie einen Herrn Roman Schuster, geboren am 14. April 1963 in Reschitz?«

»Der Name ist mir bekannt, die Schusters sind eine alteingesessene Familie hier in der Stadt.« Bereitwillig gab der Pastor Auskunft. »Wenn Sie aber mehr wissen wollen, fragen Sie doch meinen Kollegen Mayer von der Katholischen Kirche. Oder noch besser, den alten Pfarrer Puttinger. Der war damals in die ganze Sache verwickelt.«

Palinski spitzte die Ohren, wollte schon nachfragen, in welche Sache, entschied sich dann aber, sein bisheriges Glück nicht zu sehr zu strapazieren. Immerhin hatte er schon einiges in Erfahrung gebracht. Vor allem den Namen des zuständigen Mannes.

»Herzlichen Dank, Herr Pastor«, verabschiedete er sich.

»Wie war noch Ihr Name?«, wollte Pastor Manzauer nochmals wissen.

»Burmeister«, Palinski legte rasch auf. Zu blöd, wenn man sich den erfundenen Namen nicht merken kann. Hoffentlich hatte der Herr Pastor nicht zu genau zugehört. Um auf Nummer sicher zu gehen, sollte er die Konsulatsnummer jetzt nicht noch einmal durchziehen.

Palinski schenkte sich frischen Kaffee ein, streichelte den inzwischen neben ihm stehenden Maximilian und holte tief Atem.

»Pfarramt Reschitz« meldete sich eine resolute weibliche Stimme, die Palinski sofort an eine dieser legendären Pfarrersköchinnen denken ließ.

»Gott zum Gruß, meine Tochter. Hier spricht Monsignore Van Houten vom erzbischöflichen Ordinariat in Wien«. Palinski hatte sich für diese etwas extravagante

Lüge entschieden, weil er sich ausgefallene Namen wesentlich besser merken konnte als einfache. Sicherheitshalber machte er sich aber auch eine entsprechende Notiz.

»Ach Wien, wie schön«, die Frau schien sich zu freuen. »Womit kann ich helfen?«

»Ich hätte gerne mit Hochwürden Puttinger gesprochen. Es geht um die Klärung einer wichtigen Frage für den Heiligen Vater«. Wenn Palinski einmal die Phantasie durchging, dann aber ordentlich. Im Moment galoppierte sie dahin wie eine Horde junger Wildpferde.

Die gute Frau schien aber nicht sonderlich beeindruckt. »Der Herr Pfarrer ist im Moment nicht zu sprechen. Wir rufen Sie aber gerne zurück, so in einer Viertelstunde. Geben Sie mir bitte Ihre Telefonnummer.«

Was sollte Palinski jetzt tun? Da ihm nichts Besseres einfiel, gab er der Frau seine Festnetznummer und flehte in der für viele Ungläubige typisch inkonsequenten Art Gott an, dass man die tatsächliche Nummer des Wiener Erzbischofs im Pfarramt Reschitz nicht zufällig kannte.

Palinski schloss die Augen und lehnte sich zurück. Wenn das gut ging, würde er vielleicht doch noch gläubig werden. Er versuchte, seinen heftiggehenden Atem unter Kontrolle zu bekommen.

Einige Minuten später läutete tatsächlich das Telefon. Palinski wollte schon eine weibliche Stimme imitieren, hatte aber rechtzeitig Bedenken. Wahrscheinlich saß beim Erzbischof ein Mitbruder in der Vermittlung und keine Telefonistin, war ja billiger. Oder wurden auch Ordensschwestern eingesetzt?

»Erzbischöfliches Ordinariat Wien, Pater Michael, Guten Tag«, meldete er sich. Aus dem Hörer schlug ihm verständnisloses Schweigen entgegen.

»Wer ist da?« Palinski erkannte die Stimme Wallners, der das ›Wer‹ besonderst betont hatte.

»O.k. ich bins«, gab er sich zu erkennen.

»Pater Michael. Was soll der Scheiß«, der Inspektor konnte sich das Lachen kaum verbeißen. »Übrigens, als Pater musst du dich mit Grüß Gott melden.«

»Ungewöhnliche Aufgaben erfordern ungewöhnliche Methoden«, rechtfertigte sich Palinski, musste aber ebenfalls lachen. »Ich erwarte einen entscheidenden Anruf. Danke für den Hinweis mit dem ›Grüß Gott‹. Jetzt mach aber bitte die Leistung frei, ich melde mich in Kürze bei dir.«

Der nächste Anruf brachte dann endlich die erwartete Verbindung. Die resche Reschitzer Pfarrersköchin verband ihn mit Hochwürden Puttinger.

»Pfarrer Puttinger« meldete sich eine leise, für einen Mann des Alters, in dem er sich bereits befinden musste, aber erstaunlich feste Stimme.

»Hier Monsignore Van Houten aus Wien«, Palinski fand langsam Gefallen an dem Namen. Wenn ihm bloß einfiele, an wen der ihn erinnerte?

»Ach, Wien, wie schön«, meinte der alte Pfarrer und Palinski überlegte sich, ob es in Reschitz wohl noch mehr Fans der alten Kaiserstadt gab oder ob es sich dabei nicht um die Standardfloskel dieses anscheinend sehr freundlichen Menschenschlages handelte. Rief jemand aus Bochum an, dann hieß es wohl »Ach, Bochum, wie schön« und auch die Leute aus Nabelhofen. das war der hässlichste Ort, den Palinski kannte, würden entsprechend freundlich verarscht werden.

»Was kann ich für meine Brüder vor dem Wienerwalde tun?«

Palinski widerstand der Versuchung, sich auch auf diese etwas ungewöhnliche Formulierung einen Reim zu machen. Dazu war jetzt keine Zeit.

»Die Wiener Polizei hat uns um Hilfe bei einem etwas heiklen Fall gebeten, an dessen rascher Klärung der Her Minister des Inneren selbst größtes Interesse hat. Über die offiziellen Kanäle würde das aber ewig dauern. Man hofft jetzt auf das direkte Gespräch zwischen uns Brüdern im Glauben.« Palinski hatte gelegentlich Filme gesehen, in welchen sich geistliche Herren so oder zumindest ähnlich geschwollen unterhalten hatten. Er hoffte, die angemessene Diktion einigermaßen zu treffen, sicher war er aber absolut nicht.

»Es wird mich freuen, der Wiener Polizei und dem Herrn Minister zu helfen«, Palinski jubilierte innerlich, der alte Herr hatte seine, sagen wir einmal Notlüge gefressen. »Vorher möchte ich Sie aber noch etwas Persönliches fragen. Sind Sie mit der bekannten Van-Houten-Familie verwandt, dem Kakaoimperium?«

Zu früh gefreut, dachte sich Palinski. Was sollte er jetzt bloß sagen? »Nun ja, das ist ein entfernter Onkel von mir. Wir haben nur wenig Kontakt.«

»Aber das ist doch eine protestantische Familie, soviel ich weiß«, Hochwürden warf ihm einen neuen, unverdaulichen Knochen zu.

»Ja, der Onkel ist das schwarze Schaf in der Familie. Schlimm, diese Lutheraner«, rutschte es Palinski heraus.

»Ihre Worte sind aber gar nicht im Sinne der letzten Enzyklika ›De gustibus non est disputandum‹«, schien der alte Herr aus Reschitz ihn zu tadeln.

»Das stimmt schon und ich schäme mich auch meiner Intoleranz. Manchmal geht mir die Zunge etwas durch.« Was hatte Puttinger da eben gesagt? »De gustibus non est disputandum«, über Geschmack lässt sich nicht streiten? Stimmt zwar, war aber sicher nicht der Titel einer Enzyklika. Palinski seufzte, er hatte es versaut. Der alte Fuchs aus dem Banat hatte ihn ganz sachte aufs Eis geführt und ihn auch noch zum Tanzen gebracht.

»Also Bruder.« Pfarrer Puttinger betonte das Bruder unmissverständlich, »wie wäre es jetzt mit der Wahrheit. Am besten, Sie fangen mit Ihrem Namen an.«

Palinski kapitulierte und lieferte sich der Gnade der Katholischen Kirche in Reschitz aus. Er erzählte Hochwürden von den Ereignissen der letzten Tage, von den Menschen, die darin involviert waren, seine Funktion als Hilfssheriff und dass ihm zur Lösung des Falles nur noch die Antworten auf ein oder zwei Fragen fehlten. Antworten, die er sich von Hochwürden Puttinger erhoffte.

»Sehen Sie, Herr Palinski, jetzt glaube ich Ihnen. Ihren Schwindel vorhin habe ich ziemlich rasch durchschaut. Ich nehme Ihnen das aber nicht weiter übel. Sie hatten ein durchaus ehrbares Motiv.« Puttinger schwieg einige Sekunden und fuhr dann fort:

»Eines kann ich Ihnen für die Zukunft aber nur raten. Lassen Sie das Schmähführen, wie das bei Ihnen ja wohl genannt wird. Sie sind nicht sehr gut darin, nur unfreiwillig komisch.«

»Da haben Sie sicher recht«, musste Palinski einräumen.

Puttiner lachte leise vor sich hin. »Der entfernte Onkel, das protestantische schwarze Schaf der Familie Van Houten. Wenn ich das meinem Freund Manzauer erzähle, der rutscht mir unter den Tisch vor Lachen. Und das kommt nicht oft bei ihm vor.«

»Darf ich noch hoffen, Antworten auf meine drängenden Fragen zu erhalten?« Immer, wenn Palinski etwas eingeschüchtert war, fing er an, sich ein wenig gestelzt auszudrücken. Jetzt war er reichlich eingeschüchtert.

»Sie dürfen, mein Sohn. Da sich die Katholische Kirche hier keine langen Telefongespräche mit dem Ausland leisten kann, schlage ich allerdings vor, Sie rufen nochmals an und ich erzähle Ihnen alles Weitere auf Ihre Kosten.«

Palinski fand, dass das nur recht und billig war.

* * * * *

Da habe ich mich ja ordentlich blamiert. Na ja, man darf die Kirche halt nicht unterschätzen. Dieser Pfarrer Puttinger scheint ein wirklich netter und gescheiter Mann zu sein, was sage ich, ein Herr.

Wer weiß, wenn ich mehr solche Vertreter der Kirche getroffen hätte, wäre ich möglicherweise nicht ausgetreten. Ich muss gestehen, dass ich mich wirklich ein wenig geniere. Aber was jetzt zählt, ist das Ergebnis. Ich bin grundsätzlich nicht der Meinung, dass der Zweck jedes Mittel heiligt. In diesem Fall glaube ich aber schon, dass mein zugegebenerweise tölpelhafter Versuch zumindest in seiner Intention entschuldigt werden kann. Hat Puttinger auch gesagt.

Was die Witwe jetzt gerade wohl macht? Den Anruf vorhin im Hotel hätte ich mir sparen können. Dass die Lettenberg heute Morgen abgereist ist und keine Adresse hinterlassen hat, habe ich eigentlich angenommen. Und wo sie hingefahren ist, weiß ich auch. Hoffentlich zumindest, denn sonst blamiere ich mich noch einmal an diesem Tag. Und einmal ist wirklich genug.

Was solls. Die Früchte sind reif. Jetzt müssen wir rasch an das Pflücken denken, damit uns diese Früchterln nicht noch im letzten Augenblick durch die Maschen schlüpfen.

Wallner scheint schon unterwegs zu sein. Bei ihm zu Hause meldet sich niemand mehr und im Kommissariat noch niemand, außer dem unvermeidlichen Journalbeamten. Am besten, ich mache mich jetzt fertig, gehe mit dem Hund Lulli machen und fahre dann direkt zu Helmut.

* * * * *

Beim Betreten von Wallners Büro musste sich Palinski unwillkürlich wundern, wie sehr sich die Atmosphäre in dem Raum seit vorgestern verändert hatte.

Bereits gestern war das sonst so nüchtern, ja fast traurig wirkende Zimmer im 2. Stock des Kommissariats von einem Hauch von Fröhlichkeit, frischer Luft und den Farben des Frühlings erfüllt gewesen. Und das nicht nur durch den topmodischen, in zartem Pastellblau gehaltenen Hosenanzug Franca Aigners.

Und heute erst. Blumen auf Wallners Schreibtisch, strahlende Augen des Inspektors nur für Franca und umgekehrt und zu allem Überfluss das wieder einmal herrliche Wetter direkt vor dem Fenster.

Palinski fand, dass der Titel des alten amerikanischen Songs ›Love is in the air‹ der herrschenden Stimmung am besten entsprach. Ja, selbst sein Freund Schneckenburger, der auf einem Stuhl am Fenster lümmelte, ja wirklich, der sonst eher steife Ministerialrat lag fast und genoss die warmen Strahlen der Sonne, trug mit seinem modischen Freizeithemd zu der beschwingten Atmosphäre bei.

»Von mir aus kann es losgehen«, eröffnete Palinski, »wir haben die Täter.« Kurz informierte er die anderen über sein Gespräch mit dem rumänischen Pfarrer, wobei er einige Details der Gesprächsanbahnung bewusst ausließ. Was diese betraf, wollte er abwarten, bis sich die ganze Sache zur Anekdote ausgewachsen haben würde.

Franca Aigner hatte ebenfalls keine Zeit versäumt und erwartete einen ersten telefonischen Bericht ihrer Kollegen in der nächsten Stunde. Sie hatte gebeten, sich bei der vorzunehmenden Durchsuchung zunächst einmal auf die von Palinski explizit vorgegebenen drei Punkte zu konzentrieren.

»Wollen wir noch warten oder können wir schon loslegen?«, Miki Schneckenburger wirkte so richtig tatendurstig, konnte es anscheinend gar nicht mehr erwarten.

Wallner zuckte lässig mit den Achseln. »Da du als Einziger das ganze Buch zu kennen scheinst«, meinte er zu Palinski, »musst eigentlich du den Zeitpunkt entscheiden, vor allem müssen wir aber noch wissen, wo wir zuschlagen sollen.«

Palinski fand es bemerkenswert, dass der sonst doch eher auf die Wahrung seiner Führungsposition bedachte Inspektor heute so locker darauf zu verzichten schien. Wahrscheinlich war es der Einfluss Francas, der zu einer gewissen Relativierung seiner Werteskala und ganz allgemein zu einer lockereren Sichtweise geführt hatte.

Diese Frau war ein Glücksfall, nicht nur für Helmut.

»Von mir aus kann es losgehen. Bis auf einige weniger wichtige Details ist alles klar«, gab Palinski grünes Licht. »Ich sollte aber noch ein Mikrofon am Körper tragen.« Er hatte sich das lange überlegt, dann aber dafür entschieden. Erstens wollte er zunächst alleine in die Höhle des Löwen gehen, um noch die eine oder andere Antwort zu provozieren. Zweitens war der richtige Zeitpunkt des Eingreifens wichtig und am sichersten über ein Mikro vermittelbar. Last but not least war nicht auszuschließen, dass er auf Hilfe angewiesen sein könnte. Er glaubte zwar nicht, daß er in Gefahr geraten würde, aber man konnte ja nie wissen.

Wallner war auf Palinskis James-Bond-Einlage nicht ganz vorbereitet, fand aber schließlich das passende Equipment im Schreibtisch des Kommissariatsleiters. Die zwar spärliche, aber nicht wegzudiskutierende Behaarung auf Palinskis Brust erwies sich als hinderlich bei der Fixierung des Mikrofons. Hier wurde mit Hilfe von Wallners Trockenrasierer rasch eine Lösung gefunden.

Nachdem James Bond erklärt hatte, wo sich der letzte Akt des Dramas seiner Überzeugung nach abspielen würde und man sich auf den weiteren Ablauf geeinigt hatte, blieb nur noch eines. Nämlich die Sache endlich in Angriff zu nehmen und zu einem Abschluss zu bringen.

Wallner gab dem Leiter des aus vier Beamten bestehenden Teams, das die Verhaftung durchführen sollte, abschließende Anweisungen. Dann ging es endlich los.

* * * * *

Ich versuche mich, an besonders schöne, entspannende Momente in meinem Leben zu erinnern. Die ersten Weihnachten mit Tina, die leuchtenden Augen des kleinen Mädchens, in denen sich die flackernden Flammen der Kerzen spiegeln. Oder Harrys erster gelungener Kopfsprung im Freibad von Eisenerz, wo wir eine Woche Urlaub gemacht haben. Wie stolz der kleine Bursche war, als er nach Dutzenden von durchaus auch schmerzhaften Bauchflecks, oder heißt es Bauchflecken, endlich im richtigen Winkel ins Wasser eingetaucht ist. Oder Wilmas Freude, als ich ihr zum dritten ›Nicht-Hochzeitstag‹ eine Originalausgabe von ›Cyrano de Bergerac‹ geschenkt habe.

Was ich hier mache, während ich in Wilmas Wagen über die Reichsbrücke fahre, ist Schäfchenzählen für angehende Freizeitkommissare. Wenn ich nicht ohnehin säße, müsste ich mich hinsetzen, damit mir das Herz nicht auch noch aus der Hose hinausrutscht. Es ist fast so schlimm wie vor meinen Staatsprüfungen. Aber dort bin ich halt einfach nicht hingegangen. Diese Option steht jetzt wohl nicht zur Diskussion.

Ich selbst habe mir bisher kein Auto leisten können oder wollen, vor allem auch, weil Wilma in diesem Punkt relativ großzügig ist. Schließlich ist der sechssitzige Van seinerzeit auch als Familienfahrzeug angeschafft worden. Wo sind hier im Wagen die Papiertaschentücher? Wahrscheinlich im Handschuhfach. Was ist das denn? Seit wann hat Wilma eine Waffe im Wagen? Ja, ich erinnere mich. Eine wichtige Übersetzungsarbeit hat sie vor mehreren Monaten häufig gezwungen, in der Nacht unterwegs zu sein. Damals hat es mehrere Überfälle auf allein stehende Frauen gegeben. Was steht da auf der Schachtel? Gaspatronen. Na Gott sei Dank keine echte Killerin in der Familie. Auf was für blöde Ideen man kommt.

Aha, hier ist die Abzweigung nach Bockfließ. Noch sechs Kilometer und dann noch rund zwei in Richtung flaches Land. Wo ist denn Wallner mit seinem Fahrzeug?

Soll ich die Gaspistole mitnehmen? Fühle ich mich dann besser oder schlechter? Wenn überhaupt, dann nur ohne Munition, denn diesen beißenden Gasgeruch hält ja kein Mensch aus.

Ich freue mich schon auf heute Abend. Auf Wilma und die Kinder. Ich bin schon auf ihr Gesicht gespannt, das sie machen wird, wenn ich ihr den Ring geben werde.

Soll ich noch schnell mit dem Hund eine Runde drehen, damit er nachher Ruhe gibt? Was meinst du, Maximilian?

* * * * *

Eine junge Frau in einem aufreizenden Tennisdress und ein Mann, der dem gesuchten Roman Schuster sehr ähnlich sah, saßen am Tisch im Wohnzimmer des kleinen, zur ›Hellerbachmühle‹ gehörenden Blockhauses. Die stabile Holzkonstruktion befand sich in einer Entfernung von etwas mehr als 300 Meter vom Gebäudekomplex des beliebten Reiterhofes entfernt. Am Waldrand und außer Sichtweite des Haupthauses liegend war das nicht luxuriös, aber recht komfortabel ausgestattete Häuschen ein beliebtes Ziel für Paare, die Abgeschiedenheit und Diskretion zu schätzen wussten.

Aber auch für Menschen, die sich selbst genug waren oder für Familien mit maximal zwei Kindern war das

Blockhaus ein ideales Ferien- oder Freizeitdomizil. Neben den Möglichkeiten des Reiterhofes konnte man hier auch Schwimmen, Tennisspielen und in nur drei Kilometer Entfernung über 18 Löcher golfen. Ein kleiner Fischteich, der zu Fuß in fünf Minuten zu erreichen war, rundete das Angebotsspektrum ab.

Die kleine, voll ausgestattete Küche im Häuschen ließ den Gästen die Wahl, sich selbst zu versorgen oder die Leistungen des hervorragenden Hotel-Restaurants in Anspruch zu nehmen. Walter Kleinsüß, der rührige Chef der ›Hellerbachmühle‹ wollte seine Anlage demnächst um drei weitere Blockhäuser erweitern und stand schon in Verhandlungen mit dem Bauern, dem das Nachbargrundstück gehörte. Denn obwohl die Miete für das kleine Haus je nach Saison immerhin bis zu 150 Euro proTag betrug, bestand reges Interesse. Erst heute früh hatte sich ein Herr Van Burmeister sehr enttäuscht darüber gezeigt, dass er nicht sofort einziehen konnte. Wahrscheinlich ein heißes Rendezvous, das nicht warten konnte, hatte Kleinsüß gedacht.

Palinski hatte Wilmas Wagen auf dem Abstellplatz knapp 200 Meter vom Blockhaus abgestellt. Trotz seiner Abneigung gegen Waffen hatte er die ungeladene Gaspistole Wilmas eingesteckt, wollte sie aber nicht benützen. Jetzt kauerte er unter dem geöffneten Fenster des Wohnraumes, um etwas von dem mitzubekommen, was die beiden im Haus besprachen. Das Paar schien sich absolut sicher zu fühlen, zumindest vorläufig.

»Heute ruhen wir uns noch einmal richtig aus«, stellte die Frau fest. Wie es schien, hatte sie die Hosen an in dieser Partnerschaft.

»Morgen früh fährst du dann bei Berg über die Grenze. Bei dem starken Verkehr am Wochenbeginn gibt es sicher keine Schwierigkeiten. Kurz nach 13 Uhr geht deine Maschine von Bratislava ab. Und übermorgen Abend bist du schon in Asuncion.«

»Und wann kommst du mit dem Geld nach?«, wollte der Mann wissen. »Mit den knapp 20.000 Euro, die wir gerade noch zusammengekratzt haben, komme ich nicht weit.«

»Ich denke, in einem Monat, höchstens sechs Wochen. Immerhin muss ich einiges erledigen. Herr Ketzer von der Versicherung hat übrigens zugesagt, dass das Geld in drei Wochen am Konto sein wird.« Sie lachte ziemlich hässlich. »Dass es kein Selbstmord war, steht ja inzwischen zweifelsfrei fest.«

»Na, ich würde mich nicht zu früh freuen«, dachte sich Palinski.

»Hast du an meine Schoko-Nougat-Pasteten gedacht, Liebling?«, wollte der Mann jetzt wissen.

Er meinte damit diese luftig-leichten Dinger aus Blätterteig mit einer köstlichen Fülle aus Schokolade, Nougat oder auch Nuss. Am liebsten hatte Lettenberg die Schoko-Nougat-Fülle, davon konnte er gar nicht genug bekommen.

»Natürlich mein Schatz. Ich habe sogar noch extra einen Supermarkt gesucht, der heute offen war. Wie könnte ich deine Schoko-Nougat-Pasteten vergessen.« Und nach einer Kunstpause: »Mein liebes Schatzilein.«

Das klang fast so überzeugend wie er, wenn er ›Nessun dorma‹ sang, fand Palinski. Doch den Mann schien es nicht zu stören.

Maximilian, der bisher ruhig neben ihm am Boden gelegen war, wurde immer lästiger. Er war aufgestanden, begann an der Leine zu ziehen und leise zu jaulen.

Jetzt gab es kein Zurück mehr, er musste handeln. Mit zwei schnellen Schritten war Palinski an der Türe, klopfte pro forma einmal an und öffnete sie sofort.

»Guten Tag, Frau Lettenberg«, selbst in dieser Situation achtete er auf seine gute Kinderstube.

»Ja, der Herr Palinski. Ist Ihre Hose wieder ganz«, die Witwe trat mit eigenartig vorgestrecktem, rechtem Arm auf ihn zu. Sah fast so aus, als ob sie einen Handkuss erwartete, fand der Angesprochene, ging aber nicht weiter darauf ein.

»Möchten Sie mir nicht den Herrn vorstellen?«, wollte er von der in ihrem weißen Tennisdress wie ein unschuldiges, kleines Mädchen wirkenden Frau wissen. Die Aufforderung war eigentlich überflüssig, denn Maximilian, der sich losgerissen hatte und auf den Mann zugestürmt war, lag heftig schwanzwedelnd und hechelnd auf dem Rücken. Der Mann kniete vor dem Hund und kraulte ihm den Bauch. Es war nicht zu übersehen, dass sich die beiden sehr gut kannten.

»Das ist Thomas Münz«, versuchte die Witwe das Offensichtliche zu leugnen. Aber nicht mit Palinski. Der war zu dem Mann getreten und blickte auf die sündteure Uhr an dessen Handgelenk.

»Schöne Uhr, die Sie da haben, Herr Münz. Eine Rolex, wenn ich nicht irre. Sind Sie übrigens verheiratet?«

Sophie behandelte Münz wie ein unmündiges Kind. »Herr Münz ist nicht verheiratet und war es auch noch nie«, stellte sie dezidiert fest.

»Woher kommt denn dann die schmale, weiße Vertiefung der Haut an der Wurzel des Ringfingers Ihrer rechten Hand?«, konterte Palinski. »Tragen Sie da ständig Reservegummiringerln mit sich herum? Oder was sonst?«

Der Witwe wurde es langsam zu bunt. »Ich muss Sie jetzt bitten zu gehen. Das ist Hausfriedensbruch.«

»Im Vergleich zu dem, was Ihnen beiden vorzuwerfen ist, handelt es sich bei Hausfriedensbruch um einen echten Lercherlschaß.« Gelegentlich liebte Palinski solche derbe Vergleiche mit Phänomenen der heimischen Fauna.

Jetzt begann die Witwe zu schreien, der Mann sagte dagegen mit erstaunlich ruhiger Stimme. »Halt die Klappe, du dumme Kuh. Merkst du nicht, dass er alles weiß. Wir haben hoch gespielt und verloren.«

»Nichts weiß er und verloren haben wir noch lange nicht«, kreischte die Lettenberg zurück. »Und vor allem, er kann doch nichts, aber schon gar nichts beweisen.«

Palinski nahm die Herausforderung ohne Zögern an und legte los. »Natürlich sind noch viele Details offen. Im Wesentlichen war es aber so. Sie beide, also Sie, Jürgen Lettenberg oder meinetwegen auch Münz und Ihre Frau Sophie haben irgendwie erfahren, dass es in Rumänien einen Zwillingsbruder Jürgens gibt. Der kleine Thomas musste bei der überstürzten Flucht nach der Verhaftung des Vaters zurückgelassen werden, da er sich wegen einer Lungenentzündung im Spital in Temesvar befand. Er wurde von einer Cousine der Mutter, Margarete Schuster, die als Schwester in dem Krankenhaus arbeitete, in Sicherheit gebracht und später an Kindesstatt angenommen. Da man befürchten musste, dass die Securitate dem

Kind nachspüren könnte, erhielt Thomas Papiere auf den Namen Roman Schuster. Ich vermute, dass Sie, Sophie bei einem Besuch der Oma, Josefa Willinger zufällig darauf gekommen sind, dass es den Zwilling gibt. Auf jeden Fall waren Sie später auch in Reschitz oder Resita, um einen Auszug aus dem Taufregister zu beschaffen. Pfarrer Puttinger hat mir das bestätigt.«

»Aber das ist doch Blödsinn«, protestierte die Ex-Witwe, »ich war nie bei Frau Willinger und schon gar nicht in Rumänien.«

»Sie bestätigen damit also, dass meine übrigen Ausführungen zutreffen?«, Palinski blickte Sophie belustigt an.

»Natürlich nicht«, protestierte sie neuerlich, »das ist alles Phantasie, was Sie da von sich geben. Sie sollten sich als Märchenerzähler versuchen.«

»Dann haben Sie oder einer von Ihnen beiden Roman bzw. Thomas unter Vorspiegelung mir noch nicht bekannter falscher Tatsachen aus Rumänien nach Wien gelockt. Wahrscheinlich haben Sie ihm den deutschen Reisepass versprochen, den Sie«, er blickte zu dem Mann, »jetzt in Ihrer Tasche tragen.«

Jürgen Lettenberg nickte anerkennend und deutete Applaus an. »Sie haben wirklich hervorragend recherchiert. Aber wie Sie das alles beweisen wollen, ist mir ein Rätsel.«

»Also für den Nachweis, dass Sie Jürgen Lettenberg sind, benötigen wir nicht einmal einen DNA-Test. Dazu reichen schon die Unterlagen Ihres Zahnarztes. Sie erinnern sich doch noch.« Palinski deutete an die Wange in Höhe des Oberkiefers. »Die drei implantierten Beißerchen. Und der Rest wird sich weisen.« Palinski war jetzt kalt wie Maximilians Schnauze. »Ihre Frau hat dann über Internet die Wohnung in Wien aufgetrieben. Da sie diese Websites in ihre ›Favoriten‹ aufgenommen hat, war das unschwer festzustellen.«

Der auferstandene Schauspieler warf seiner Frau einen bösen Blick zu, den sie mit einem schnippischen »Na und« kommentierte. »Dann wurde Roman alias Thomas in der Wohnung irgendwie dazu gebracht, sich nackt ans Bett fesseln zu lassen. Ob Sie«, er blickte zu Sophie, »dann wirklich Sex mit ihm hatten oder nicht, kann ich nicht sagen. Auf jeden Fall ist es zum Samenerguss gekommen, bevor Sie ihn mit einer Plastiktasche erstickt haben.«

»Ich habe ganz vergessen, dich das zu fragen«, wandte sich Lettenberg an seine Frau. »Hast du Thomas damals eigentlich gebumst?«

Sophie wurde langsam wütend. Da ging es um ihrer beider Hals und Jürgen hatte keine anderen Sorgen, als ob sie mit seinem Zwillingsbruder gefickt hatte.

»Na klar«, sie blickte ihn zornig an, »glaubst du wirklich, ich lasse mir so eine Gelegenheit entgehen, du impotenter Wichser. And read my lips, es war Spitzenklasse.«

Palinski hatte fast Mitleid mit dem betroffen wirkenden Mann, vor allem empfand er aber eine Art perverser Freude für den dahingegangenen Thomas. Der hatte wenigstens noch ein aufregendes Abenteuer gehabt, bevor er endgültig abtreten hatte müssen.

»Dann haben Sie beide den Leichnam hinuntergebracht und auf die Bank im Hof gesetzt. Was vielleicht nur als Zwischenstation gedacht war. Als jemand aus dem Haus kam und den Hof überquerte, haben Sie«, er deutete wieder auf den Mann, »getarnt mit einer blonden Perücke, so getan, als ob Sie mit dem Mann schmusen würden. Damit haben Sie den Passanten zunächst auch wirklich getäuscht. Warum haben Sie den toten Thomas eigentlich auf dieser Bank sitzen lassen?« Diese Frage beschäftige Palinski schon vom ersten Tag an.

Lettenberg schien eine Sekunde lang sogar bereit zu sein, auf diese Frage einzugehen. Aber die zischend hervorgestoßenen Worte seiner Frau: »Halt jetzt bloß den Mund, du Idiot«, verfehlten ihre Wirkung nicht.

»Auch egal«, Palinski glaubte, den Grund ohnehin zu kennen. »Wahrscheinlich haben Sie sich gestört gefühlt, weil der Mann, der an Ihnen vorbeigegangen ist, in seiner Erdgeschosswohnung ein Fenster geöffnet und dann noch einige Zeit gearbeitet hat. Sie haben wohl befürchtet, dass er Sie weiter beobachten könnte und sind einfach verschwunden.«

»Woher wollen Sie das alles wissen«, brach es aus Lettenberg heraus. »Sie tun ja fast so, als ob Sie dabei gewesen wären.«

»War ich auch«, Palinski kostete die verblüfften Blicke des sauberen Pärchens richtig aus. »Von dem Moment an, als Sie Ihren toten Bruder beziehungsweise Ihren Schwager vor meinem Fenster zurückgelassen haben, war Ihr Schicksal besiegelt. Denn ich bin ein Beißer. Wenn ich mich einmal in eine Sache festbeiße, lasse ich nicht mehr los. Gelt, Maximilian«, er kraulte den jetzt wieder neben ihm sitzenden Hund liebevoll hinter dem Ohr.

»Der Hund mag Sie«, wunderte sich Lettenberg.

»Das ist auch gut so, denn ich habe ihn sozusagen aus Ihrem Nachlass erworben«, klärte Palinski den Mann auf.

Komischer Kerl, dachte er sich, man hat fast den Eindruck, dass ihm das Schicksal des Hundes mehr am Herzen lag als alles andere. Und das in dieser Situation.

»Na und«, die Ex-Witwe schien sich wieder gefangen zu haben. »Also gut, mein Mann ist nicht tot, sondern mein Schwager. Da hängt er mit drin«, sie blickte verächtlich auf Lettenberg. »Wahrscheinlich hat ihm eine seiner perversen Schlampen geholfen, diesen Thomas um die Ecke zu bringen. Ich habe damit nichts zu tun. Mir können Sie höchstens versuchten Versicherungsbetrug anhängen. Für die Tatzeit habe ich nämlich ein 1 A Spitzenalibi. Der ganzen Belegschaft der Klinik am Thalgauberg wird es ein Vergnügen sein, zu bestätigen, dass ich mein Zimmer die ganze Nacht nicht verlassen habe.«

»Mit Ihnen habe ich noch gar nicht angefangen«, knurrte Palinski verächtlich. »Ziehen Sie sich schon einmal warm an.«

Maximilian begann an der Türe zu scharren. »Ich glaube, er muss Pipi«, machte Jürgen Lettenberg Palinski aufmerksam.

»Gut«, meinte der, »machen wir eine kurze Pause.« Er ging zur Türe und öffnete sie für den Hund. Ehe die beiden Lettenbergs noch auf dumme Gedanken kommen konnten, hatte er sich aber wieder umgedreht. »So, die Pause ist wieder zu Ende.«

Jetzt galt es, das böse Weib zurecht zu stutzen. »Lassen Sie uns jetzt zu Ihrem wasserdichten Alibi kommen.« Palinski betonte das ›wasserdicht‹ ganz besonders. »Die Art, wie Sie das, wie haben Sie es genannt, 1 A Spitzenalibi aufgebaut haben, beweist gleichzeitig auch, wie lange vorher Sie das Verbrechen schon geplant haben müssen. Die Vorlage für

Ihren Plan bildete der bei uns unbekannte Kriminalroman ›Innocent murderer‹ von einem gewissen Jack Schiller. Wir haben ein Exemplar des Romans in einer Kiste am Dachboden Ihres Hauses gefunden. Wahrscheinlich sind Sie in Ihrem Studienjahr in den USA auf den Roman gestoßen.«

Palinski beobachtete, wie die Ex-Witwe während seiner letzten Worte förmlich in sich zusammensackte. Wie ein prall aufgeblasener Wasserball, in den plötzlich eine große spitze Nadel gerammt wird. Psssssss, er hörte die entweichende Luft förmlich zischen.

»Sie haben sich unter dem Vorwand eines Nervenzusammenbruchs in diese Klinik gelegt.« Sophie setzte schwach zu einem Protest an, doch Palinski kam ihr zuvor. »O.k. o.k., vielleicht war der sogar echt. Um das geht es aber gar nicht. Plötzlich haben Sie einen, logisch nicht nachvollziehbaren Unfall im Garten, den niemand beobachtet hat. Aber warum sollte jemand Ihre Worte anzweifeln? Auf jeden Fall hatten Sie plötzlich einen Kopfverband, den Sie sich dazu noch täglich selbst gewechselt haben. Um die Schwestern zu entlasten. Wie rücksichtsvoll. Als fertige Medizinerin hat Ihnen das jeder zugetraut und das Personal war gerührt über soviel Entgegenkommen bei der angespannten Personalsituation. Jetzt kommt die arme Martina Tessler ins Spiel. Alle Menschen aus ihrer Umgebung beschreiben sie als nette, gutmütige Frau, die, obwohl älter als Sie, in Ihnen ein Vorbild gesehen, ja Sie angehimmelt hat. Ihre durchaus liebenswerten Schwächen waren Naivität, Gutgläubigkeit und Hilfsbereitschaft. Sie hat so gut wie alles gemacht, was Sie von ihr verlangt haben. Eine Detektei engagiert, um Ihren Mann zu observieren und damit Belastungsmaterial gegen sich selbst zu schaffen oder auch ein dickes, versiegeltes Kuvert für Sie aufbewahrt. Welche Begründung Sie ihr dazu gegeben haben, weiß ich nicht. Aber das kommt auch noch. Ja, sie hat sich für Sie sogar eine Nacht ins Spitalbett gelegt. Mit Kopfverband und fest schlafend, sodass kein Anlass für die Nachtschwester bestand, sie anzusprechen. Natürlich haben alle im Sanatorium ausgesagt, dass diese Frau die ganze Nacht das Zimmer nicht verlassen hat. Ihr Problem ist nur, dass diese Frau Martina Tessler war und nicht Sie.«

Inzwischen war Palinkis Mund so trocken, dass das Weitersprechen wehtat. Er holte sich ein Glas, ging zur Spüle und füllte es mit frischem Leitungswasser. Durstig trank er das Glas zur Hälfte leer, dann fuhr er fort: »In der Zwischenzeit sind Sie mit Perücke und in den Kleidern Ihrer ungefähr gleich großen Freundin in ihrem Wagen nach Wien gefahren. Der Rest kann als bekannt vorausgesetzt werden.«

Palinski war versucht, den eben verwendeten Begriff ›Freundin‹ zu revidieren, denn bei solchen Freundinnen braucht man keine Feindinnen mehr. Er ließ es dann aber bleiben.

»Nachdem Sie beide die Leiche auf der Bank vor meiner Künstlerklause zurückgelassen haben, sind Sie, Herr Lettenberg, ins Hotel ›Gruber‹ gefahren, um hier einige Zeit als Roman Schuster zu verbringen. Ihre Frau ist sofort wieder zurück nach Salzburg gefahren. Am Morgen hat sie in Mondsee im BIGENI-Markt etwas eingekauft, darunter auch zwei Packungen eines bestimmten Süßgebäcks. Danach haben Sie«, er sprach die Ex-Witwe jetzt wieder direkt an »die beiden eben gekauften Packungen mit Digitalis versetzt. Für jemanden, dessen Vater eine

Apotheke betreibt, ist das nicht schwer zu beschaffen. Oder Sie haben die Packungen gegen zwei bereits vorher präparierte ausgetauscht, die Sie im Wagen mitgeführt haben. Jetzt kam es zu einer besonders perfiden Tat. Um den Verdacht eindeutig auf die Supermarkt-Erpresser zu lenken, haben Sie auch noch diese völlig unbeteiligte alte Frau umgebracht.«

Palinski nahm neuerlich einen Schluck Wasser, dann fuhr er fort. Sophie Lettenberg hatte die zweite Packung mit dem vergifteten Krokantgebäck so im Auto platziert, dass sie sicher sein konnte, Martina Tessler würde das Zeug bei der Heimfahrt finden. Da Sophie wusste, dass Martina fast süchtig nach den Süßigkeiten war, war der Plan in diesem Punkt im wahrsten Sinn des Wortes todsicher.

»Damit waren Sie nicht nur die einzige Zeugin los, die Ihr Alibi hätte kippen können, sondern hatten durch den raffinierten Einfall mit dem belastenden Material in dem versiegelten Umschlag auch noch einen perfekten Sündenbock geschaffen.« Widerwillig musste Palinski die hinter der in ihrer teuflischen Einfachheit und Effizienz bestechenden Idee steckende Intelligenz bewundern.

»Im letzten Teil dieses Planes sind Sie übrigens von der Vorlage abgewichen und haben die aktuelle Situation mit dem Supermarkt-Erpresser für Ihre Zwecke ausgenützt. Sehr clever. Der Tod des einzigen Zeugen durch den Biss einer Giftschlange wie im Roman wäre in unserem Fall aber auch zu unpraktisch gewesen. Beachtliche Leistung, Sie haben Talent zur Krimiautorin.«

Sophie Lettenberg klatschte langsam und provokativ in die Hände. »Wunderbar gesponnen das Garn, Sie Spinner«, sie lächelte ihn höhnisch an. »Aber weit und breit nicht die Spur eines Beweises, der Ihre Hirngespinste bestätigen würde.«

»Da würde ich mich an Ihrer Stelle nicht darauf verlassen. Erstens wette ich mit Ihnen um jeden Betrag, den Sie dann noch zahlen können, dass Ihr Mann gegen Sie aussagen, was sage ich, eine ganze Oper an Belastungen gegen Sie vom Stapel lassen wird. Ich kann mir nicht vorstellen, dass er alleine ins Gefängnis gehen und zwanzig Jahre oder noch länger zuschauen wird, was Sie inzwischen mit 1,5 Millionen Euro alles anfangen. Ich habe aber auch Beweise. Da wäre einmal der niedliche Ladyshaver, mit dem Sie Thomas von seinem Bart befreit haben. Dabei hatten Sie sicher keine Handschuhe an, denn das kompliziert den Vorgang ungemein. Ein Vergleich der Fingerabdrücke, die darauf gefunden worden sind, mit Ihren wird diesen Beweis erbringen.«

An dem plötzlich äußerst verunsichert wirkenden Blick der Frau konnte Palinski ablesen, dass er ins Schwarze getroffen hatte. Aber das genügte noch nicht. Unauffällig näherte er sich dem Fensterbrett, auf dem Sophie Lettenbergs Handtasche stand. Der nächste Schritt würde der delikateste und komplizierteste des ganzen Falles werden. Er hatte die erforderlichen Handgriffe zwar mehrere Male geübt. Aber das war natürlich keine Garantie dafür, dass jetzt auch alles klappen würde. Aber probieren geht über studieren.

Wie unabsichtlich streifte er an der Handtasche so an, dass sie zu Boden fiel und sich ein Teil des Inhaltes über den Boden ergoss. Während sich Palinski rasch bückte, öffnete Lettenberg die Türe, um den außen daran kratzenden Maximilian wieder hereinzulassen.

Palinski dankte im Stillen für diese kurze Ablenkung, die seine Chancen vergrößerten, einen Gegenstand unbemerkt in Sophies Handtasche zu schmuggeln. Den Zweitschlüssel zur Wohnung, in der der unglückliche Zwilling zu Tode gekommen war. Zu seinem größten Erstaunen war dieser auch unter dem Gesichtspunkt, dass der Zweck die Mittel heilige, abzulehnende übleTrick aber gar nicht notwendig. Denn was Palinski da zwischen Taschentuch, Kamm, Mascara, Lippenstift und der Geldbörse förmlich anlachte, war unzweifelhaft der in seiner typischen Form unverkennbare Wohnungsschlüssel. Damit war der definitive Beweis erbracht, dass die Ex-Witwe in der Wohnung gewesen sein musste. Sie war tatsächlich dümmer, als Palinski angenommen hatte.

Er nahm den Schlüsselbund und hielt ihn triumphierend in die Höhe. »Und wie kommen diese Schlüssel in Ihre Tasche, meine Gnädigste?«, meinte er ironisch.

»Du bist wirklich blöder als die Polizei erlaubt«, fand auch Lettenberg und lachte bitter. »Wieso hast du die verdammten Schlüssel nicht weggeworfen.«

»Selber Trottel«, begehrte Sophie auf. »Du weißt ja, nobody is perfect«, fügte sie trotzig dazu.

Palinski konnte gerade noch den Zweitschlüssel wieder in seiner Hosentasche verschwinden lassen. Dann war die urplötzlich zur Furie mutierte Ex-Witwe auch schon über ihm, knallte ihm einen original italienischen Spaghettikocher über den Kopf und schnappte sich die im Hosenbund Palinskis steckende Pistole.

Maximilian fand das Spiel wahnsinnig lustig und tollte schwanzwedelnd im Raum umher. Dann leckte er den leicht angeschlagenen Palinski über Wange und Nase. »Da müssen wir aber noch einiges lernen« murmelte er zu dem Hund. Dann rief er so laut es ihm möglich war: »Das Spiel ist aus, das Spiel ist aus.«

Diese für den Fall, dass er Hilfe brauchen würde, vereinbarte Losung blieb aber ohne entsprechende Reaktion. Wie sich später herausstellte, hatte sich das Mikrofon durch den Sturz gelöst und war an Palinskis Brust hinunter geglitten, um sich schließlich zwischen Hosenbund und dem dezenten Schwimmreifen zu verfangen. Zum Schweigen verdammt.

»Ich knall dich ab, du Sau«, brüllte die Ex-Witwe währenddessen auf Palinski ein. »Von dir Scheißkerl lasse ich mir nicht mein ganzes Leben versauen. Wir bringen ihn jetzt um und verstecken die Leiche im Wald. Bis man den Mistkerl entdeckt, sind wir schon im Ausland.«

Die nun folgende Äußerung Palinskis ließ den Schluss zu, dass er die Bedrohung durch die ungeladene Gaspistole seiner Wilma nicht allzu ernst nahm. »Wenn ich denn schon sterben muss, dann möchte ich auf der Bank vor meinem Büro abgeladen werden.«

Er kicherte vor sich hin, stand langsam auf und ging mit etwas weichen Knien auf die Witwe zu.

»Bleiben Sie sofort stehen oder ich schieße«, schrie Sophie. Ihr Mann brüllte etwas wie »das kannst du doch nicht machen, lass das endlich sein«, worauf sie nicht ganz unrichtig die Frage aufwarf, was sie denn eigentlich noch zu verlieren hätte.

Palinski ging weiter auf das wütende Weib zu. Plötzlich drückte sie ab und es machte Klick. Auch der zweite Versuch brachte nichts weiter als das schon bekannte, unangenehme Geräusch.

Palinski nahm der sichtlich schockierten Frau die Waffe aus der Hand. Sie starrte ihn an wie ein Wesen aus einer anderen Welt. Mehr als ein gestammeltes »Wieso« brachte sie in diesem Augenblick nicht über die Lippen.

»Sie glauben doch nicht, dass ich mit einer geladenen Waffe durch die Gegend gehe«, sagte er und lachte ihr ins Gesicht. »Ich bin doch nicht blöd.«

Jetzt erst ging Palinski auf, dass er eben erschossen worden war. Zumindest theoretisch. Spontan und instinktiv tat er etwas, was er nie in seinem Leben zuvor getan hatte und auch in Zukunft nie mehr tun sollte. Er holte richtig aus und verpasste dem bösen Weib eine ordentliche Ohrfeige, was heißt, eine ›Mordswatschn.‹ Gleich darauf bedauerte er seinen unkontrollierten Gewaltausbruch auch schon wieder. Zumindest theoretisch.

Endlich öffnete sich auch die Türe und Wallner, Franca Aigner, Schneckenburger und die vier anderen Beamten strömten im Gänsemarsch in den rasch überfüllt wirkenden Raum.

»Da seid ihr ja«, begrüßte Palinskis die langersehnte Kavallerie. Dann wandte er sich zu Lettenberger und Sophie, die sich noch immer die Wange hielt. »So, Inspektor Wallner wird Sie jetzt verhaften und Ihnen Ihre Rechte vorlesen. Alles, was Sie sagen, kann ... und so weiter. Na, Sie wissen ja.«

»Palinski, lass das, Wir sind weder in Amerika noch im Film. Wir machen das jetzt schon.« Wallner nickte den vier Beamten zu, die Handschellen herausholten und den Lettenbergs anlegten.

»Ich habe noch etwas zu sagen«, meldete sich Sophie Lettenberg noch einmal zu Wort. Alle Anwesenden blickten sie interessiert an, nur nicht Jürgen Lettenberg. Wahrscheinlich ahnte er bereits, was jetzt kommen würde.

»Dich hätte ich sowieso demnächst verlassen«, giftete sie in Richtung ihres Mannes. »Ich wünsche dir alles Schlechte für die Zukunft, du pervertiertes Abziehbild eines Mannes.«

»Aber warum?«, Palinski hatte noch nie zuvor so viel Enttäuschung und Unverständnis im Gesicht eines Menschen gesehen wie jetzt bei Lettenberg. »Wir lieben uns doch.«

»Das glaubst auch nur du. Du bist mir schon drei Monate nach unserer Hochzeit so was von auf die Nerven gegangen, dass ich es nicht mehr länger mit dir aushalten hätte können. Wenn dich deine Fans so kennen würden wie ich dich kenne, die Kinos, in denen deine Filme laufen, wären ständig bis oben hin voll gekotzt.« Jetzt wandte sie sich noch einmal Palinski zu und sandte ihm eine angedeutete Kusshand zu. »Aus uns hätte vielleicht etwas werden können, Hosenzerreißer. Aber wahrscheinlich bist du auch nur so ein impotentes Arschloch wie die meisten anderen. So, und jetzt sage ich nichts mehr ohne einen Anwalt.«

Palinski fühlte sich eigenartig berührt durch dieses seltsame, ja,was war es eigentlich? Er wollte nicht weiter darüber nachdenken, sondern gleich vergessen, nahm er sich vor.

Während die beiden Festgenommenen weggebracht wurden, scharten sich die drei Musketiere um ihren heutigen D'Artagnan.

»Phantastische Leistung, müssen wir feiern, ganz toll.«

Die Lobeshymnen gingen Palinski hinunter wie Honigmet dem alten Frankenkönig Chlodwig. Ein Blick auf die Uhr zeigte ihm aber, dass es langsam an der Zeit war, die Kinder einzusammeln und zum Flughafen zu fahren.

»Entschuldigt mich jetzt, ich habe aber noch etwas Wichtiges vor. Wir hören demnächst voneinander und das Feiern holen wir auch nach.« Er wollte schon gehen, als ihn Miki Schneckenburger noch einmal an das zugesagte Statement in Sachen BIGENI-Erpressung erinnerte. Klar, wird er bekommen, aber nicht heute.

»Sag einmal, was hat die Lettenberg eigentlich mit ›Hosenzerreißer‹ gemeint«, wollte Wallner noch wissen.

»Ach«, Palinski winkte ab, »das ist eine längere Geschichte. Die erzähle ich euch bei Gelegenheit.«

Der Rest des Tages gehörte Wilma, der Frau, die er seit 24 Jahren nicht geheiratet hatte. Und davon würde ihn nichts und niemand abhalten, dachte er.

* * * * *

Nach einem kleinen Umweg durch den Wald, der Maximilian ein wenig Auslauf verschaffen sollte, erreichte Palinski Wilmas Auto. Während er den Wagen startete, überlegte er, ob er je wieder im Stande sein würde, etwas anderes mit diesem wunderschönen Fleckchen Erde und dem Blockhaus in Verbindung zu bringen als das vorangegangene, doch recht einprägsame Erlebnis.

Langsam beruhigte sich sein Puls, der einige Zeit zweifellos ziemlich erhöhte Blutdruck normalisierte sich wieder. Schon von weitem konnte er die rotierenden Leuchten mehrerer Einsatzfahrzeuge erkennen. Polizei, Feuerwehr und der Ambulanzwagen, der ihn eben überholt hatte, ließen nur einen Schluss zu. Hier musste ein schwerer Verkehrsunfall stattgefunden haben.

Während er die Geschwindigkeit des Wagens weiter reduzierte und sich im Schritttempo der Unfallstelle näherte, erkannte er eines der abgestellten Autos. Es war Wallners Dienstwagen. Palinski stellte den Van am rechten Straßenrand ab und stieg aus.

»Foans weida«, herrschte ihn ein uniformierter Ordnungshüter an. »Do gibts nix zum Segn.« Aber Wallner hatte ihn schon bemerkt und bedeutete ihm zu kommen. Eine schlimme Vorahnung stieg in Palinski auf und er hoffte inständig, sich zu irren.

»Lettenberg und Waismeier, der Beamte, der den Wagen gelenkt hat, sind tot. Nowotny, der zweite Beamte ist schwer verletzt, aber ansprechbar«, informierte ihn der ebenfalls leicht unter Schock stehende Wallner. »Der Wahnsinn ist aber, dass beide nicht an den Folgen des Unfalls gestorben sind, sondern kurz vorher eine Herzattacke gehabt haben dürften.«

Palinski fühlte sich, als ob ihm der regierende Schwergewichtsweltmeister eine Reihe schwerer Schläge in den Magen verpasst und dabei voll den Solar Plexus erwischt hätte. Er musste sich kurz auf den begrasten Rand der Böschung setzen.

»Wahrscheinlich wieder Digitalis. Ich hätte es wissen müssen. Dieses geldgierige Monster scheut wirklich vor nichts zurück«, er blickte Wallner mit Tränen in den Augen an. »Ich bin schuld, dass die beiden Männer tot sind.«

»Mach dich nicht verrückt«, versuchte der Inspektor den Freund zu beruhigen, »die Schuld daran trifft ausschließlich dieses Weib.« Er deutete zum zweiten Polizeifahrzeug, in dem Sophie Lettenberg mit unbewegter Miene saß.

»Aber das Angebot, dass die Kollegen in Salzburg gefunden haben«, widersprach Palinski. Versteckt im Schreibtisch der nunmehr echten Witwe war das Offert eines Salzburger Baumeisters gefunden worden. In dem ging es um die Generalsanierung des Reiterhofes und den Bau eines kleinen Hotels mit 60 Betten. Gesamtauftragswert rund 1,2 Millionen Euro.

»Und dann das Gespräch über Asunción und dass sie in sechs Wochen nachkommen wollte.« Palinski schüttelte verzweifelt den Kopf. »Sie hatte nie vor, ihm zu folgen und mit ihm zu teilen. Sie hatte nicht einmal vor, ihn abreisen zu lassen.« Ein toter Thomas Münz, den hier keiner kannte und der niemandem abging, wäre ein weiteres bedauernswertes Opfer des Handelsketten-Erpressers gewesen. »Dabei haben die beiden noch über seine Lieblingspasteten gesprochen.«

Wallner nickte bitter. »Lettenberg hat Nowotny gefragt, ob er noch einmal seine Lieblingsmehlspeise essen dürfe. Ein letztes Mal für lange Zeit. Nowotny hat sich nichts dabei gedacht und das Päckchen aus Sophies Auto geholt. Lettenberg hat den beiden auch ein Stück angeboten, aber nur Waismeier hat angenommen.«

So knapp liegt also die Entscheidung zwischen Leben und Tod, dachte Palinski, der sich nur langsam wieder etwas beruhigte.

»Kann ich kurz noch einmal mit ihr sprechen?« er deutet mit dem Kinn in Richtung der inzwischen fünffachen Mörderin. Falls er sich nicht verzählt hatte.

»Ich habe nichts dagegen«, Wallner zuckte mit den Achseln. »Wenn es zur Verbesserung deines Seelenzustandes beiträgt.«

Palinski öffnete die Autotüre, hinter der sich Sophie verbarg.

»War das wirklich noch notwendig?«, wollte er mit scheinbar milder Stimme wissen.

»Es ist eben passiert, ein Unfall, wenn Sie so wollen. Für mich macht das keinen Unterschied mehr.« Die Stimme der Frau klang so unbeteiligt, als ob sie ihm den Weg zur nächsten Tankstelle erklärte. »Mehr als lebenslänglich kann ich in diesem schönen Land ohnehin nicht bekommen.«

Palinski war ein vehementer Gegner der Todesstrafe und hatte seine Einstellung immer wieder gegen auch hier zu Lande gar nicht so selten anzutreffende engstirnige Zeitgenossen behauptet, die sich von dieser barbarischen Institution mehr versprachen als schiere Rache. Einen Augenblick lang aber wünschte er sich, dass es diese Möglichkeit für Ausnahmefälle auch in Europa gäbe. Zumindest für einen ganz bestimmten Fall. Sofort darauf genierte er sich aber schon für die klitzekleine Bestie, die auch in ihm zu stecken schien.

»Mögen die Geister Ihrer Opfer bis zu Ihrem Lebensende alle Ihre Träume stören«, verwünschte er die Frau und knallte ihr die Wagentüre an das Schienbein. Aber auch danach fühlte er sich nicht wirklich besser.

* * * * *

Die Maschine der »Freundlichen Fluglinie« war dank kräftigen Rückenwindes um 15 Minuten früher gelandet als vorgesehen. Palinski, mit Kindern und Hund im Schlepptau hatte es gerade noch geschafft, den Ankunftsbereich zu erreichen, als Wilma auch schon durch die automatische Schiebetüre wieder in sein Leben trat.

Ein Leben, das für ihn noch vor zwei Stunden reichlich beschissen ausgesehen hatte. Auf dem Weg von der Unfallstelle zu seiner Wohnung hatte er sogar einmal angehalten und mehrere Minuten lang hemmungslos geheult. Maximilian hatte das wohl irgendwie verstanden und ihm tröstend die Hand geleckt. Danach war es ihm wieder etwas besser gegangen und er konnte mit dem Verdrängen beginnen. Das Verarbeiten würde, wenn überhaupt, wesentlich länger dauern. Wallner hatte ihm sogar angeboten, den Psychologischen Dienst in Anspruch zu nehmen. Na, wir werden sehen, hatte sich Palinski gedacht.

Jetzt war er allerdings wild entschlossen, an nichts anders zu denken als an einen angenehmen Abend mit Wilma und den Kindern. Wie gut sie aussah, freute er sich und vergaß ganz den Ärger darüber, dass keine Zeit mehr für einen Kaffee geblieben war. Den cremefarbenen Rock mit dem bernsteinfarbenen Gilet, den die Mutter seiner Kinder heute trug, kannte er noch gar nicht. Was nicht wirklich etwas zu bedeuten hatte. Irgendwie hatte er aber den Verdacht, dass Wilma wieder einmal die Toleranz Ihres Kreditkartenunternehmens testen und das Limit ihrer Karte hatte ausreizen wollen. Aber was solls, schließlich kam man nicht jeden Tag nach Paris.

Auf jeden Fall war sie besser für den bevorstehenden großen Augenblick gekleidet als er, dachte Palinski selbstkritisch und blickte an seinem zerknitterten Khakianzug hinunter. Da waren auch noch die Wasserflecken durch die Blumen. Sahen irgendwie blöd aus an der Stelle.

Inzwischen hatte sich auch die letzte ihrer Schülerinnen von Wilma verabschiedet und der unvermeidliche Professor Dullinger, der Palinski von Tag zu Tag suspekter wurde, hatte noch einen letzten Handkuss angedeutet. Zumindest für heute, der schleimige Kerl.

Wilma, die ihnen lachend zuwinkte, stand immer noch in dem für Besucher gesperrten Bereich und machte keine Anstalten, zu ihrer Familie zu kommen. Sie schien noch auf etwas zu warten. Verdammt, worauf wartete sie bloß? Spürte sie nicht, wie dringend er sie gerade heute brauchte? Auch Tina wunderte sich, zumindest ließ ihr fragender Blick diesen Schluss zu. Harry spielte mit Maximilian, ihm schien das unverständliche Verhalten seiner Mutter egal zu sein.

Jetzt deutete Wilma in ihre Richtung und machte eine fragende Geste. Palinski vermutete, dass sie sich wunderte, was der Hund neben Harry zu bedeuten hatte. Das wird sie schon noch rechtzeitig erfahren, dachte er nicht ohne leise Schadenfreude an sein gelungenes fait accompli.

Nervös griff er nach der kleinen Schachtel mit dem Namen des sündteuren Juweliers darauf. Gott sei Dank hatte er sie nicht vergessen und sie war auch noch da.

»Worauf wartet die Mami denn?«, jetzt war auch Harry auf das unerklärliche Verhalten Wilmas aufmerksam geworden. Langsam begann Palinski, sich zu ärgern. Da raste er unter schwerer seelischer Belastung und Missachtung aller Geschwindigkeitsbeschränkungen nach Hause und dann weiter zum Flughafen. Nur um ja nicht zu spät zu kommen. Und dann das.

Endlich schien Bewegung in die Szene zu kommen. Ein Paar, sie etwa 35, Typ Pamela Anderson vor der Brustvergrößerung und er, um die 45 und wahrscheinlich stolz darauf, gelegentlich auf eine gewisse Ähnlichkeit mit Roger Moore angesprochen zu werden, war zu Wilma getreten. Jetzt verließen die drei den abgegrenzten Bereich und kamen zu der kleinen Gruppe Wartender.

»Oh, what a nice dog«, war die erste Lebensäußerung der Blondine. Das war wohl die sprichwörtliche Tierliebe der Briten, dachte Palinski. Die sollten ja auch zunächst die Pferde begrüßen und erst dann die Reiter.

»Looks a little bit like our Blue boy in Newenshire Castle, don't you think so, dear?« Sie bückte sich und wollte den Hund kraulen. Der knurrte aber nur leise. »Oh, you are a naughty boy«, tadelte ihn die Baywatch-Attrappe vorwurfsvoll. »What is your name?«

Palinski liebte seinen Hund dafür, dass er die arrogante Schnepfe weiterhin ignorierte. Endlich mischte sich Wilma ein. »Darf ich vorstellen, das sind Tina und Harry, meine Lieblinge. Und das ist Mario, mein Lebensgefährte, der Vater der beiden. Und das sind Mister und Missis Mortensen aus London. Wir haben uns in Paris kennengelernt«, erläuterte sie. »Die beiden sind unterwegs nach Prag.«

»Oh«, Palinski kramte sein bestes Schulenglisch heraus, »it is nice to meet you. I wish you a nice time in the Czech capital.« Er wollte sich schon umdrehen und gehen, als Wilma fortfuhr:.

»Wir haben so eine nette Zeit in Paris miteinander verbracht und so habe ich die Mortensens eingeladen, einen Abend in Wien zu verbringen.«

Mortensen musste irgendetwas mit ›Morte‹ zu tun haben, spürte Palinski. Die physische Existenz der beiden schien auch wirklich den Tod seiner Vorstellungen vom heutigen Abend zu bedeuten. Und gegen den Tod war er gerade heute besonders allergisch.

Wilma schien sein Unbehagen nicht zu bemerken. Palinski war sich allerdings gar nicht sicher, ob der gegenteilige Fall überhaupt etwas geändert hätte. Wenn sich Wilma etwas einbildete, war sie wie einer der riesigen Öltanker, die die Weltmeere kreuzen. Kaum zu bremsen.

»Ich habe mir gedacht, wir gehen zuerst zu einem netten Heurigen. Später setzen wir uns dann bei uns noch gemütlich zusammen. Was haltet ihr davon?« Mit dieser rhetorischen Floskel ließ sie immer alle ihre bereits getroffenen Entscheidungen vom Rest der Familie absegnen.

Palinskis Frust stieg weiter. Er fixierte einen etwa zehn Meter entfernt an der Wand stehenden Abfalleimer und überlegte sich, die Blumen einfach darin zu versenken. Möglicherweise sollte er den Ring gleich nachschmeißen.

»Nur keine unüberlegten Handlungen«, versuchte der vernünftige Teil in ihm zu beruhigen, Vorläufig noch mit Erfolg. Ehe er es sich möglicherweise doch noch überlegte, übereichte Palinski Wilma die roten Rosen.

»Sind die für mich?«, heuchelte sie freudiges Erstaunen. Na net, dachte er, die habe ich für die Klofrau in der Opernpassage gekauft. Er nickte ergeben und Mrs. Mortensen, die unbedingt Bess genannt werden wollte, also Bess überschlug sich fast vor Begeisterung. »Oh, isn't it cute, Donald?«, meinte sie zu ihrem Mann.

»Danke, Mario, das ist lieb von dir, ganz lieb.« Gönnerhaft drückte sie ihm einen Schmatz auf die Wange, die

Schlange. »Kannst du die Blumen jetzt wieder nehmen. Ich habe ohnehin genug zu tragen. Was soll übrigens der Hund hier?« Ihre Stimme hatte einen leicht inquisitorischen Ton angenommen. »Hat Harry sich breitschlagen lassen, übers Wochenende darauf aufzupassen?«

»Das ist Maximilian und der gehört mir«, Palinskis Antwort klang trotziger als beabsichtigt.

»Na, solange er mir nicht in die Wohnung kommt« hakte Wilma auch dieses Thema ab. Dann hängte sie sich bei den Mortensens ein und dirigierte sie, gefolgt von den Kindern und Maximilian, zum Ausgang.

Den Abschluss der kleinen Karawane bildete ›der Mann, der Wilma 24 Jahre lang nicht geheiratet hatte‹ und im Moment genau wusste, warum nicht. Er legte den Blumenstrauß auf den vollbepackten Gepäckskarren und schwor sich, die blöden Rosen bei nächster Gelegenheit zu verlieren. Einfach irgendwo liegen zu lassen. Aber die Blumen konnten ja gar nichts dafür.

Bis zum Parkplatz hatte er sich wieder soweit im Griff, dass er die scheinbar grundvernünftige, in jedem Fall aber unschuldige Frage an die anderen richtete, ob es nicht sinnvoll wäre, zuerst kurz beim Hotel der Mortensens vorbeizuschauen.

»Lieb, dass du daran denkst«, Wilma quittierte sein Ansinnen mit einem milden Lächeln. »Aber ich habe Bess und Donald eingeladen, bei uns im Gästezimmer zu übernachten.«

Das Gästezimmer war Harrys Zimmer, nachdem man ihm klar gemacht haben würde, dass er eine Nacht bei seiner Schwester campieren musste. Und nachdem sich jemand gefunden hätte, der die notwendigen, erfahrungsgemäß nicht unerheblichen Aufräumungsarbeiten übernehmen würde. Zumindest das würde heute aber mit Sicherheit bei Wilma hängen bleiben. Ihre Eröffnung hatte aber noch etwas anderes Tröstliches an sich. Jetzt war zumindest sichergestellt, dass Palinski nicht das einzige Familienmitglied war, das im Augenblick stocksauer auf Wilma war.

Als der mit sechs Erwachsenen, einem Hund und einer Menge Gepäck völlig überfüllte Van den Donaukanal entlang stadtauswärts rollte, hatte Palinski sich wieder einigermaßen beruhigt. Nachdem, was er heute alles erleben hatte müssen, war die Aussicht auf einen Abend mit den Mortensens zwar nicht berauschend, aber vergleichsweise beruhigend. Der Lachs und der San-Daniele-Schinken würden auch morgen noch schmecken. Und über das inzwischen sicher eingetrocknete Roastbeef würde sich Maximilian freuen. Jetzt hatte er so lange auf Wilma gewartet, da kam es auf einen Tag mehr auch nicht an.

10

Fünfzehn Tage nach der Verhaftung Sophie Lettenbergs saßen drei Männer in einem kleinen Häuschen an der Alten Donau. Dieses in der warmen Jahreszeit von den Wienern stark frequentierte Freizeitressort am nördlichen Rand der großen Stadt war jetzt noch fast menschenleer. Lediglich einige Fischer, zwei kälteunempfindliche Surfer sowie die Besitzer der Bootsverleihe, die ihren Schinakeln einen frischen Anstrich für die neue Saison verpassten, belebten die Gegend. Auch die schmucken, kleinen Badehäuser wachten erst langsam aus dem Winterschlaf auf.

An den Wochenenden tauchten bereits die ersten Häusler auf, um kleine Reparaturen vorzunehmen oder die ab Mittag doch schon recht warme Sonne am Wasser zu genießen.

Unter der Woche konnte man sich aber gut hier verstecken, sofern man auf extravagantes Verhalten verzichtete und sich nur so lange im Freien aufhielt, als unbedingt notwendig. Den drei Männern war aber auch gar nicht nach Sonnen zu Mute. Sie hatten sich vor zwei Tagen in dieses Versteck geflüchtet und völlig andere Sorgen.

»Unseren Plan können wir jetzt endgültig vergessen«, stellte der mit den rotblonden Haaren fest und die beiden anderen nickten resigniert mit ihren Köpfen. »Dabei war es so ein schöner Plan, eigentlich hätte gar nichts schief gehen können«, jammerte der Dicke. »Aber wer konnte denn auch ahnen, dass plötzlich halb Österreich beginnt, die BIGENI AG auf eigene Faust zu erpressen. Und dazu noch so unprofessionell, dass das Ganze Gefahr läuft, die Lachnummer der Nation zu werden.« Er drohte einem imaginären Gegner mit der Faust. »Wenn ich einen von diesen Verbrechern erwische, die sich an unsere Idee angehängt haben.«

»Vielleicht haben wir zu viel Geld verlangt«, mutmaßte der mit der Krankenkassenbrille. »Wer weiß, wenn wir nur ein, zwei Millionen gefordert hätten, hätte die Firma bezahlt, ohne es groß an die Glocke zu hängen?«

»Wenn, wenn, wenn«, brauste der Rotblonde auf, »wenn ich der Sohn von Krösus wäre, bräuchte ich kein Geld. Das Ding ist gelaufen, zumindest für dieses Jahr. Schuld an der Misere ist aber vor allem der Erwin.«

Erwin war der Neffe des Dicken und hatte behauptet, als EDV-Experte sei es für ihn ein Leichtes, die Übergabe der erpressten Summe über das Internet zu organisieren. So, dass der Weg des Geldes nach vielen Stationen für die Polizei nicht mehr nachvollziehbar war. Sie würden dann nur mehr nach Grand Cayman reisen und die ›Marie‹ abholen müssen. Erwin hatte das in einem Film mit Tom Cruise gesehen, oder war es Brad Pitt gewesen, und es faszinierend einfach gefunden.

Bald darauf musste er allerdings feststellen, dass seine auf einem Umschulungskurs des Arbeitsamtes erworbenen EDV-Kenntnisse für diese anspruchsvolle Aufgabenstellung doch nicht ausreichten. So hatte er sich noch in einen Kurs ›Bankgeschäfte über Internet‹ an der Volkshochschule angemeldet. Da der Kurs aber bis Ende Juni gehen sollte, hatte Erwin immer wieder versucht, dem

Trainer das benötigte Know-how für sein Vorhaben in Einzelgesprächen zu entlocken.

Anfangs war der Vortragende sehr angetan gewesen von dem wissbegierigen jungen Mann. Je spezifischer die Fragen Erwins aber wurden, desto misstrauischer wurde der Experte. So sehr, dass er vor dem Kurs am letzten Freitag die Polizei über den auffallenden Wissensdurst seines Schülers informierte. Die hatte Erwin dann nur mehr von der VHS abholen müssen.

Der Dicke ließ die an seinen Neffen gerichtete Schuldzuweisung aber nicht unwidersprochen.

»Na, so ist das auch wieder nicht«, begehrte er auf. »Dass der Erwin oft den Mund zu voll nimmt und nicht gerade der Hellste ist, habt auch ihr gewusst. Ich habe euch oft genug gewarnt.« Dann bemerkte er, dass er auf dem besten Weg war, sich in einen ihn selbst belastenden Wirbel hineinzureden und tat das Klügste, das ihm einfiel. Er hielt ganz einfach den Mund.

»Also hier sind wir fürs Erste sicher.« Der Rotschopf, offenbar so etwas wie der Kopf der kleinen Gruppe, lächelte zufrieden. »Das Haus kann Erwin ja gar nicht kennen. Er kann der Polizei daher auch nichts über unseren Aufenthaltsort sagen. Nicht einmal unter Folter.« Er lachte zufrieden. »Ihr dürft bloß nicht zu Hause anrufen.« Er blickte die beiden anderen eindringlich an. »Unsere Telefonanschlüsse werden möglicherweise schon von der Polizei abgehört. Und soviel ich weiß, kann man den Standort eines Handys orten. Also Hände weg von euren Telefonen. Sobald wir bei meinem Freund in Brünn sind, holen wir das alles nach.«

Nachdem der mit der Krankenkassenbrille das mit dem

Abhören gehört hatte, war er etwas in sich zusammengesunken.

»Ich fürchte äh, also was ich sagen will ist ....«, er stotterte herum. Dem Dicken schwante Übles. »Du hast doch nicht ...?« Schuldbewusst nahm der Mann seine Brille ab und nickte bedauernd. »Doch, gestern Abend. Es tut mir sehr leid. aber ich ...«

»Es tut mir sehr leid, es tut mir sehr leid«, der Dicke äffte seinen unglückseligen Kumpel nach. »Was hilft uns das jetzt?«

»Verdammt noch einmal, so eine Scheiße«, brüllte der Rotblonde. »Dann, nichts wie weg, hier sind wir nicht mehr sicher.« Doch es war schon zu spät.

»Hier spricht die Polizei« tönte es plötzlich von draußen. »Das Haus ist vollkommen umstellt, sie haben keine Chance zu entkommen. Sie haben dreißig Sekunden Zeit, mit erhobenen Händen, äh, Armen aus dem Haus zu kommen«

* * * * *

Eine neue Woche, ein neues Leben.

Die Frau war gerade erst wieder nach Hause zurückgekehrt. Eben ging die Sonne hinter den Dächern unter. Vom Balkon ihrer Wohnung aus konnte sie die beiden Türme der Kirche sehen, die weltweit als Wahrzeichen dieser, ihrer Stadt galten.

Sie war drei Wochen lang weggewesen. Länger, als sie vorgehabt hatte, aber wesentlich kürzer, als zu befürchten gewesen war. Am Morgen vor zwei Wochen hatte sie einen Ort verlassen, an dem sie mehrere Tage hatte verbringen müssen. Ganz gegen ihren Willen. Eine interessante Erfahrung, die zu machen sie allerdings niemandem wünschte. Außer vielleicht, aber daran wollte sie jetzt nicht mehr denken.

Aber mit Schwierigkeiten hatte sie bei einem auf so lange Zeit angelegten Projekt natürlich gerechnet, rechnen müssen. Denn von Nichts kommt Nichts. Oder wie die jungen Leute heute zu sagen pflegen »No risk no fun.«

Aber schließlich war alles gutgegangen. Dabei hatte es bis zuletzt gar nicht danach ausgesehen. Ganz und gar nicht.

Die Leute, mit denen sie zu tun gehabt hatte, waren sehr tüchtig. Fast zu tüchtig, wie es lange Zeit schien. Aber eben nur fast. Eigentlich waren sie auch sehr nett, besonders der eine war richtig niedlich. Es war kaum zu übersehen gewesen, dass er ganz schön verknallt in sie gewesen war. Unter anderen Umständen wäre sie seiner unausgesprochenen Einladung vielleicht nachgekommen. Dass er ihr einmal sogar Essen aus einem Chinesischen Restaurant vorbeigebracht hatte, war richtig süß gewesen. Auch, wenn sie diese Geschmacksrichtung nicht wirklich schätzte. Aber besser als der Fraß, den man ihr sonst vorgesetzt hatte, war das Huhn süßsauer allemal gewesen. Die Kleine, die ihn begleitet hatte, schien gut zu ihm zu passen. Ein schönes Paar, die beiden. Sie wünschte ihnen alles Gute.

Jetzt begann auch für sie selbst ein neues Leben. Endlich kein Stress mehr mit ihrem früheren Chef, keine Notwendigkeit mehr, auf seine unsinnigen, oft noch immer verletzenden Vorstellungen eingehen zu müssen. Keine Angst mehr, dass plötzlich kein Geld mehr da war, um sich zumindest das Allernotwendigste leisten zu können.

Geschweige denn für die kleinen und etwas größeren Dinge, die das Leben erst lebenswert machen.

Mit dem, was sie in den letzten Jahren zur Seite gelegt hatte, konnte sie die nächsten zwei Monate gut und gerne überstehen. In Ruhe überlegen, was sie mit dem vielen Geld machen würde, sobald es erst einmal da sein würde. Einige Anregungen dazu hatte sie sich in den zwei Wochen geholt, in denen sie über Oberitalien, Südtirol und die Schweiz nach Hause gefahren war. Sie hatte sich spontan zu diesem Urlaub entschlossen. Wie sehr sie diesen langsamen Übergang von ihrem alten zu dem neuen Leben benötigt hatte, merkte sie erst jetzt. Sie konnte sogar schon wieder den Ausblick von ihrem Balkon genießen.

Vor allem aber hoffte sie, jetzt, nachdem Simons Tod nach so vielen Jahren endlich gerächt war, jenen Frieden und jene Ruhe wieder zu finden, die als Basis für ein erfülltes Leben unabdingbar sind. Beides hatte sie verloren, nachdem sie keine Kraft mehr gehabt hatte, dem massiven Druck dieses schrecklichen Egoisten weiter zu widerstehen. Und sich selbst schuldig gemacht hatte. Vielleicht würde es ihr sogar gelingen, nach so vielen Jahren wieder eine normale, beglückende Beziehung zu einem Mann aufzubauen.

Simon wäre jetzt, sie musste kurz nachrechnen. Also Simon wäre fast schon zwölf Jahre alt. Komisch, dass sie immer davon ausgegangen war, das Kind in ihrem Leib würde ein Junge sein. Dabei wäre eine Simone ebenso willkommen gewesen. Jetzt musste sie nur noch die letzten Fäden kappen, die sie mit den Ereignissen vor drei Wochen in Verbindung bringen konnten.

Sie stand auf und ging zu dem Bücherregal an der Wand.

Stolz betrachtete sie die fünfzehn Bände von Mayers Konversationslexikon, 2. Ausgabe von 1861. Zwei nicht nur dekorative, sondern auch recht wertvolle Laufmeter Bücher, die sie von ihrem Urli, dem Vater ihrer Mutter geerbt hatte.

Sie nahm den Band von Ro-Te heraus, drehte ihn so, dass sein Rücken nach oben zeigte und schüttelte das ziemlich gewichtige Buch einige Male auf und ab. Dabei fiel ein zusammengelegtes Blatt Papier zu Boden. Die Kopie eines Schreibens, das sie vor mehr als einem Jahr anonym versandt hatte. Sie hob das Papier auf, entfaltete und legte es auf den Tisch, um es zu glätten. Ihre Blicke flogen nochmals über das, was sie damals an Sophie Lettenberg geschrieben hatte:

Liebe Frau Lettenberg,

Ihr Mann hat einen Bruder, der in Reschitz oder Resita in Rumänien lebt. Thomas ist aber kein gewöhnlicher Bruder, sondern der eineiige Zwilling von Jürgen Lettenberg. Aus verschiedenen Gründen, die in seiner bewegten Geschichte liegen, lebt er heute unter dem Namen Roman Schuster.
Ich finde, Sie sollten das wissen. Denn es gibt Situationen im Leben, in denen es gut ist, ja entscheidend sein kann, dass man einen Zwilling hat. Oder einen Mann mit Zwillingsbruder. Besonders, wenn sie eineiig sind. Machen Sie etwas daraus und viel Glück

Ein Freund

P.S. Als Anlage sende ich Ihnen die Kopie des entsprechenden Taufregisterauszuges. So etwas kann man immer brauchen.

Die Frau nahm ein Feuerzeug aus der Tischlade, hielt es an die linke untere Ecke der Kopie und zündete sie an. Nach einigen Sekunden legte sie das brennende Papier in die große Obstschale aus geschliffenem Kristallglas und beobachtete, wie es sich rasch in Asche verwandelte. Es war wirklich erstaunlich, wie berechenbar manche Menschen waren, fand Marion Waldmeister.

Epilog

Aufmacher der »Wiener Zeiten« vom 19. Mai 2004

»MÜSLI-ERPRESSER« – SPUK VORBEI?

WIEN (Eigenbericht): Können Österreichs Konsumenten wieder ohne Angst in den Supermärkten einkaufen, Einen Krapfen, ein Müsli oder ein Nußbeugerl essen, ohne Gefahr zulaufen, sich damit zu vergiften oder gar umzubringen? Die Antwort des zuständigen Ministers auf diese Fragen lautet »Ja«, Er empfiehlt aber, auch in Zukunft gewisse Vorsichtsmaßnahmen nicht außer Acht zu lassen.

»Dank der Mithilfe der Bevölkerung ist es gelungen, die Drahtzieher dieser miesen Erpressung dingfest zu machen« freute sich Innenminister Dr. Josef Fucheè bei der gestrigen Pressekonferenz. »Wir haben aber auch zahlreiche Nachahmungstäter ausgeforscht und dingfest gemacht.« Er erinnerte vor allem an die zu trauriger Berühmtheit gelangte Frau des ermordeten deutschen Schauspielers Jürgen Lettenberg.

Dank eines umfassenden, von der Soko »Vergiftetes Müsli« und privaten Fachleuten eben fertig gestellten Konzepts könne jetzt gewährleistet werden, »dass der Weg der Nahrungsmittel vom Hersteller bis in die Regale Ihres Supermarktes an der Ecke absolut sicher ist und gesundheitsgefährdende Veränderungen ausgeschlossen werden können«, versicherte Fucheè nachdrücklich.

Als einzige Schwachstelle verbleibe somit der Transport der Lebensmittel vom Ort des Einkaufs bis nach Hause.

»Hier empfehlen wir allen Kosumenten, niemand Unbekannten an Ihre Einkäufe heranzulassen, keine nicht selbst eingekauften Lebensmittel mitzunehmen oder sich schenken zu lassen.« Jenen Personen, die ihre Einkäufe nicht selbst erledigen, sich Lebensmittel aus gesundheitlichen oder zeitlichen Gründen mit- oder ins Haus bringen lassen müssen, riet der Minister, sich nur absolut vertrauenswürdiger Personen zu bedienen. Das sei zwar auch keine 100 %ige Garantie, räumte er ein. Aber »wenn Sie Ihre Alte umbringen will, können's eh nichts machen«, scherzte das für seinen feinsinnigen Humor bekannte Regierungsmitglied.

Durch die ›Austrocknungs‹-Strategie des Lebensmittelhandels sei potenziellen Erpressern die Zugriffsmöglichkeiten so erschwert, ja unmöglich gemacht worden, dass nach Ansicht der Experten volle Entwarnung gegeben werden konnte.

Schreiben Palinski an die »Münchner Leben« Versicherung AG

»Münchner Leben«
Versicherung AG
z.H.Herrn Dr. Wassilievits
Am Englischen Garten 5 – 9
München

Wien, 23. Mai 2004

Betrifft: Ihr Schreiben vom 18. Mai 2004

Sehr geehrter Herr Doktor Wassilievits,
besten Dank für Ihr freundliches Schreiben vom 18. d. M. Über Ihre anerkennenden Worte zu meinem Beitrag bei der Verhinderung des Versicherungs-Betruges in Verbindung mit dem Fall »Lettenberg« habe ich mich sehr gefreut. Natürlich stehe ich Ihrem Haus in Zukunft gerne zur Verfügung, wenn mein spezielles Wissen gebraucht werden sollte.
Herzlichen Dank auch für die mir zuerkannte Prämie in Höhe von 50 000.– Euro.
Da der Erfolg meiner Recherchen maßgeblich von den Informationen zweier Herrn bestimmt worden ist, nämlich von Frank Lettenberg, Wiesbaden und von Hochwürden Friederich Puttinger,Katholische Kirche Reschitz im Banat, darf ich Sie bitten, je 15 000.-an die beiden Herren zur Anweisung zu bringen (Die Adressen finden Sie im Anhang).
Den verbleibenden Betrag wollen Sie bitte an Frau Margit Waismeier, Wien 18, Gersthoferstraße 312, überweisen.
Ich darf Sie ausdrücklich bitten, meinen Namen in diesem Zusammenhang nicht zu nennen.

Mit freundlichen Empfehlungen

gez. Mario Palinski

Schreiben der »Münchner Leben« an Marion Waldmeister

Frau
Marion Waldmeister
Eduard-Bassmann Gasse-12
München

München, 4. Juni 2004

Betrifft : Pol Nr 1344/3218 744 –
Jürgen Lettenberg
Begünstigte : Frau Marion WALDMEISTER

Sehr geehrte Frau Waldmeister,

wir dürfen Ihnen mitteilen, dass wir mit heutigem Datum den Betrag von Euro 511.214.– , in Worten fünfhundert-elftausendzweihundertvierzehn 00/100 auf Ihr Konto bei der Bayrischen Vereinsbank AG, Zweigstelle Gutenberg- Platz, zur Anweisung gebracht haben.

Mit freundlichen Grüßen

ppa. Mayer i.V. Bauhüttl

Schreiben des österreichischen an den bayrischen Innenminister

Herrn Minister
Dr. Ignaz Reitzker
Ministerium für das Innere
München

Wien, 19. Juni 2005

Sehr geehrter Herr Minister, lieber Ignaz
gestern ist deine Kiste mit 12 Flaschen ›Chateau Petrus‹ eingetroffen. Nur der Ordnung halber merke ich an, dass eine der Flaschen den Transport nicht unbeschadet überstanden hat. Aber belaste dein Gewissen nicht damit, ich werde mich schon schadlos halten, wenn wir uns im August am Königssee treffen werden.
Ich hoffe, du hast die Enttäuschung darüber schon verkraftet, das unsere Burschen so fix beim Aufklären des Mordes an eurem Schauspielstar Lettenberg waren. Wenn Du Dich noch traust, können wir beim nächsten grenzüberschreitenden Verbrechen wieder eine Wette wagen.

Liebe Grüße an Anita, auch von Gerti.

Dein Josef
Bundesminister
für Inneres der
Republik Österreich

P.S. Sag deinem Kollegen vom Wirtschaftsministerium, er soll sich nicht so über die vielen Betriebsansiedlungen deutscher Unternehmen bei uns aufregen

Schreiben der ›Versicherungsagentur Baltauf‹ an Frau Margit Waismeier

Frau
Margit Waismeier
Gersthoferstraße 312
Wien

Wien, 26. Juni 2004
Betrifft: Ausbildungsversicherung Markus Waismeier

Sehr geehrte Frau Waismeier,
ich freue mich, Ihnen namens eines unserer Kunden, der ungenannt bleiben will, mitteilen zu dürfen, dass zu Gunsten Ihres minderjährigen Sohnes Markus eine Ausbildungsversicherung abgeschlossen und die Prämienzahlung auf Versicherungsdauer übernommen wurde.
Das bedeutet, dass Ihr Sohn ab dem 18. Lebensjahr, also in etwas mehr als zwölf Jahren über einen Betrag von Euro 60 000.– (wertgesichert) plus Gewinnbeteiligung verfügen können wird. Sollte es für die Ausbildung Ihres Sohnes notwendig oder auch nur sinnvoll sein, können Sie mit Zustimmung des Jugendgerichts bereits ab dem 14. Lebensjahr von Markus Akontozahlungen in Höhe von maximal 5000,– Euro pro Jahr in Anspruch nehmen.

Ihre Ausfertigung des unter der Polizzen* Nummer 223 / 178345 14 bei der »Bluebell Security Austria AG« bestehenden Versicherungsvertrages finden Sie in der Anlage.
Für Rückfragen und sonstige Informationen stehen wir Ihnen gerne zur Verfügung und verbleiben

mit freundlichen Empfehlungen
Dr. Wilhelm Baltauf
Versicherungsagentur Baltauf

Aufmacher der »Wiener Zeiten« vom 20. November 2004

LEBENSLÄNGLICH FÜR »MORDSWITWE«

WIEN (Eigenbericht): Die Geschworenen benötigten gestern nur knapp eine Stunde, um den Schlussstrich unter den wohl spektakulärsten Mordprozess zu ziehen, den das Landesgericht für Strafsachen in Wien in den letzten Jahren erlebt hat.

Sophie Lettenberg wurde in allen fünf Anklagepunkten schuldig gesprochen und zu lebenslanger Haft verurteilt. Sie wurde zur Verbüßung ihrer Strafe in die Justizanstalt Ansbach an der March verbracht.

Die Frau des bekannten deutschen Schauspielers Jürgen Lettenberg, der bei uns vor allem auch als Marcel in der Serie mit dem in diesem Zusammenhang makaber anmutenden Titel „Wir alle wollen leben" äußerst beliebt gewesen ist, zeigte bei der Urteilsverkündung keinerlei Reue. Da die Verteidigung Berufung angemeldet hat, ist das Urteil noch nicht rechtskräftig.

Wie die „Wiener Zeiten" schon ausführlich berichtet hat, hat die attraktive Mörderin nicht nur den Zwillingsbruder ihres Mannes und ihre Freundin, die bekannte Springreiterin Martina Tessler-Brunhof ermordet, sondern auch ihren Gatten Jürgen Lettenberg. In Folge dieser Verbrechen kamen auch eine völlig unschuldige Salzburger Pensionistin und ein Kriminalbeamter zu Tode.

Ehe Jürgen Lettenberg selbst ein Opfer seiner Frau wurde, war er maßgelblich an der Ermordung seines Zwillingsbruders beteiligt. Das Motiv für diese verabscheuungswürdige Tat? 1,5 Millionen Euro aus einer Lebensversicherung.

Datei palnominativ.doc / Letzte Bearbeitung 28. 11. 2004

ZUSAMMENFASSUNG Fall »Lettenberg«

Quellen: Mitschriften Prozess / Notizen P.

VORGESCHICHTE:

Am 14. 4. 1963 brachte Maria Münz, geb. Willinger eineiige männliche Zwillinge zur Welt, die auf die Namen Jürgen und Thomas getauft wurden.

Der Vater, Wenzel Münz stand als einer der maßgeblichen Köpfe der verbotenen »Gewerkschaftssektion Reschitz« unter Beobachtung der gefürchteten rumänischen Geheimpolizei »Securitate.«

Am 23. 9. 1963 wurde er am Arbeitsplatz verhaftet und ins Polizeigefängnis nach Temeschburg (Timisoara) gebracht. Für diesen vorhersehbaren Fall hatte Münz seine Frau schwören lassen, sofort zu flüchten. Er musste wohl befürchtet haben, dass sich die Polizei an seiner Familie vergreifen könnte, um ihn zu Aussagen zu erpressen (Informationen – andere Gewerkschaftsmitglieder).

Da sich der kleine Thomas zu diesem Zeitpunkt unglücklicherweise mit einer Lungenentzündung im Krankenhaus in Temeschburg befand, musste Maria Münz den Jungen zurücklassen.

Noch am selben Tag nahm sich Margarete Schuster, eine Cousine von Maria Münz des Babys an und brachte es in Sicherheit. Offiziell galt der kleine Thomas aber als verstorben. Seine Leiche war angeblich der medizinischen Fakultät der Uni in Temeschburg zur Verfügung gestellt worden.

Später hat Frau Schuster den Buben an Kindesstatt

angenommen und ihm Papiere auf den Namen Roman Schuster besorgt.

Nach einer mehrere Monate dauernden Flucht gelangten Maria Münz, der kleine Jürgen und ihre Mutter Josefa Willinger über die damalige Tschechoslowakei nach Deutschland. Einige Wochen danach wurde eine nie richtig ausgeheilte Lungenentzündung wieder akut. Maria Münz hatte der Krankheit nichts mehr entgegenzusetzen und starb am 29. 1. 1964 in Braunschweig.

Ende Februar 1964 hatten Josefa Willinger und der kleine Jürgen endlich einmal etwas Glück. Sie fanden Aufnahme im Haus des Schuldirektors Frank Lettenberg und seiner Frau. Im Oktober 1964 adoptierte das kinderlose Ehepaar Jürgen.

DIE VORBEREITUNG:

In den letzten Monaten des Vorjahres oder anfangs dieses Jahres erfuhr Sophie Lettenberg, zu diesem Zeitpunkt erst ein knappes Jahr mit Jürgen verheiratet, von der Existenz des Zwillingsbruders. Der genaue Zeitpunkt und die Art, wie sie zu dieser Information kam, konnten nicht zweifelsfrei ermittelt werden. Die Angeklagte gab an, durch ein anonymes Schreiben informiert worden zu sein. Das Gericht folgte aber den vorliegenden schriftlichen Aussagen der Pflegerin von Frau Josefa Willinger sowie von Pfarrer Puttinger von der Katholischen Kirche in Reschitz.

Beide sagten aus, dass Frau Lettenberg bei Josefa Willinger bzw. im Pfarramt in Reschitz gesehen worden war. Vermutlich hatte Frau Willinger den entsprechenden Hinweis gegeben, der von der Angeklagten in der Folge in Rumänien verifiziert wurde. Bei dieser

Gelegenheit brachte sie wohl auch den Namen Roman Schuster in Erfahrung.

Sophie Lettenberg hat diese Version bis zuletzt bestritten und auf ihrer Version mit dem anonymen Schreiben bestanden.

Als Auslandsdeutscher hatte Thomas Münz Anspruch auf einen deutschen Reisepass, den Jürgen, der sich als sein Bruder ausgab, mit Hilfe einer Kopie des Taufregisters beschaffte. Wie er sich über die sonst noch erforderlichen, aber nicht mehr vorhandenen Papiere hinwegschwindeln konnte, war nicht feststellbar und wurde mangels Relevanz auch nicht weiter verfolgt.

Mit der Aussicht auf die deutsche Staatsbürgerschaft und einen Neustart mit Hilfe des prominenten Bruders, von dem auch Thomas bis dahin nichts gewusst hatte, war es leicht, ihn nach Wien zu locken. Die 1000.– Euro, die er von Jürgen über ›Western Union‹ erhalten hatte, ermöglichten es ihm, sich neben den Reiseunterlagen auch noch neue Bekleidung zu beschaffen. Dem bis dahin in ärmlichsten Verhältnissen lebenden und seit Jahren arbeitslosen Feinmechaniker muss das wie Weihnachten vorgekommen sein.

DER MORD AN THOMAS MÜNZ:

Jürgen Lettenberg holte seinen Zwillingsbruder am Sonntagnachmittag vom Bahnhof ab. Nach dem Abendessen schickte er ihn mit einem Taxi zum Hotel ›Gruber‹, wo ein Zimmer für ihn reserviert war. Zum Abschied gab er dem Bruder die Adresse der Wohnung im 19. Bezirk, Hauptstraße 17 und trug ihm auf, dort am nächsten Abend ab 20 Uhr zu warten. Sobald das Licht im obersten Stockwerk rechts hinten anginge, sollte er den Klingelknopf mit der Nummer 15 beim Eingang Stiege 3 betätigen. Eine Frau würde ihm dann weiterhelfen. Und er, Jürgen würde gegen Mitternacht dazustoßen.

Am nächsten Abend beobachtete Thomas das besagte Haus vom gegenüberliegenden Restaurant ›Mama Maria‹ aus, wie der Verfasser dieser Zeilen bei Gericht bestätigte.

Später ging er in die Wohnung auf Stiege 3, 4. Stock, wo er von einer schönen Frau empfangen wurde. Sophie gab sich als ›Eve‹ aus und erklärte ihm, sein Bruder habe sie engagiert, um ihm die Zeit bis Mitternacht zu vertreiben, Nach einigen Gläsern Alkohol war Thomas nur zu gerne bereit, sich von der schönen Frau zu einigen Kostproben ›westlicher Dekadenz‹ verführen zu lassen. Der in sexuellen Dingen reichlich unerfahrene Mann ließ sich arglos ans Bett fesseln und dachte wahrscheinlich auch noch, dass die über den Kopf gezogene Plastiktasche Bestandteil eines raffinierten Liebesspiels war. Vermutlich hatte er, wenn man es mit ausreichend viel schwarzem Humor betrachtet, sogar einen recht angenehmen Tod.

Dann rasierte Sophie der Leiche den Oberlippen- und Backenbart ab und schnitt sein Haupthaar in der Art der Frisur ihres Mannes. Danach tauschte der inzwischen eingetroffene Jürgen die Kleidung mit seinem Bruder. Besonders dieser Vorgang soll ihm laut Aussage seiner Frau, die ihn in diesem Zusammenhang als ›nervenschwachen Softie‹ bezeichnet hat, sehr unangenehm berührt haben.

Abschließend steckte er dem Bruder noch den etwas zu kleinen Ehering an den Finger und seinen Pass in die Tasche. Von seiner teuren Rolex wollte sich Lettenberg allerdings, bewusst oder unbewusst nicht trennen.

Mit einer blonden Perücke und einem schwarzen langen Unisexmantel verfremdet aussehend schleppte

Jürgen mit seiner Frau die Leiche wie einen Betrunkenen hinunter in den Hof. Als sich durch das angehende Ganglicht auf der Stiege 1 ein später Hausbewohner ankündigte, setzten sie den Toten auf die Bank im Hof. Jürgen schirmte die Leiche mit seinem Körper ab und versuchte, den Eindruck eines Liebespaares zu erwecken. Was ihm dank seiner Verkleidung, der Dunkelheit und der angeborenen Dezenz des Verfassers dieser Zeilen auch gelang.

In der Zwischenzeit entfernte sich Sophie, um das Auto zum weiteren Abtransport der Leiche zu holen. Da der so spät noch muntere Hausbewohner ein erdgeschossiges Fenster geöffnet hatte und für Jürgen erkennbar wurde, dass der Mann noch länger nicht zu Bett gehen würde, änderte er spontan den ursprünglichen Plan. Statt die Leiche in den von ihnen dafür ausgesuchten ›Hansl-Teich‹ zu werfen, wurde sie von Lettenberg auf die Bank gebettet.

Danach entfernte er sich, tauschte die blonde Perücke gegen eine, die der Frisur seines Bruders in dessen rumänischen Pass ziemlich ähnlich war und setzte dessen mit 1 und 1,5 Dioptrien erträglich schwache Brille auf. So konnte er durchaus als Roman Schuster auftreten, ohne befürchten zu müssen, dass der Schwindel erkannt wird.

Sophie brachte ihren Mann noch zu einem Taxistandplatz, dann fuhr sie direkt zurück nach Thalgauberg.

Jürgen ließ sich ins Hotel ›Gruber‹ bringen, wo er als Herr Schuster begrüßt wurde.

SOPHIES ALIBI – DER MORDFALL ›TESSLER‹:

Sophie Lettenberg war der Kopf hinter dem Mordplan. Ihr Alibi hatte sie lange vorbereitet.

Der Tod eines wertvollen Pferdes auf ihrem Reiterhof

lieferte ihr den Vorwand für einen Nervenzusammenbruch. Freiwillig begab sie sich zur Behandlung in eine Privatklinik am Thalgauberg.

Ihre Freundin Martina Tessler, eine sehr gutmütige, naive Frau, die die um zwei Jahre jüngere Sophie aus nicht weiter nachvollziehbaren Gründen verehrte (lesbische Neigung?) übernahm für sie leichtgläubig verschiedene Aufgaben. So beauftragte sie einen Privatdetektiv damit, Jürgen Lettenberg zu überwachen, reservierte die Wiener Wohnung und übernahm einen versiegelten Umschlag mit ihr unbekanntem Inhalt zur Aufbewahrung. Damit hatte Martina Tessler unbewusst selbst Belastungsmaterial gegen sich geschaffen und verwahrt. Zuletzt ließ sie sich sogar dazu missbrauchen, der ›Freundin‹ ohne es zu wissen ein Alibi zu verschaffen. Während Sophie als Martina verkleidet in deren Auto nach Wien fuhr und Thomas ermordete, lag Martina in Sophies Bett im Sanatorium am Thalgauberg und schlief. Zusätzliche Tarnung verlieh ihr ein Kopfverband, äußeres Zeichen einer Kopfverletzung, die sich Sophie angeblich einige Tage vorher bei einem Sturz im parkähnlichen Garten der Privatklinik zugezogen hatte. Und den sie selbst wechselte, was ihr als promovierte Medizinerin jeder zutraute. Die genauen Gründe, aus welchen sich Frau Tessler dazu bereit erklärt hat, blieben im Dunkeln. Es kann aber ausgeschlossen werden, dass sie von dem tatsächlichen Vorhaben ihrer Freundin gewusst hat.

Sophie hatte natürlich mitbekommen, dass der Lebensmittelhandelskonzern BIGENI erpresst wurde. Sie beschloss, sich diesen Umstand zu Nutze zu machen und bei der Ermordung der einzigen Person, die ihr Alibi gefährden könnte, nach dem Muster der Erpresser vorzugehen. Sie vergiftete zwei Packungen der Lieblingsnascherei Martinas mit Digitalis, das sie aus der

Apotheke ihres Vaters beschafft hatte. Am Wege zurück zur Privatklinik kaufte sie im BIGENI-Markt in Mondsee zwei weitere Packungen dieses Krokantgebäcks.

Auf dem Parkplatz schenkte sie einer zufällig vorbeigehenden Pensionistin eine Packung der vergifteten Leckereien. Auf diesen willkürlichen Mord angesprochen, meinte Sophie Lettenberg, dass sie damit den Eindruck, die Tat sei von den Erpressern zu verantworten, verstärken wollte.

Nachdem sie ihren Platz wieder mit Martina Tessler getauscht hatte, fuhr diese nach Salzburg. Dabei bekam sie offensichtlich Lust auf die einladend am Beifahrersitz liegenden Naschereien. Einige Minuten später war sie tot.

DER MORD AN JÜRGEN LETTENBERG:

Sophie Lettenberg hatte nie die Absicht, die 1,5 Millionen Euro der Lebensversicherung mit ihrem Mann zu teilen. Da sich der Mordmodus, dem Martina Tessler zum Opfer gefallen war, gut bewährt hatte, wollte sie den Erpressern noch eine weitere Leiche anhängen.

Lettenberg aß für sein Leben gerne diese ›Schoko-Nougat-Pasteten‹, die man auch bei BIGENI bekommt. Daher wollte sie eine Packung dieser Leckereien im Leihwagen platzieren, mit dem ihr Mann am nächsten Tag nach Preßburg fahren sollte. Nach ihren Intentionen hätte ihr Mann spätestens zu diesem Zeitpunkt seinen Lieblingskuchen definitiv zum allerletzten Mal genossen.

Dass sich ihr Plan auch noch nach ihrer Verhaftung erfüllen konnte, weil ein gutmeinender Kriminalbeamter Lettenberg noch eine letzte kleine Freude vor den langen Jahren hinter Gittern gönnen wollte, war vor allem eine Verkettung unglücklicher Zufälle. Hätte aber mit etwas mehr Aufmerksamkeit verhindert werden können.

Dieser Vorwurf trifft vor allem den Verfasser dieser Zeilen. Besonders tragisch in diesem Zusammenhang ist, dass auch einer der beiden Kriminalbeamten, die Lettenberg wegbrachten, dem ebenfalls mit Digitalis vergifteten Kuchen zum Opfer fiel.

DAS MOTIV:

Neben den wachsenden Aversionen der Mörderin gegen ihren Mann war es vor allem die mit 1,5 Millionen Euro sehr beachtliche Summe, die die Lebensversicherung bei Lettenbergs Tod zahlen musste.

Der für europäische Verhältnisse Spitzengagen beziehende Schauspieler war dank seiner Spielsucht hoch verschuldet. Sophie hatte sich durch die Heirat auch finanzielle Hilfe für ihren dringend renovierungsbedürftigen Reiterhof erwartet. Diese Hilfe konnte ihr ihr Mann nicht geben. Im Gegenteil, er versuchte sogar, Geld von seiner Frau zu bekommen.

Als sie vom Zwilling ihres Mannes Kenntnis bekam, reifte in ihr der Plan. Ein Plan, zu dem sie sich durch zwei Kriminalromane inspirieren hatte lassen. Und den sie entsprechend modifizierte. Wertneutral muss anerkannt werden, dass der Plan nur an einigen Fehlern im Detail sowie am Zufall scheiterte. Oder war es Schicksal, dass die Leiche von Thomas Münz ausgerechtet vor dem Fenster des Verfassers dieser Zeilen liegengelassen wurde?

BEMERKENSWERTES:

Abgesehen vom besonderen Stellenwert dieser Causa für den Verfasser dieser Zeilen, immerhin handelt es sich um Palinskis ersten Fall, fällt folgendes auf:

Hier konnte, soweit bekannt, das erste Mal der eindeutige Nachweis erbracht werden, dass der mehrschichtige Mordplan auf zwei literarischen Vorlagen beruhte. Nämlich auf zwei im Übrigen nicht weiter erwähnenswerten Kriminalromanen. Die Idee zum Mord des Zwillings stammt aus dem Werk ›Sospetto‹ eines gewissen Carlo Alassio, das nicht unraffinierte Alibi aus ›The Innocent Murderer‹ von Jack Schiller.

Mit der technisch gesehen eleganten Ausschaltung Martina Tesslers wird Sophie Lettenberg selbst in die Annalen der Kriminologie eingehen.

OFFENE FRAGEN:

Auffallend ist, dass Sophie Lettenberg, die schließlich so gut wie alles gestanden hat, zwei Punkte hartnäckig bestritten hat. Dass sie nämlich Josefa Willinger und Hochwürden Puttinger besucht haben soll. Im Gegenteil, sie bestand bis zuletzt darauf, durch ein anonymes Schreiben über die Existenz des Zwillings informiert worden zu sein.

Da es sich dabei lediglich um Details des Ablaufes und keine belastenden Fakten mit Auswirkungen auf Schuld oder Strafmaß handelte, waren auch keine Auswirkungen auf das Verfahren gegeben. Dennoch stellt sich die Frage: Ist es möglich, dass Sophie Lettenberg in diesen beiden Punkten die Wahrheit gesagt hat? Und, wenn ja, wer hat sie dann wirklich anonym auf Thomas aufmerksam und damit das schreckliche Geschehen erst möglich gemacht? Wahrscheinlich unbewusst und ungewollt. Oder?

gez. Mario Palinski

Schreiben der BIGENI-Konzernleitung an den österreichischen Innenminister

Herrn
Dr. Josef Fucheè
Bundesministerium für Inneres, Wien

Ulrikendorf, 2.12.2004

Sehr geehrter Herr Minister,

im Namen des Vorstandes der BIGENI Lebensmittelhandels AG wie auch in meinem eigenen darf ich Ihnen unseren herzlichen Dank für die exzellente Arbeit der Sonderkommission »Vergiftetes Müsli« aussprechen.

Vor allem das von Herrn Ministerialrat Dr. Schneckenburger erarbeitete Konzept zur aktiven Verbrechensprophylaxe hat die ungeteilte Begeisterung und Zustimmung des Vorstandes gefunden.

Wir sind sicher, nach dessen vollständiger Umsetzung alle zukünftigen erpresserischen Anschläge auf unser Unternehmen und die Sicherheit unserer Kunden ausschließen zu können, Die ersten Erfahrungen stimmen uns durchaus optimistisch. Vor allem aber sollten damit auch zukünftige Schäden an der österreichischen Volkswirtschaft und der Gesellschaft verhindert werden können. Immerhin haben uns die Vorfälle der letzten Monate gezwungen, 176 Mitarbeiter freizusetzen, um die erheblichen Umsatzausfälle zumindest teilweise ausgleichen zu können.

Gestatten Sie uns, als Zeichen unserer aufrichtigen Dankbarkeit und Wertschätzung der hervorragenden Arbeit den Betrag von 5000.- Euro an den Sozialfond der Polizei zur Anweisung zu bringen.

Mit vorzüglicher Hochachtung
Dr. Johannes Sirnauer
Sprecher des Vorstandes der
BIGENI Lebensmittelhandels AG

P.S. Bitte vergessen Sie nicht, uns eine entsprechende Spendenbestätigung (z.H. Buchhaltung) zukommen zu lassen.

Palinskis Plädoyer für die ›Pastete‹

Nach Abschluss dieses aufwühlenden Falles ist es mir ein Bedürfnis, meine Stimme für eine unschuldig in ›mörderischen‹ Geruch gekommene Köstlichkeit zu erheben.

Die ›Schoko-Nougat-Pastete‹, die eigentlich gar keine ist, sondern eine süße Kleinigkeit aus gefülltem Blätterteig, ist völlig unschuldig an dem schrecklichen Geschehen.

Dass sie, von Sophie präpariert, mißbraucht wurde, um nicht teilen zu müssen, ist an und für sich schon ein Verbrechen. Dass sie Lettenberg und Waismeier dann auch noch verzehrt haben, obwohl der Fall eigentlich schon abgeschlossen war, war offenbar die Bestimmung der ›Pasteten‹ in diesem ganz speziellen Fall.

Wenden Sie sich also jetzt nicht ab von den Pasteten. Weder von den echten noch von den so genannten. Sondern geben Sie ihnen eine Chance.

Probieren Sie doch einmal die ›PaPaPa's‹, ›Palinskis Party Pasteten‹. Gerade für den nächsten Sommer sind diese kleinen, knusprigen Appetizer ideal, um alte Freunde zu verwöhnen und neue zu gewinnen.

Hier das Rezept:

Der Teig: Am einfachsten ist es, Sie verwenden einen dieser fertigen Blätter- oder Plunderteige, wie man sie in ausgezeichneter Qualität in jedem guten Lebensmittelgeschäft oder Supermarkt finden kann. Sie können den Teig natürlich auch selbst machen, das Rezept dafür findet sich in allen besseren Kochbüchern. Aber Achtung, der Teig muß einige Zeit rasten. Damit wird die Zubereitung relativ zeitaufwendig.
Die Füllung: Sie können die ›PaPaPa's‹ mit allem füllen, was den Aufenthalt im Rohr unbeschadet übersteht. Also mit einer Fleischfarce, mit einer Mischung aus Broccoli

und Schinken, einer mild-würzigen Pilz- oder einer feurigscharfen Paprika-Chili-Masse. Aber natürlich auch mit einer Schoko-Nougat-Mischung, mit Marmelade oder einer süßen Topfen-(Quark)Erdbeer Fülle. Abgeschmeckt nach Ihrem ganz persönlichen Geschmack. Was ohne Teig schmeckt, wird auch im Teig schmecken.

Die Fülle muß nur so konsistent sein, dass sie sich auf den Teig auftragen lässt.

Die Zubereitung: Sie legen den Teig auf und schneiden ihn in quadratische Stücke von 15x15 Zentimetern. Je nach persönlichem Gusto auch kleiner oder größer. Dann bestreichen Sie die Ränder der Teigstücke mit Ei.

In die Mitte geben Sie so viel von der gewünschten Fülle, dass Sie das Teigstück danach noch diagonal zu einem Dreieck zusammenklappen können. Die Dreiecke werden nochmals mit Ei bestrichen. Dann legen Sie die Teigdreiecke auf das Backblech und lassen sie einige Zeit rasten (20 Minuten).

Dann bei 200 Grad rasch anbacken, bis der Teig Farbe annimmt. Danach mit der Temperatur zurückgehen und die Dreiecke gut durchbacken lassen.

Nach dem Auskühlen können Sie die ›PaPaPa's‹ je nach Fülle und Geschmack leicht salzen oder überzuckern.

Hinweise für ›Böse Menschen‹ : Falls Sie der eifersüchtige Typ sind, oder boshaft oder auch nur ein Spaßvogel, dann lassen sich durch die allgemeine oder auch nur gezielte Einarbeitung von Laxanzien in die Fülle ›lustige‹ und allzu menschliche Effekte erzielen. Achten Sie in diesen Fällen lediglich darauf, dass eine ausreichende Anzahl von ›Häusln‹ (Abtritten) zur Verfügung steht.

Geben Sie den Pasteten eine faire Chance. Und wenn es mit

den ›PaPaPa's‹ nicht auf Anhieb klappen sollte, machen Sie sich nichts daraus. Mir ist auch noch nie eine wirklich gelungen. Was solls. Oft ist der Weg das Ziel.

Bis zum nächsten Mal
Ihr Mario Palinski

Weitere Krimis finden Sie auf den folgenden Seiten und im Internet: www.gmeiner-verlag.de

Pierre Emme
Schnitzelfarce

277 Seiten, 11 x 18 cm, Paperback.
ISBN 978-3-89977-644-7. € 9,90.

Den Samstag im September wird Palinski nicht so schnell vergessen. Eigentlich will er sich nur den Preis für seinen 2. Platz im Schnitzelwettbewerb einer Fast-Food-Kette abholen, stattdessen wird in seiner unmittelbaren Nähe eine Frau im Rollstuhl erschossen. Der anscheinend von einem Terroristen abgegebene Schuss hat allerdings dem Stadtrat für Tourismus gegolten, der die Siegerehrung vornehmen sollte. Eine Aufgabe, zu der sich der Politiker im gerade herrschenden Wahlkampf nur zu gerne bereit erklärt hatte. Dass am selben Tag auch der linke Ringfinger des entführten Kommerzialrats Eugen Filzmayer mit einer Lösegeldforderung bei der Familie aufgetaucht ist, geht im Trubel der Ereignisse auf dem Fest fast unter …

Pierre Emme
Heurigenpassion

278 Seiten, 11 x 18 cm, Paperback.
ISBN 978-3-89977-668-3. € 9,90.

Mit dem Fund der Leiche einer jungen Frau fängt das neue Jahr für Inspektor Wallner und seinen »kriminalistischen Berater« Mario Palinski nicht gerade gut an. Als sich herausstellt, dass die Frau vor kurzem entbunden hat, beginnt die hektische Suche nach dem unversorgten Säugling. Die Spur führt in ein bekanntes Wiener Heurigenlokal …

KRIMI IM GMEINER-VERLAG

Wir machen's spannend

Pierre Emme
Würstelmassaker

273 Seiten, 11 x 18 cm, Paperback.
ISBN 978-3-89977-700-0. € 9,90.

Das sommerliche Wien wird von einem offenbar geisteskranken Mörder in Atem gehalten, der die Körperteile seiner Opfer in Döbling und den angrenzenden Bezirken ›verstreut‹. Um Inspektor Wallner und sein Team zu entlasten, übernimmt der kriminalistische Berater Mario Palinski die Ermittlungen in einem seltsamen Todesfall im Seniorenheim. Dort stößt er auch auf erste Hinweise zum ›Schlächter von Döbling‹. Der entscheidende Tipp kommt jedoch vom Besitzer eines Würstelstandes.

Pierre Emme
Killerspiele

277 Seiten, 11 x 18 cm, Paperback.
ISBN 978-3-89977-702-4. € 9,90.

Singen am Hohentwiel. Zwei bizarre Morde erschüttern die Kleinstadt. Doch auch im fernen Wien haben sie eine schockierende Wirkung: Mario Palinski muss feststellen, dass die Tötungen exakt so abgelaufen sind, wie er sie in seinem noch unveröffentlichten Kriminalroman beschrieben hat.
Erschrocken über diese Entdeckung, geht er mit seinem Freund Anselm Wiegele, Hauptkommissar bei der Kripo Singen, diesem absurden Zufall auf den Grund. Dabei stolpern sie über eine für den Herbst geplante »Killer-Olympiade« in Las Vegas. Verwirrt von dieser unwirklich scheinenden Idee, geraten Palinski und Wiegele immer weiter in den Sog des Organisierten Verbrechens.

KRIMI IM GMEINER-VERLAG

Wir machen's spannend